KB115059

선인장 꽃이 피었습니다

선인장 꽃이 피었습니다

발행일   2023년 10월 20일

지은이   마음
펴낸이   손형국
펴낸곳   (주)북랩
편집인   선일영   편집   윤용민, 배진용, 김부경, 김다빈
디자인   이현수, 김민하, 임진형, 안유경   제작   박기성, 구성우, 이창영, 배상진
마케팅   김회란, 박진관
출판등록   2004. 12. 1(제2012-000051호)
주소   서울특별시 금천구 가산디지털 1로 168, 우림라이온스밸리 B동 B113~114호, C동 B101호
홈페이지   www.book.co.kr
전화번호   (02)2026-5777   팩스   (02)3159-9637

ISBN   979-11-93499-10-8 03810 (종이책)   979-11-93499-11-5 05810 (전자책)

마음 장편소설

선인장 꽃이 피었습니다

북랩

이 험난한 세상 속에서도 쉽게 죽지 않는
'선인장' 같은 존재가 되기를 바랍니다

그리고 당신이라는 '선인장'에도
그 누구보다 아름다운 꽃이 필 수 있기를 바랍니다

"엄마, 나 잠 안 와."

"그래? 그럼, 엄마가 책 읽어 줄까?"

"응."

"깊은 산속에 대저택이 하나 있는데…
그 대저택에는 마녀가 산대.
그리고 그 마녀는….”

"사람들을… 잡아먹는대."

대저택의 마녀

쿠구구구. 쿠구구. 쿠궁. 쾅!

어둠으로 둘러싸인 밤. 오룡산(烏矓山)에는 천둥 번개가 내리치고 대찬 소나기가 쏟아져 내렸다. 컴컴한 어둠 속, 우비를 뒤집어쓴 한 남자가 무언가에 쫓기듯 산속을 내달리고 있었다. 가쁜 숨을 몰아쉬며 그렇게 한참을 어디론가 내달리던 남자는 이내 발걸음을 멈춰 세웠다.

쿵! 번개 빛에 번쩍이며 남자의 눈에 들어온 광경은 그야말로 괴이한 대저택의 모습이었다. 다 쓰러져 가는 허름한 2층의 대저택. 가로로 긴 구조에 귀신이라도 튀어나올 듯 섬뜩한 분위기를 풍기고 있었다. 마당은 또 어찌나 넓은지 영화에서처럼 자동차를 타고 달릴 것만 같았다.

남자는 긴장감에 침을 꿀꺽 삼켰다. 천천히 한 발 한 발 빗속을 뚫고 남자는 무언가에 홀린 듯, 대저택을 향해 조심스레 다가가기 시작했다.

쿵! 요란한 천둥 번개와 빗소리는 좀처럼 사그라지지 않고, 긴장감은 대저택에 가까워질수록 점점 커져만 갔다. 그렇게 한참을 걸어 대저택의 중간으로 나 있는 현관문에 다다랐을 때쯤 남자는 요동치는 심장 소리와 함께 가쁜 숨을 고른 채 조심스레 현관문을 열었다. 끼이익! 낡고 오래된 문소리가 주변을 울리며 현관문이 무겁게 열렸다.

"계… 세요?"

남자는 파르르 떨리는 목소리로 조심스레 집안을 향해 물었다. "아무도 안 계세요?" 하고 다시 한번 물어보았지만, 집 안에서는 아무런 인기척도 느껴지지 않았다. 남자는 하는 수 없이 천천히 대저택 안으로 발을 들이기 시작했다.

"실례합니다. 아무도 안 계세요?"

똑. 똑. 똑. 똑. 남자의 젖은 우비에서 떨어지는 빗방울이 대저택 바닥의 카펫을 적시고, 아무도 없는 공허한 어둠은 남자를 더욱더 긴장되게 했다. 아무도 살지 않는 빈집인 듯한 서늘한 한기가 온몸을 맴돌고 비 내리는 한여름 밤의 축축한 습기는 숨이 턱 막혀 왔다.

"저, 아무도 안 계세요?"

남자가 다시 묻자, 이번에는 대답인 듯 어둠 속을 뚫고 한 젊은 여자의 목소리가 나지막이 들려왔다.

"나가."

남자는 소리가 나는 쪽으로 고개를 들어 올려다보았다.

"나가라고." 2층에서 들려오는 소리 같았다.

"나가."

그 말은 더욱 또렷하게 들려왔다. 어둠 속에서 잘 보이지는 않지만, 저 위에서 분명하게 들려왔다. 쿵! 다시 굉음을 내며 천둥이 치고 번개가 번쩍였다. 그리고 곧 매섭고도 차가운 목소리로 소리치는 젊은 여자의 모습이 보였다.

"나가!"

붉은빛을 띠는 크고도 동그란 눈동자, 온통 시커먼 망토를 전신에 두른 채 여자는 날카롭고도 무섭게 남자를 향해 소리쳤다.

"!"

그리고 그 모습은 마치⋯ '마녀'와도 같았다.

"야, 그 얘기 들었어?"

"뭐?"

"어젯밤 오룡산에서 어떤 남자 한 명이 또 실종됐대!"

"진짜?"

"어! 완전 무서워. 도대체 몇 번째야!"

"대박. '오룡산 마녀'인지 뭔지, 진짜 있는 거 아니야?"

"어우! 말도 안 돼! 무슨!"

여자는 진저리치며 몸을 떨었다.

"다음 소식입니다. 어젯밤 오룡산에 갔던 20대 A모 씨의 행방이 묘연해지며…."

TV에서는 뉴스가 흘러나오고, 한 중년 여성이 혀를 끌끌 차며 고개를 저었다.

"쯧쯧, 세상이 도대체 어떻게 돌아가는 건지, 원."

요즘 오룡산에 갔던 사람들이 자꾸 하나둘 실종되는 탓에 흉흉한 소문이 도는 중이다. 오룡산 대저택에 사는 마녀가 사람들을 잡아먹는다나 뭐라나. 일명, '오룡산 대저택의 마녀설'이라고도 하더라. 21세기 대한민국에 '마녀'는 무슨! 다 할 일 없는 사람들이나 지어낸 말 같지도 않은 소리다.

그녀는 직원으로 보이는 한 여자에게 큰 소리로 물었다.

"유진 씨! '로즈(Rose)' 작가 책 매대에 진열해 놓았어요?"

"네! 베스트셀러(best-seller) 매대에 진열해 놓았습니다!"

선인장 꽃이 피었습니다

"그래요. 수고했어요."

그녀는 특유의 퉁명스러운 말투로 대충 대답하고는 곧장 서점 안을 찬찬히 둘러보기 시작했다. 그녀가 이곳의 점장이 된 지도 어언 20년쯤 되었을까. 그녀에게는 답답하기만 했던 이곳도 어느새 익숙한 공간이 되어 있었다. 영 깐깐하고 고집 있는 성격 탓에 어느 곳에서도 좀처럼 발을 붙이고 오래 머무르지 못했던 그녀가 유일하게 오래 머무는 곳이기도 했다. 책을 좋아하지는 않았지만 깔끔하게 정리된 이 공간이 썩 나쁘지만은 않았다. 처음엔 막혀 있는 공간이 답답하기도 했지만, 가끔 창밖 너머의 풍경을 볼 때면 흐르는 시간과 계절감 정도는 알 수 있음에 만족하기도 했고, 서점에 들르는 손님들의 복장을 볼 때면 자신이 사는 세상을 새삼 실감하기도 했다. 그리고 가끔은 손님들이 떠드는 소리를 들으며 세상 돌아가는 것을 듣는 재미도 있었다. 그녀는 그런 이곳이 퍽 마음에 들었다. 비록, 예전에 비해 손님은 많이 줄었지만. 요즘은 다들 책이고 영상이고 핸드폰으로 보는 시대다 보니 굳이 서점에 와서 비싼 돈 주고 책을 사서 볼 이유가 없었다. 그래도 여전히 무더운 여름엔 서점이 더위를 피할 장소, 추운 겨울엔 추위를 피할 장소가 되어 주기는 하지만 말이다. 이제 곧 또 사람들이 더위를 피하고자 서점으로 몰려올 시간이었다. 그녀는 서점에 진열된 책들을 쭉 눈으로 훑었다.

"로즈…"

프롤로그

그녀는 조용히 혼잣말로 중얼거렸다. 요즘 제일 잘나가는 베스트셀러(best-seller) 작가의 이름이었다. 물론, '로즈(Rose)'라는 이름은 아마도 예명이겠지. 얼굴도, 이름도, 나이도, 그 작가에 대해 아무것도 알려진 바는 없었지만, 그 작가의 책이 요즘 그녀의 서점에서 가장 잘나가는 책인 것은 분명했다. 그녀는 처음으로 그 작가의 책을 유심히 살펴보았다. 아기자기하고 따뜻한 느낌의 몽글몽글한 그림. 그런 그림을 뭐라고… 하더라? 일… 일…. 무언가 단어가 나올 듯 말 듯, 그녀의 입속에서 간질간질 맴돌았다.

"일러스트!"

아차! 너무 크게 말해 버렸다. 그녀는 혹시라도 누가 들었을까, 주위를 한 번 두리번거리고는 입을 꾹 다문 채 다시 책에 집중하기 시작했다. 그녀는 책장을 넘겨 몇 장 살펴보았다. 몽글몽글한 그림들과 짧은 몇 줄의 글들. 그 사이로 한 구절이 그녀의 눈에 들어왔다.

때론 감정에 무뎌질 때가 있다.
힘들지만 참는 것에 익숙해져 버려서 지금 내 마음이 어떤지,
내가 힘든지, 아무것도 모르겠는 때가 있다.

꽤 그럴싸한 말이었다. 이 작가, 몇 살인지는 모르겠지만 제법 어른스러운 듯한 말들을 적어 놓았다. 아니, 그것보다 이렇

게 애들이나 볼 법한 그림책에 이런 어른스러운 말들을 적어 놓았다고? 그럼 도대체 누가 보라고? 더군다나 이런 책이 요즘 베스트셀러(best-seller)라니! 정말이지 요즘 사람들 취향은 참 알 수가 없다. 그녀는 떨떠름한 표정으로 한 장 더 넘겨 보았다.

내가 사람인지 로봇인지,
사는 건지 죽은 건지 모르겠는 때.
차가운 바람을 맞고, 뜨거운 더위를 맞으며 나른한 햇살을 받을 때.
나는 여전히 살아 있음을 깨닫는다.

그녀는 숙연해졌다. 무뎌진다는 것. 왠지 알 것도 같았다. 그녀도 젊은 적엔 나름 풍부한 감성의 소유자였으니. 예민하고 섬세하며, 상처도 잘 받는 여린 여자였다. 아니, 뭐, 안 믿기면 말고. 아무튼 그랬다. 시간이 갈수록 받은 상처는 낫고 치유된 다기보다 그냥 저 깊숙이 가장 안쪽에 묻어 두고, 대충 덮어놓고 사는 느낌이었다. 왜, 다들 그렇지 않나. 먹고 사는 게 바빠 사는 궁리만 하다 그 귀한 시간 다 보내고 결국 돌아보면 다 늙고 주름 자글자글한 채 축 처진 나만 덩그러니 남겨져 있다. 예전엔 조금만 상처가 나도 엄살부리던 것들이 이젠 큰 수술을 받아야 나을 수 있는 병이 되어서야 '아, 내가 아팠구나.' 하고 느끼는 것이다. 무뎌진다는 것은… 아마 그런 것을 이야기하나

보다. 세상에 가려, 내 삶에 치여, 서서히 조금씩 흐려지는 것. 하지만 무뎌진다고 없어지는 것은 또 아니었다. 무뎌진다고 해서 다 괜찮아지는 것은 아니었다. 가끔 진상 손님이 찾아와 진상을 부리고 가면 그녀도 힘들었고, 매서운 비바람에 우산이 뒤집히기라도 하는 날에는 그녀는 세상이 내려앉을 듯 한숨도 쉬었다. 무딘 것이 꼭 강한 것만은 아니었다. 어쩌면 미련한 것이지.

지나고 나서야 깨닫는다.
나는 정말 나를 봐 주지 못했구나.
나를 제대로 지켜 주지 못했구나.
나는 정말 한심하게 살았구나.
나는 정말 미련하게 살았구나.

그 글귀가 퍽 그녀의 마음 한편을 쓰리게 했다. 이 책의 매력은 자신도 몰랐던 자신의 정곡을 찔러 주는 것일까? 그렇다면 요즘 사람들은 참 잔인하다. 이런 책을 좋아하다니. 그녀는 조용히 책을 덮었다. '로즈'. 문득, 그 이름도 얼굴도 모르는 작가가 궁금해지는 순간이었다.

오룡산 연쇄 실종 사건의 비밀

치이익! 불판 위에 여러 종류의 고기들이 올려지고 시커먼 숯이 타들어 가며 희뿌연 연기를 피워 낼 때쯤, 고기들은 노릇노릇 맛있게 잘 익어 가고 있었다. 빨간 숯불이 연기를 흐드러지게 내뿜으며 희뿌연 연기가 고깃집 안을 뒤덮고 사람들의 말소리가 가게 안을 가득 메울 때쯤, 진호가 호기롭게 눈을 반짝이며 물었다.

"야, 오늘 뉴스 봤어?"

"뭐. 오룡산(烏瞳山)에서 또 사람 실종된 거?"

"어."

강철의 무심한 되물음에 진호는 연신 고개를 끄덕이며 대답했다.

"봤지."

"너도?"

이번엔 고기를 굽던 우찬에게 물었다.

"응."

우찬 역시 대수롭지 않다는 듯 고개를 끄덕이며 답했다.

"아무리 봐도 이상해."

진호가 중얼거렸다.

"뭐가."

맞은편에 앉아 있던 강철이 퉁명스럽게 대꾸했다.

"오룡산에서 사람들이 자꾸 실종되는 거 말이야!"

"그게 뭐가 이상해."

"경찰이 수사에 나선 지 벌써 한 달이 훌쩍 넘었는데, 아직도 범인도 단서도 하나 못 찾고 있잖아!"

"그게 뭐가 이상해. 경찰이 나서서 해결 못 한 사건이 뭐 한두 개야? 장기 미제 사건도 나오는 마당에."

강철의 말에 진호가 제법 심각한 얼굴로 중얼거렸다.

"아니야. 그래도 이상해! 아무리 생각해도… 우리가 모르는 뭔가 있는 것 같아."

"야! 그거 안 익었어!"

"아, 뭐 어때. 뱃속에 들어가면 다 똑같지."

"야! 내 말 듣고 있어, 너희?!"

진호가 버럭 하자 강철이 "어. 듣고 있어." 하며 대충 고개를 끄덕였다.

"아, 진짜! 일생일대의 사건인데 지금…!"

선인장 꽃이 피었습니다

"아, 마늘 혼자 다 먹냐?"

"아, 더 달라 그래, 그럼. 사장님! 여기 마늘 좀 더 주세요!"

"야!"

듣다못한 진호가 소리쳤다.

"아, 듣고 있어. 그래서 뭐, 수상한 게 뭐. 우리가 모르는 뭐가 있는데?"

강철이 한입 가득 상추쌈을 구겨 넣으며 건성으로 물었다.

"그건 나도 모르지."

진호가 자신 없는 말투로 대답했다.

"혹시…."

진호는 한껏 무게를 잡으며 심각하게 말했다.

"'대저택의 마녀'가 진짜 있는 게 아닐까?"

순간 세 사람 사이에 정적이 흐르고, 곧 강철이 입을 열었다.

"야, 이거 고기 진짜 맛있다! 완전 겉은 바삭하고 속은 촉촉한 게, 제대로 익었어. 너 고기 잘 굽는다, 야."

"그렇지? 넌 근데 그만 좀 먹어. 혼자 다 먹냐? 굽는 사람 생각은 안 해?"

"야, 굽는 사람은 알아서 먹는 거야. 구우면서 먹고, 구우면서 먹고."

"아, 그래? 그럼 네가 좀 구울래?"

"아니. 난 먹는 게 좋아."

"야!"

진호가 소리쳤다.

"너희들 진짜 내 말 하나도 안 듣지?"

"어, 뭐, 뭐. 대저택의 마녀? 진짜 있는 거 아니냐고?"

강철은 대충 맞장구를 쳐주며 답했다.

"야, 말이 되는 소리를 해라! 21세기 대한민국에 무슨 '대저
택의 마녀'야. 세상에 마녀가 어디 있어. 뭐? 오룡산 대저택에
사는 마녀가 사람을 잡아먹는다고? 야, 뭐, 별 말 같지도 않은
소리를!"

진호가 억울하다는 듯 반박했다.

"아, 그럼, 뭐! 도대체 오룡산에 갔던 사람들이 자꾸 실종되
는 이유가 뭔데. 넌 뭐인 것 같은데!"

"아, 그걸 내가 어떻게 알아."

"그러니까. 봐 봐! 너도 모르잖아!"

"야, 나도 모르지만 그건 진짜 아니다! 무슨 대저택의 마녀…
말 같지도 않은 소리를…."

씨알도 안 먹히는 강철의 반응에 진호는 대상을 돌려 이번엔
옆에서 가만히 고기를 굽고 있던 우찬에게 물었다.

"넌 뭐 같아?"

"글쎄…."

강철은 앞에 있던 술잔을 비우며 진지하게 말했다.

"야, 산에 갔다가 사람이 실종될 경우의 수가 얼마나 많은지
알아? 뭐, 낙상, 자연재해, 동사, 길 잃고 헤매다가 실종되거나

선인장 꽃이 피었습니다

아사. 그거 외에도 무수히! 많단 말이지. 근데 뭐 산에서 사람 좀 실종됐다고 마녀가 나온다느니, 연쇄 실종 사건이 아니라 연쇄 살인 사건으로 봐야 한다느니 하고 떠들어 대는지 난 솔직히 이해가 안 가!"

진호는 여전히 미심쩍은 듯 어두운 표정으로 입을 꾹 다문 채 그저 묵묵히 듣고만 있을 뿐이었다. 이번엔 우찬이 입을 열었다.

"뭐든 사정이 있고 사연이 있겠지. 고기 먹으러 왔으면 고기나 먹자. 내일 일요일인데 다들 이러지 말고."

"…."

진호는 못내 아쉬운 듯 혼잣말로 중얼거렸다.

"이상한데…."

"야."

강철이 정색하며 진호를 불렀다.

"…. 알았어. 그만하면 되잖아."

진호가 볼멘소리로 중얼거렸다.

"그렇게 이상하면 직접 가 볼래?"

강철의 갑작스러운 폭탄 발언에 우찬과 진호는 놀란 눈으로 강철을 바라보았다.

"뭐, 뭐?"

"그렇게 이상하면 직접 가 보자고! 직접 가서 확인해 보면 될 거 아니야. 마녀가 있는지, 살인 사건이 일어나는지."

"야, 너 지금 그걸 말이라고….."

"야, 백진호, 너는 어때? 네가 이상하다며. 뭔가 있는 것 같다며."

"…."

진호는 선뜻 대답하지 못했다.

"왜, 무서워? 쫄리냐?"

강철의 도발에 진호는 이내 마음을 바꿔 먹으며 곧은 눈빛으로 대답했다.

"아니, 가. 가자, 오룡산."

강철은 그런 진호를 보며 말없이 씩 웃었다.

"야, 너희들 미쳤어?"

우찬의 말도 이미 귀에 들어오지 않는 듯했다.

"안녕하십니까, 여러분! 저는 지금 이곳! 오룡산에 와 있습니다!"

인적도 없는 컴컴한 어둠 속. 오룡산을 등진 채 한 남자가 핸드폰 카메라에 대고 조용히 속삭이고 있었다.

"사람들을 잡아먹는 마녀가 산다는 이곳! 요즘 사람들이 갔다 하면 실종되는 이곳! 바로 이곳 오룡산에 와 있는데요! 보이십니까?"

남자는 호들갑을 떨며 핸드폰 카메라로 자신의 뒤를 비추

선인장 꽃이 피었습니다

었다.

"자, 이렇게 드라마나 영화에서나 보던 노란색 선! 바로 폴리스 라인(Police line)이 지금 제 뒤로 쳐져 있는데요! 아, 이렇게만 봐도 굉장히 긴장감이 넘칩니다!"

그는 몇 발짝 더 걸어 산으로 올라가는 계단 입구에 서서 다시 핸드폰 카메라를 향해 속삭였다.

"자, 여러분, 지금부터 제가 이 오룡산에 직접 가서! '오룡산 연쇄 실종 사건'의 비밀이 무엇인지 파헤쳐 보도록 하겠습니다! 자, 라이브(Live)로 생생하게 함께할 거니까요, 다들 방송 나가지 마시고 끝까지 시청해 주시기 바랍니다!"

그는 그렇게 핸드폰을 손에 든 채 핸드폰 카메라로 동영상을 찍으며 어둠 속으로 천천히 한 발 한 발 걸어 사라져 가고 있었다.

"와… 이게 바로 한여름 밤의 납량 특집이냐?"

강철이 오룡산을 올려다보며 중얼거렸다. 고깃집을 나와 곧장 오룡산으로 온 세 사람은 한여름 깊은 밤의 오룡산 자락을 바라보았다. 까마귀가 울고, 시커먼 어둠으로 뒤덮인 오룡산에는 서늘하고도 오싹한 한기가 돌고 있었다.

"진짜 무섭네, 실제로 보니까."

진호가 중얼거렸다.

어둠이 깊은 시각. 무거운 공기만이 가득한 고요하고도 음산한 그곳에 세 사람이 서 있었다.

"진짜 갈 거야?"

우찬이 걱정스러운 듯 물었다.

"아, 그럼 가야지. 여기까지 와서 안 가냐? 사람이 칼을 들었으면 무라도 썰어야지. 칼 그냥 다시 집어넣어?"

"…."

"야, 백진호, 어떡할까? 그냥 돌아가?"

"아니, 가. 가자."

강철은 '봤지?' 하는 표정으로 우찬을 향해 고갯짓했다.

"…."

우찬은 불안한 마음을 안고 먼저 앞서가는 강철과 진호의 뒤를 천천히 따라나섰다. 쿠구구구. 쿠구궁. 조용하고도 무거운 천둥소리가 하늘을 울리고, 금방이라도 비가 쏟아져 내릴 듯 오룡산의 어둠은 더 깊어져 갔다.

"비 오려나 본데?"

진호가 불안한 듯 말했다.

"한여름 밤중에 날씨까지 요란이네, 진짜."

강철이 투덜거렸다.

"너희들 진짜 계속 갈 거야, 이대로?"

우찬이 걱정스러운 듯 물었다.

"아, 그럼 가야지!"

강철이 대답했다.

"휴…."

우찬이 깊은 한숨을 내쉬었다. 세 사람은 그렇게 깊은 산 속을 정처 없이 걷고, 또 걸어 올라갔다. 잠시 뒤, 오룡산에는 비가 내리고 이어 천둥 번개까지 요란을 피우기 시작했다.

"아… 비 오잖아."

"우리 길도 잃은 것 같은데. 비 피할 데라도 찾아봐야 하는 거 아니야? 그냥 이대로 무작정 갈 거야?"

우찬의 물음에 강철도 고민에 빠질 무렵, 진호가 무언가를 발견하고는 물었다.

"야, 잠깐만. 저게 뭐야?"

"?"

강철과 우찬의 시선이 진호가 가리키는 곳으로 향했다. 시커먼 것이 사람 형체 같기도 하고 괴물 같기도 한 것이 대차게 내리는 빗속에서 이쪽을 향해 점점 가까워져 왔다.

"이쪽으로 오는 것 같은데?"

불안함을 느낀 세 사람은 숨을 죽인 채 이쪽으로 다가오는 알 수 없는 형체에 온 신경을 기울였다. 한 발 한 발. 그렇게 어둠 속을 뚫고 다가온 형체는 마침내 세 사람의 앞에 그 모습을 드러냈다.

"!"

"아아악!"

"아악!"

세 사람은 기겁하며 산속을 냅다 달리기 시작했다. 억척같이 쏟아져 내리는 빗속을 그들은 뛰고 또 뛰었다. 한참 만에 어디에선가 발걸음을 멈춰 세운 그들은 숨을 고르며 서로를 바라보았다.

"야, 아까 그거 뭐였어?"

"몰라."

"사람… 인 것 같은데…."

"뭐야, 근데 왜 뛴 거야?"

진호가 손사래를 치며 건성으로 답했다.

"몰라, 몰라. 그냥 오밤중에 컴컴한 데서 시커먼 사람이 갑자기 나타나니까는 놀라서 그냥 냅다 뛴 거지, 뭐."

"아휴…."

강철은 안도의 한숨을 내쉬었다.

"근데 그 사람은 뭐 하는 사람인데 한밤중에 혼자 이런 데 있었을까?"

"모르지, 뭐."

강철은 귀찮다는 듯 대충 대답을 얼버무렸다.

"핸드폰으로 촬영하고 있는 것 같았는데…."

우찬이 중얼거렸다.

"아, 뭐, 방송인인가 보지. 인터넷 방송 그런 거 있잖아, 왜."

"아휴, 또 뭐, 오룡산 대저택의 마녀가 진짜 있는지 없는지

선인장 꽃이 피었습니다

그런 거 밝힌다고 왔겠지, 뭐. 납량 특집 하나 찍으러 왔든가."

"…."

"하여튼, 방송인들 문제야, 아주. 그놈의 콘텐츠 하나 만들어 보겠다고 사람 죽어 나가는 산에 와서는. 아주 별짓을 다 해."

"우리도 그래서 온 거잖아. 대저택의 마녀가 진짜 있는지, 오룡산에서 일어나는 연쇄 실종 사건의 진실이 뭔지 그거 파헤치려고…."

우찬의 허를 찌르는 말에 강철과 진호는 숙연해졌다.

"어쨌든, 비 피할 곳이나 찾아보자. 진짜 이대로 있다가는 한여름에 산속에서 얼어 죽게 생겼어."

강철이 말했다. 우찬과 진호도 그 말에 동의하듯 고개를 끄덕였다. 세 사람은 그렇게 그곳을 벗어나 다시 빗속을 걷기 시작했다. 신발은 이미 빗물에 젖은 흙투성이에 옷도 흠뻑 젖어 한기가 느껴졌다. 한밤중의 산속은 아무것도 보이지 않는 칠흑 같은 어둠이었고, 하늘에는 여전히 천둥 번개가 뒤섞여 요동치고 있었다. '집에 가고 싶다….' 그 순간만큼은 발 뻗고 누워 자던 집이 소중해지는 순간이었다.

"저게 뭐지?"

한참을 걷던 세 사람은 우찬의 물음에 다시 어딘가에 발걸음을 멈춰 세웠다. 쿠구구궁. 쿠구궁. 쿵! 세상이 무너질 듯 거대한 천둥과 함께 커다란 번개가 번쩍이며 세 사람의 눈에 들어온 것은… 소문 속 마녀가 산다는 그 '대저택'이었다.

"!"

쿵! 세 사람은 모두 그 자리에 얼어붙은 채 휘둥그레진 눈으로 대저택을 바라보았다.

"대저택이… 진짜 있었어."

진호가 넋이 나간 듯 혼잣말로 중얼거렸다.

"마녀가 나온다는 대저택…."

강철도 충격에 더 이상 말을 잇지 못했다. 어둠 속, 번쩍이는 번개 빛 너머로 낡고 허름한 대저택의 모습이 보였다. 귀신이라도 나올 듯 다 쓰러져 가는 허름한 2층의 주택. 가로로 긴 구조에 앞마당은 마치 자동차를 타고 다닐 듯 운동장처럼 넓었다. 주변에는 울창한 나무들이 우거져 있고, 이따금 까마귀들이 지저귀며 세 사람을 반기고 있었다.

"대저택의 마녀가… 진짜 있는 건가?"

진호가 중얼거렸다.

"그럴 리가 없지. 저건 그냥 폐가야. 산속에 버려진 집이 어디 한두 채냐?"

강철이 반박했다.

"그건 그래."

우찬이 고개를 끄덕였다.

"그나저나 여기도 한기가 가득하네. 음산한 게, 진짜 귀신 나오기 딱 좋겠어."

강철이 중얼거렸다.

선인장 꽃이 피었습니다

"일단 들어가 보자."

우찬이 말했다.

"들어가 보자고? 저기?"

순간, 놀란 강철과 진호가 동시에 물었다.

"응. 그냥 여기 이렇게 계속 비 맞고 있을 건 아니잖아."

우찬이 태연히 답했다.

"…."

"그건 그렇지. 들어가자. 비라도 피하면 다행이지."

잠시 망설이던 강철 역시 이내 우찬의 말에 동의했다.

"아니 그래도…."

진호가 머뭇거렸다.

"싫으면 말고. 넌 그냥 여기서 비 맞고 있어, 계속. 얼어 죽든지 말든지."

강철은 그렇게 말하고는 우찬을 향해 가자는 듯 고갯짓을 했다. 우찬은 알아들은 듯 먼저 앞장서서 대저택을 향해 걸어가기 시작했다.

"야!"

머뭇거리던 진호는 뒤늦게 우찬과 강철의 뒤를 졸졸 따라가기 시작했다. 쿠구궁. 쿠궁. 쿵! 세 사람은 한 발 한 발 대저택에 가까워져 가고 있었다. 마당 중간으로 난 길을 따라 대저택의 중앙에 있는 크고도 넓은 현관문에 가까워질수록 세 사람의 심장은 더욱더 크게 요동치고 있었다.

"벨은 없는 것 같은데?"

문 앞에 선 우찬이 말하자, 강철이 대답했다.

"그럼 노크해 봐."

우찬은 고개를 끄덕이고는 조심스럽게 문을 두드렸다.

"계세요?"

세 사람은 숨죽인 채 대답을 기다렸다.

"아무도 안 계세요?"

우찬이 다시 한번 큰 소리로 물었지만, 아무런 기척도 느껴지지 않는 듯했다.

"어쩌지?"

"어쩌긴. 여기까지 왔는데 들어가 봐야지."

"…."

우찬이 조심스럽게 문을 열었다. 끼이이익! 낡고 오래된 문이 무겁게 열리며 세 사람은 어두컴컴한 대저택 안으로 들어섰다.

"계세요? 아무도 안 계세요?"

우찬이 물었다.

"아무도 없나 봐."

"사람 사는 흔적이 안 보이는데?"

"그냥 컴컴해서 아무것도 안 보이는데?"

"불도 하나 없고, 이 정도면 그냥 폐가인 게 맞지. 이런 데 누가 살겠어?"

선인장 꽃이 피었습니다

강철과 진호의 말에도 우찬은 그저 묵묵히 잠자코 대저택 안을 두리번거리며 조심히 살피고 있었다. 어두컴컴하니 텅 빈 집 안. 습하고 축축하며 퀴퀴한 냄새. 서늘한 한기만이 맴도는 이곳에 사람이 산다…. 확실히 폐가인 쪽이 더 가능성이 있어 보였다.

"아무도 없는 것 같은데 그냥 여기 좀 있다가 비 좀 피하고 가자."

강철이 말했다.

"…."

"그래! 그러자."

진호가 맞장구를 쳤다. 똑. 똑. 똑. 세 사람의 젖은 옷에서 떨어지는 물방울이 오래된 대저택 바닥의 카펫을 적시고 있었다.

"근데 이 집에는 누가 살았을까?"

문득, 궁금해진 진호가 물었다.

"모르지. 어떤 부자가 살았는지, 아니면 어떤 미스테리한 존재가 살았는지. 아무도 모를 일이지."

"…."

우찬은 여전히 찜찜했다.

"…가."

어디선가 문득, 젊은 여자의 목소리가 들려왔다. 나지막이 읊조리는 가느다란 목소리.

"?"

"어디서 무슨 소리 들리지 않았어?"

세 사람은 주위를 두리번거렸다.

"누가 있는 건가?"

"에이, 설마. 그렇게 물어도 인기척도 하나 없더니. 있긴 누가 있어."

"근데 분명히 방금 우리 보고 뭐라고 했잖아."

"우리 보고 말한 건지, 누가 말한 건지 어떻게 알아."

"잠깐만! 조용히 해 봐."

우찬이 강철과 진호를 조용히 시키자, 다시 그 여자의 목소리가 또렷하게 들려왔다.

"나가."

분명했다. 어둠 속 어딘가에서 들려오는 젊은 여자의 목소리. 세 사람은 온몸에 소름이 돋고 힘이 빠졌다.

"뭐야, 이거."

"우리 보고 지금 나가라고 한 거 맞지?"

"…."

세 사람의 정신이 반쯤 나간 사이, 여자의 목소리는 점점 더 또렷하게 커져 오고 있었다.

"나가!"

세 사람은 소리가 나는 쪽으로 고개를 돌려 보았다. 2층에서 나는 소리인 듯했다.

"나가라고!"

세 사람은 조용히 일어서 그대로 소리가 나는 쪽을 향해 천천히 다가갔다. 쿠구궁. 쿠궁. 쿵!

"나가!"

굉음을 내는 천둥이 치고, 번개가 대저택을 집어삼킬 듯 번쩍였다. 그리고 그 속에 목소리의 주인공이 모습을 드러냈다. 붉은빛의 크고도 동그란 눈을 반짝이며 서늘한 표정으로 차갑게 소리치는 그녀의 모습은 마치… '마녀'와도 같았다.

"!"

"아아아!"

"아아악!"

세 사람은 소스라치게 놀라며 그대로 대저택 안을 뛰쳐나갔다. 우찬과 강철, 진호는 있는 힘껏 소리치며 죽을힘을 다해 뛰고 또 뛰었다. 숨이 턱 끝까지 차오르고, 토할 것 같도록 주야장천 내달리고 나서야 세 사람은 무사히 산 입구까지 돌아올 수 있었다. 헉! 헉! 헉…. 세 사람은 산 입구인 것을 확인하고 나서야 한숨 돌리며 숨을 고르고 있었다. 강철은 풀썩 그대로 땅바닥에 주저앉으며 말했다.

"진짜 죽겠다."

"아, 아까 그거 뭐야?"

진호가 횡설수설하며 물었다.

"여자. 젊은 여자."

우찬이 숨을 고르며 대답했다.

"마녀, 마녀야? 눈이 막 시뻘게!"

진호가 손짓으로 여자의 생김새를 묘사하며 물었다.

"몰라."

"야, 마녀고 뭐고 일단 살아 나왔으니 된 거지. 진짜 죽는 줄 알았다."

"…."

세 사람은 그 후로도 한참이나 정신 나간 사람마냥 넋 놓은 채 허공만 응시할 뿐이었다.

"야, 근데 생각해 보니까, 그 마녀."

"?"

우찬과 강철의 시선이 일제히 진호를 향했다.

"예뻤어."

"아, 진짜!"

"저거는 그냥! 확! 씨!"

한바탕 요란스러웠던 밤이 지나고 다음 날 이른 오전 한때, 평화로운 한 동네의 작은 꽃집에 우찬과 강철, 진호 세 사람이 들어섰다.

"어서 오세…."

"지은호, 잘 있었냐."

"?!"

선인장 꽃이 피었습니다

하룻밤 사이에 수척해진 모습의 진호가 꽃집 주인인 듯 보이는 한 젊은 남자를 향해 인사했다.

"너희들 웬일이야? 일요일 오전부터…. 꽃 사러 온 건 아닐 거고."

"우리가 지금 꽃 사러 올 정신으로 보이냐?"

"…. 무슨 일 있었어?"

"일… 있었지. 무슨 일."

은호는 의아한 표정으로 세 사람을 번갈아 바라보았다.

"무슨 일인데."

"우리가 어제 어딜 갔었는지 알아?"

강철이 본격적으로 은호에게 어젯밤 있었던 일을 이야기하려던 찰나, 우연히 꽃집 안에 나오고 있던 뉴스를 보게 된 우찬과 강철, 진호 세 사람의 낯빛이 파랗게 질려 갔다.

"다음 소식입니다. 어젯밤 오룡산에 갔던 30대 A모 씨가 실종되며 또다시 '오룡산 연쇄 실종 사건'의 실종자가 늘었습니다. A모 씨는 현재 인터넷 방송인으로…."

우찬과 강철, 진호 세 사람은 떡 벌어진 입으로 넋이 나간 듯 그저 멍하니 TV 화면을 바라보았다.

"왜 그러는데."

은호가 물었다.

"야, 저 사람… 어제 우리가 봤던 그 사람 맞지?"

"그런 것 같은데?"

"야, 말도 안 돼. 무슨….”

세 사람은 도통 알 수 없는 말들만 주고받을 뿐이었다.

"왜 그러냐니까.”

은호가 물었다.

"저 사람… 죽은 거야?”

"실종됐다잖아! 죽은 건… 아니겠지….”

"그래, 단순 실종일 거야.”

"근데 만약에 죽은 거면….”

"야, 말도 안 돼! 저 사람이랑 마주쳤던 우리는 멀쩡히 살아
돌아왔는데?”

"그러니까.”

"그리고! 대저택의 마녀랑 마주친 건 우리잖아! 근데 왜 갑
자기 저 사람이 죽어?”

세 사람은 혼란스러운 듯 좀처럼 알 수 없는 말들만 주고받
을 뿐이었다.

"아니, 너희들 그래서 지금 무슨 소리를 하는 건데.”

보다 못한 은호가 다시 물어 왔다.

"우리가 나간 뒤에 그 사람이 마녀의 대저택으로 향했을 수
도 있잖아.”

그러나 이미 은호의 질문에는 아랑곳하지도 않은 채 세 사람
은 자기들끼리 심각한 듯 말을 이어 갔다.

"그랬을 수도 있지. 그렇지만….”

선인장 꽃이 피었습니다

우찬은 말끝을 흐렸다.

"마녀가 우리보고 나가라고 했잖아. 마녀가 사람들을 죽인 거면 나가라고 하지 않았겠지! 우리도 바로 그 자리에서 죽었을 거야."

"그래, 맞아."

진호의 말에 우찬이 맞장구를 쳤다.

"그럼, 대체…."

오룡산에서 실종되는 사람들은 뭐지? 왜 실종이 되는 거지? 한두 명도 아니고 단체로… 뭐에 홀리기라도 한 듯. 사람들 말대로 정말 단순 실종이 아니라 살인 사건이라면… 대체 그 깊은 산속에서 누가 사람들을 죽이는 걸까? 세 사람은 깊은 생각에 잠겼다. 그리고 만약 우리가 봤던 그 마녀가 아닌 다른 살인자가 있다면…. 세 사람은 그렇게 생각하는 순간, 온몸에 소름이 쫙 돋았다.

"아니, 너희들 그래서 지금 대체 무슨 소리를 하는 거냐니까?"

은호의 물음에 세 사람은 번뜩 정신이 들었다.

"지은호, 그러니까, 너 이제부터 우리가 하는 말 잘 들어?"

강철이 한껏 무게를 잡은 채 은호를 향해 어젯밤 있었던 일을 차분히 설명하기 시작했다.

"그러니까, 어젯밤 너희가 '오룡산 연쇄 실종 사건'과 '오룡산 대저택 마녀설'의 비밀을 파헤치기 위해 오룡산에 갔다고?"

자초지종을 듣게 된 은호가 세 사람을 향해 되물었다. 세 사람은 그의 물음에 고개를 끄덕였다.

"오룡산에 갔다가 그 마녀랑 마주쳤고?"

세 사람은 이번에도 역시나 말없이 고개를 끄덕였다.

"근데 그 마녀는 나가라고 소리쳤다?"

"그렇지."

강철이 무겁게 맞장구를 쳤다.

"…."

잠시 골똘히 생각에 잠기던 은호가 이내 침묵을 깨고 진지하게 입을 열었다.

"너희 지금 제정신이야?"

"아니, 진짜야!"

강철이 억울한 듯 말했다.

"맞아! 우리가 진짜 봤다고!"

진호도 흥분해 소리쳤다.

"아니, 21세기에 마녀가 어디 있어…."

은호가 어이없다는 듯 한숨을 내쉬며 말했다.

"그리고 사람들이 갔다 하면 실종되는 산에, 굳이 위험하게 왜 가?"

은호는 도무지 이해할 수 없다는 듯 따져 물었다.

"아니! 나도 갈 생각 없었는데 백진호 저 자식이 자꾸 고기 먹는데, 먹으라는 고기는 안 먹고 오룡산이 수상하네, 어쩌네

선인장 꽃이 피었습니다

하잖아!"

강철의 반박에 진호가 발끈하며 말했다.

"허! 야, 넌 지금 내 탓을 하는 거야? 오룡산에 직접 가서 확인해 보자고 한 건 너잖아!"

"야, 네가 그렇게 자꾸 수상하네, 어쩌네, 말만 많지 않았어도 내가 가자는 얘기까지는 안 꺼냈거든?!"

"뭐? 그래서 지금 이게 다 내 탓이라는 거야?!"

"아, 됐어. 그만해."

우찬이 두 사람을 말렸다.

"솔직히 따지고 보면 네 탓 맞지, 뭐!"

강철은 아랑곳하지 않은 채 진호에게 쏘아붙였다.

"씨, 이게 왜 내 탓이야! 가자고 부추긴 건 너면서!"

"네가 원인 제공을 했으니까 네 탓 맞지!"

"아, 그만해. 둘 다 뭐 해!"

보다 못한 은호도 나서서 두 사람을 말리기 시작했다.

"야, 야, 그래. 그만해, 그만! 주말에 친구 일하는 곳까지 와서 이게 뭐 하는 짓들이냐, 피해만 주고. 가자. 나가자. 나가서 얘기해."

우찬이 강철과 진호를 말리며 꽃집 안을 나섰다.

"미안하다, 은호야. 주말인데 와서 소란만 피우고."

"아니야. 쟤들 저러는 거 뭐 하루 이틀도 아니고. 네가 고생이 많다."

은호의 말에 우찬이 살짝 웃으며 말했다.

"쟤들 뭐, 저러다가도 금방 풀리니까. 괜찮겠지."

은호는 말없이 고개를 끄덕였다. 꽃집을 나서던 우찬이 은호를 돌아보며 사뭇 진지하게 말했다.

"은호야."

"?"

"갈 일은 없겠지만 너도 진짜 오룡산 근처에는 얼씬도 하지 마라? 절대! 알았지?"

"…."

"나 간다?"

우찬은 그 말을 끝으로 사라져 버렸다. 시끌벅적한 세 사람이 나가고 난 후, 은호는 홀로 남아 조용히 혼잣말로 중얼거렸다.

"오룡산…."

다음 날 아침이 밝아 오고, 꽃 뭉치를 한 움큼 끌어안은 그가 이른 아침 꽃집 안으로 걸어 들어왔다. 꽃집 문의 청아하고도 투명하고 맑은 풍경 소리가 울리고, 카운터로 향한 그는 곧장 갈색 앞치마를 둘러맨 채 가게 문을 열 준비에 한창이었다. 내리쬐는 한여름의 뙤약볕과 뜨거운 열기 속 꽃집 안은 시원하게 에어컨을 틀어 두고, 물병은 새로이 씻어 깨끗한 물로 갈아

선인장 꽃이 피었습니다

가지런히 꽃들을 정리해 담아 주었다. 그는 꽃들이 잘 자랄 수 있도록 온도와 습도, 물, 햇빛 등을 섬세하게 신경 써 주었다. 사 온 꽃들은 풀어 하나하나 정성 들여 손질하고, 꽃병에 꽂고, 꽃다발을 만들며 그의 바쁜 오전 한때가 그렇게 흘러가고 있었다. 점심때가 지난 조금 이른 오후 무렵, 풍경 소리가 울리고 한 젊은 여자 손님이 꽃집 안으로 걸어 들어왔다.

"어서 오세요."

그는 밝은 목소리로 손님을 반겨 주었다.

"안녕하세요. 꽃다발 좀 포장하려고 하는데요."

"네, 원하는 꽃 있으세요?"

그는 손님이 원하는 꽃을 골라 카운터로 가져간 뒤, 한 송이 한 송이 정성껏 다듬어 손질한 후 어울리는 포장지로 꽃다발을 만들기 시작했다.

"어머! 너무 예뻐요!"

"감사합니다."

그는 멋쩍은 웃음으로 대답했다. 그의 섬세하고도 따스한 손길이 이내 포근한 꽃다발 한 송이를 만들어 냈다.

"다 됐습니다."

"감사합니다!"

"받으시는 분이 좋아하셨으면 좋겠네요."

손님은 씽긋 웃으며 대답했다.

"좋아할 거예요, 분명. 잘생긴 사장님이 만드신 꽃다발이니까요."

"아…."

그는 쑥스러운 듯 미소를 지으며 손님을 배웅해 주었다.

"감사합니다. 조심히 가세요."

"네, 안녕히 계세요!"

그가 만들어 준 꽃다발을 받고 기분 좋게 나서는 손님의 뒷모습을 보며 그는 다시 꽃집 안으로 들어왔다. 그러고는 이내 꽃다발을 만드느라 어질러진 카운터를 정리하기 시작했다. 꽃을 다듬은 뒤 어질러진 카운터를 정리하고, 있던 것을 제자리에 다시 가지런히 놓아둘 때면 왠지 복잡한 그의 마음도 하나둘 정리가 되는 것 같아 마음이 편안해졌다. 그는 이후에도 꽃집 안의 다른 식물들을 하나하나 찬찬히 살펴보았다. 꽃 냉장고 안의 꽃들, 선반이나 바닥에 놓인 식물들. 하나하나 눈여겨보고 세심하게 살피며 물이 필요한 것들에는 물을 주고, 온도를 맞춰 줘야 할 것들에는 온도를 맞춰 주며 세심하고도 지긋한 정성을 쏟고 나서야 그는 비로소 허리를 한 번 펴고는 했다. 따르르릉! 따르릉! 그때, 그의 꽃집으로 한 통의 전화가 걸려 오고, 그가 전화를 받았다.

"아… 거기 꽃집이죠?"

연세가 지긋해 보이는 한 할머니의 목소리였다.

"네, 맞습니다."

"아… 저 꽃 배달을 좀 주문하고 싶어서요."

선인장 꽃이 피었습니다

"네, 말씀하세요. 어디시죠?"

순간, 그는 자신의 귀를 의심했다.

"어… 어디시라고요?"

"오룡산이요. 오. 룡. 산."

할머니는 다시 한번 또박또박 말해 주었다.

"오룡산… 이요?"

"네, 오룡산이요."

분명 몇 번을 들어도 오룡산이었다. 그가 차마 쉽게 입을 떼지 못하고 머뭇거리고 있는 사이, 할머니는 너그러운 말투로 대답했다.

"역시 오룡산은 좀 그렇죠? 괜찮아요, 거절해도. 그냥 혹시나 하고 전화해 본 거니까."

"아…."

"거리도 꽤 있는 데다 요즘 소문도 흉흉해서 오룡산까지 꽃배달을 오려고 하는 사람은 없죠. 이해해요."

"….."

"바쁘실 텐데 괜히 귀찮게 해 드려서 죄송합니다. 이만 끊을게요."

그는 너그러운 할머니의 말에 내심 마음이 쓰였다.

"아! 저, 할머니!"

"?"

"꽃… 필요하신 거죠?"

"네?"

"꽃이요. …. 필요하신 거 맞으시죠?"

"네…."

"꽃값이랑 배달비 주시면 제가 배달해 드리겠습니다."

"!"

할머니는 예상치 못한 뜻밖의 그의 대답에 화색을 띠는 듯했다.

"그럼요! 꽃값이랑 배달비는 내가 섭섭지 않게 챙겨 주고 말고요!"

한껏 밝아진 할머니의 목소리에 그도 미소로 답했다.

"그럼 필요하신 꽃 말씀해 주세요. 종류, 색상, 수량, 포장… 언제까지 배달해서 드리면 되는지 날짜 같은 것도요."

"네!"

할머니는 그 후로 신이 난 듯 필요한 것들을 술술 읊어 대기 시작했다. 그는 할머니가 불러 주는 것들을 받아 종이에 적은 뒤, "그럼. 그때 뵙겠습니다." 하고는 통화를 마쳤다.

"휴…."

긴장이 풀린 것인지 걱정되는 것인지, 자신도 모르게 깊은 한숨이 새어 나왔다. 바로 전날까지만 해도 오룡산에 다녀왔다던 친구들을 나무라던 그였는데, 생각지도 못하게 위험한 길을 자처해 나서는 꼴이 되어 버리고 말았다. 할머니의 부드러움에 마음이 약해진 탓이었을까. 그는 수심 가득한 얼굴로 창문 너

선인장 꽃이 피었습니다

머 바깥 풍경을 바라보았다. 그의 그런 걱정 어린 마음을 아는지 모르는지 날씨는 애석하게도 뜨겁고 화창하기만 했다.

시간은 걱정스러운 만큼 빠르게 지나고, 어느덧 그가 오룡산 할머니 댁에 꽃 배달을 가기로 한 날이 다가왔다.

"다음 소식입니다. 지난밤 오룡산에 갔던 60대 K모 씨가 실종되며 또다시 '오룡산 연쇄 실종 사건'에 관심이 쏠리고 있습니다."

뉴스에는 그날도 어김없이 '오룡산 연쇄 실종 사건' 이야기 흘러나오고 있었다. 무거운 표정으로 뉴스를 보던 그의 머릿속은 온통 '오룡산 연쇄 실종 사건'에 대한 의문투성이뿐이었다. 대체 왜 오룡산에 가기만 하면 사람들이 하나둘 사라지는 것일까. 지금까지 나온 실종자들을 정리해 보자면 나이, 성별 등은 크게 상관없는 듯했다. 실종자들 간의 공통점이 있는 것도 아니었고, 꼭 뭔가 원한을 살 만하다거나 사연이 있다거나 한 것도 아니었다.

'그럼 대체 왜….'

무엇보다 중요한 것은 경찰이 사건 수사에 착수한 지도 벌써 두어 달이 다 되어 가는데 아직 아무런 단서조차 찾지 못했다는 것이다. 실종자들의 흔적도, 이렇다 할 윤곽도, 모든 것이 흐릿하고 희미한 채 그대로 시간만 흐르고 있을 뿐이었다. 만약 이게 연쇄 실종 사건이 아닌 연쇄 살인 사건이라 해도 시체한 구조차 나오지 않았으니 연쇄 살인 사건이다, 연쇄 실종 사건이다, 딱 단정 짓기도 모호했다. 물론, 사람들은 이 정도면 연쇄 살인 사건으로 봐야 한다고 떠들썩하기도 했지만, 단순히 산에 갔다 실종된 사람들이 많을 수도 있는 거니까 그것도 명확하게 답할 수 있는 부분은 아니었다. 어쨌든 분명한 건… 오룡산에만 갔다 하면 갔던 사람들이 자꾸 실종된다는 것. 그 탓에 허무맹랑한 '오룡산 대저택의 마녀설'까지 돌고 있으니….

"허, 마녀는 무슨….."

그는 꽃을 다듬다 헛웃음을 터뜨렸다. 다시 생각해도 어이가 없는 소문이다. 세상에 21세기 대한민국에 사람을 잡아먹는 마녀라니! 그런 소문을 만들어 낸 사람들도 그런 소문을 믿는 사람들도, 더군다나… 소문이 진실인지 밝히러 갔던 친구들 역시 정말 한심하기 짝이 없었다.

"나이가 몇인데 아직도 그런 걸 믿어….."

그는 혼잣말로 중얼거렸다. 그러고 보니… 최근 오룡산에 갔던 사람들은 모두 실종이 됐는데 그의 친구들은 멀쩡히도 살아 돌아왔다. 물론, 다 죽어 가는 모양새로 돌아오긴 했지만. 어쨌든, 친구들 말에도 대저택의 마녀인지 뭔지는 이 연쇄 실종 사건과 관련이 없는 것 같았다.

'그렇다면 대체….'

툭! 이런, 온갖 잡생각을 하느라 다듬고 있던 꽃이 툭 부러져 버리고 말았다. 이 꽃은 오늘 쓰지 못하게 되어 버렸다.

"후!"

선인장 꽃이 피었습니다

그는 긴 한숨을 한 번 내쉬고 머릿속에 든 복잡한 생각들을 털어 버리기로 했다. 오늘 꽃 배달만 무사히 잘하고 오자. 그것이 그의 목표였다.

"안녕히 가세요."

이른 저녁, 그는 마지막 손님을 보낸 뒤 가게 문을 닫고 오룡산 할머니 댁으로 꽃 배달을 갈 채비를 했다. 배달할 꽃들은 예쁘고도 단단하게 잘 포장하여 꽃집 앞에 세워져 있던 그의 작은 차 뒷좌석에 가지런히 잘 싣고, 다시 한번 꽃집 안 구석구석을 살피고 나서야 그는 비로소 불을 끄고 가게 안을 나섰다. 그는 자신의 작은 차에 몸을 싣고, 시동을 걸었다. 오랜만의 꽃 배달이었다.

쿠구구구. 쿠구궁. 그가 오룡산 입구쯤 다다랐을 때, 기색 없던 천둥이 하늘을 울리며 요란하게 소리를 내고 있었다.

'비가 오려나….'

잠시 후, 번쩍이는 번개와 함께 굵은 빗방울이 하나둘 떨어지기 시작하더니 이내 빗줄기가 되어 쏟아져 내렸다. 굵고 드센 빗줄기는 그의 차창을 내리치듯 떨어졌고, 그는 와이퍼를 켜고 잘 보이지 않는 어둠 속을 천천히 운전해 나갔다. 그는 오룡산 할머니와의 통화를 떠올렸다. 산 입구를 지나 도로를 따라 쭉 올라오다 보면, 중턱까지 올라왔을 때 도로 옆으로 난 산

길이 보일 거라고 할머니가 말씀해 주셨다. 그럼, 그 산길을 따라 그대로 쭉 직진만 하면 할머니 댁이 보일 거라고. 그는 할머니가 설명해 주었던 길을 천천히 되새기며 산 중턱쯤 다다랐을 때, 한 귀퉁이에 차를 세웠다. 그러고는 옆 좌석에 있던 우산을 들고 차에서 내려 뒷좌석에 실려 있던 꽃들을 꺼내 다른 손에 들었다. 그러고는 그대로 뒤돌아 말없이 오룡산을 한 번 바라보았다. 대차게 쏟아져 내리는 빗속. 한기가 가득한 음산한 기운이 맴도는 산. 확실히 서늘하고, 어둡고, 무거웠다.

쿠구구구. 쿠궁. 요란한 날씨는 좀처럼 누그러들 기미를 보이질 않고, 오룡산 할머니 댁은커녕 같은 곳을 자꾸 맴돌고 있는 기분이었다. 비에 다 젖어 버린 지는 이미 오래. 체온도 점점 떨어지고 그도 이제 슬슬 지쳐 가고 있었다. 이젠 어디든 좋으니 그저 잠시 비를 피하고, 몸을 녹일 곳이 있기를 바랐다. 그리고 그런 그의 바람이 닿았을까. 마침내 그의 앞에 무언가가 모습을 드러냈다. 쿵! 번쩍!

"!"

대저택이었다. 정말 귀신이라도 나올 듯 다 쓰러져 가는 대저택의 모습이 보였다. 그는 휘둥그레진 눈으로 넋이 나간 듯 대저택을 말없이 빤히 바라보고 서 있었다.

"대저택…."

그는 조용히 중얼거렸다. 그러고는 마치 무언가에 홀린 듯, 그대로 천천히 대저택을 향해 걸어가기 시작했다. 똑똑똑.

선인장 꽃이 피었습니다

"계세요?"

그는 조심스레 대저택의 문을 두드리고 누군가 답해 주길 기다렸다. 그러나 안에는 아무런 인기척도 느껴지지 않았다. 똑똑똑. "계세요?" 그는 다시 한번 문을 두드리고 기다렸다. 하지만 이번에도 그 어떤 반응도 돌아오지 않았다. 그는 하는 수 없이 조심스레 문을 열었다. 끼이익! 낡고 오래된 무거운 문이 열리고 그는 조심스럽게 어둠 속 대저택 안을 살폈다. 여기가 친구들이 마녀를 봤다는 그 대저택인가? 축축하고 습한 냄새, 낡고 오래된 듯한 바닥의 카펫, 아무도 없는 텅 빈 공허함. 사람이라고는 살 것 같지 않은 이곳에 마녀인지 뭔지 어떤 여자가 살고 있다는 것이다. 그 여자는 대체… 왜 이런 곳에서 살고 있는 것일까? 그때. 처음으로 사람의 말소리가 들려왔다.

"나가."

"!"

"나가라고."

나지막이 말하는 젊은 여자의 목소리. 그는 소리가 나는 쪽으로 고개를 들어 올려다보았다.

"나가."

쿵! 천둥이 치고, 번개가 번쩍이는 순간!

"나가!"

그는 그녀의 모습을 보았다. 어둠 속 시커먼 망토를 온몸에 두른 채, 독기 가득한 붉은빛의 크고도 또렷한 눈동자로 그를 향해 소리치고 있는 그녀의 모습을!

"!"

"나가라고!"

높은 톤의 찢어질 듯한 가녀린 목소리. 매서운 눈, 살벌한 성질까지. '대저택의 마녀'. 과연 그렇게 불릴 만도 했다.

"나가!"

그녀는 다시 한번 대차게 소리쳤다.

"!"

넋을 놓은 채 그녀를 빤히 쳐다보고 있던 그가 이내 정신을 차리고는 정중히 고개 숙여 사과했다.

"죄송합니다."

그리고는 차분히 설명했다.

"안에 아무도 안 계신 줄 알고 멋대로 들어와 버렸네요. 밖에서 문을 두드렸는데 아무런 기척도 없길래…."

그렇게 말하던 그는 문득, 어둠 속에서 파르르 떨리던 그녀의 불끈 쥔 두 주먹을 보았다. 화난… 건가? 그렇게 생각한 그가 자신의 상황을 속사포로 이야기하기 시작했다.

"아! 저는 이상한 사람은 아니고요. 동네에서 꽃집을 하고 있는 사람인데 오룡산으로 꽃 배달을 왔다가 길을 잃어서요! 잠깐 여기서 비만 좀 피하다 갈 수 있을까요?"

"…."

어둠 속에서 그녀는 아무런 말도 하지 않았다. 그는 여전히

선인장 꽃이 피었습니다

파르르 떨리고 있던 그녀의 꽉 쥔 두 손을 보았다. 아니, 자세히 보니 그 여자, 화난 것보다는….

"누구시죠?"

때마침 다른 쪽에서 차분하고도 나긋한 중년 여성의 목소리가 들려왔다.

"아, 안녕하세요. '지은호'라고 합니다."

그는 중년 여성을 향해서도 차분히 인사했다. 중년 여성은 천천히 그를 향해 걸어 나오며 그를 빤히 쳐다보았다.

"여기는… 어쩐 일로 오신 거죠?"

중년 여성이 나지막이 묻자, 그는 이번에도 역시 속사포로 자신의 사정을 설명하기 시작했다.

"아, 저는 동네에서 꽃집을 하고 있는데요. 오룡산으로 꽃 배달을 왔다가 길을 잃어서요. 밖에 지금 비가 너무 많이 와서 그러는데 실례가 안 된다면 비만 좀 피하다 갈 수 있을까요?"

"…."

중년 여성은 어둠 속에서 아무 말 없이 그를 빤히 바라보며 찬찬히 살피다 곧 2층에서 소리치던 젊은 여자를 향해 말했다.

"아가씨?"

"내보내."

젊은 여자에게선 차갑고도 쌀쌀맞은 대답이 돌아왔다.

"밖에 비도 많이 오고 길을 잃으셨다고 하니, 잠깐 계시다 가게 하시죠."

중년 여성의 나지막하고도 차분한 목소리는 그에게 호의적인 듯 보였다.

"내보내라고!"

하지만 젊은 여자는 쌀쌀맞고도 차갑기 짝이 없었다.

"아가씨."

중년 여성은 물러서지 않았다.

"내보내라는 말 안 들려?!"

"이상한 사람이나 수상한 사람은 아닌 것 같으니 비 그칠 때까지만 있게 하시죠."

"왕(王) 집사!"

"길을 잃었다지 않습니까. 이대로 그냥 내보내면 진짜 집으로 돌아가시지도 못하고 산에서 죽을 수도 있습니다."

"그건 내 알 바 아니지. 그렇게 죽을 거면 그것 또한 저 사람의 운명인 거야."

젊은 여자는 무척이나 차갑고도 쌀쌀맞게 대꾸했다.

"아가씨!"

두 사람의 한 치도 물러섬 없는 팽팽한 신경전에 불편해진 그가 먼저 말을 꺼냈다.

"아, 괜찮습니다. 제가 허락도 없이 막무가내로 들어온 거니, 실례가 된다면 제가 나가는 게 맞죠."

"아닙니다."

왕 집사라는 중년 여성이 부드럽게 말했다.

선인장 꽃이 피었습니다

"아가씨, 이번에는 그냥 아가씨께서 한번 져 주시죠."

"…."

순순히 꺾이지 않는 중년 여성의 고집에 젊은 여자는 잠시 고민하는 듯하다, 이내 차갑게 대답하며 돌아섰다.

"마음대로 해."

젊은 여자가 어둠 속을 걸어 사라지고, 그를 지켜보던 왕 집사라는 사람이 그를 향해 부드럽게 말했다.

"잠시 여기서 기다리시죠."

그러고는 곧 그녀 역시 어둠 속 어딘가로 사라져 버렸다.

"…."

그렇게 얼마쯤 기다렸을까, 곧 중년 여성이 어둠 속에서 이쪽을 향해 걸어 나오는 것이 보였다. 그녀의 손에는 랜턴과 수건, 따뜻한 차가 들려 있었다.

"따뜻한 차와 닦을 수건입니다."

왕 집사는 그에게 가져온 차와 수건을 건넸다.

"감사합니다."

그는 꾸벅 고개를 숙여 인사한 뒤, 왕 집사로부터 수건을 건네받아 옷의 물기를 대충 털어 내고는 따뜻한 차 한 모금을 들이켰다. 긴장이 풀리고 추위에 떨던 몸이 노곤해지며 나른해지는 것을 느꼈다. 한결 편안해지며 살 것 같았다.

"이건 무슨 차인가요?"

"로즈마리티(rosemary tea)입니다. 지친 몸을 달래 주고, 긴장을 풀어 주는 데에 좋죠."

"그렇군요."

그는 천천히 고개를 끄덕이며 왕 집사가 들고 있던 랜턴 사이로 아까는 보이지 않던 그녀의 모습을 찬찬히 살펴보았다. 목소리와 말투만큼이나 차분히 가라앉은 단발머리, 드라마나 영화에서나 볼 법한 집사의 유니폼을 입은 그녀는 굉장히 기품 있어 보였다. 그가 조심스럽게 말문을 열었다.

"아까 보니까… '왕(王) 집사'라고 불리시던데, 이곳의 집사님이신가요?"

"네. 이곳을 총괄하는 이곳의 고참 집사입니다."

"그렇군요."

그는 고개를 끄덕였다.

"그럼, 여기서 가장 오래 계셨겠네요?"

"그런 셈이죠."

"아까 그 아가씨라는 분이… 이 댁의 주인이시고요?"

"… 네."

왕 집사의 대답에 그는 천천히 고개를 끄덕이며 대저택 안을 살펴보았다. 어둠 속 보이지 않던 대저택의 모습이 이제야 조금 어렴풋이 보이는 듯했다. 바닥의 낡고 오래된 듯한 검붉은 색 카펫, 공허하리만큼 뻥 뚫린 넓은 대저택 안. 1층 현관 가운데에서 마주 보이는 2층 돌출된 아치형의 둥근 난간까지. 마치 영화에서나 나올 법한 모습의 대저택이었다.

선인장 꽃이 피었습니다

"여긴 원래… 불이 안 들어오나요?"

그가 조심스럽게 물었다.

"평소에는 불도 들어오고 정상적으로 생활하는 곳입니다만, 오룡산 날씨가 워낙 기복이 심하다 보니 비가 오고 바람이 불며 천둥 번개가 심하게 치는 날에는 이렇게 정전되는 경우가 빈번합니다."

"그렇군요."

그는 차분히 고개를 끄덕이며 고개를 돌렸다. 이번엔 그의 시선으로 시들시들해 보이는 빨간 장미꽃 한 송이가 들어왔다. 1층 현관 중앙에 놓여 있던 원형 테이블 위로 유리 돔 안에 덩그러니 놓인 빨간 장미꽃 한 송이가 보였다.

"장미는 햇빛을 좋아하는데… 갇혀 있네요…."

무심결에 아련히 말한 그의 혼잣말에 왕 집사는 더 아련히 답했다.

"아름다운 꽃에도 사연은 있는 법이죠."

아름다운 꽃에도 사연은 있는 법이라는 그녀의 그 말이 왠지 그의 심장을 파고드는 듯했다. 그는 고개를 돌려 왕 집사를 빤히 바라보았다. 그러고 보니 뭔가 깊은 사연이 있어 보이기도 했다. 왕 집사라는 이분도, 아까 그 소리치던 '아가씨'라는 여자도, 이 대저택도. 그는 조용히 침묵에 잠겼다. 시간이 흐르고, 억척같이 쏟아져 내리던 비와 요란스럽던 천둥 번개도 잠에 든 뒤, 그는 돌아가기 위해 왕 집사에게 인사를 건넸다.

"감사합니다. 덕분에 잘 쉬었다 갑니다."

"아닙니다. 손님을 맞이하는 건 예의이지요."

왕 집사가 차분히 대답했다.

"안녕히 계세요."

공손한 그의 인사에 그녀는 말없이 살짝 웃으며 고개를 꾸벅 숙여 인사했다. 그는 한 손에는 우산과 다른 한 손에는 다 젖어 망가져 버린 꽃들을 든 채 대저택을 나섰다. 한 발 한 발, 한참을 걸어 대저택 앞마당을 거의 다 빠져나갔을 때쯤에야 그는 비로소 뒤를 돌아보았다. 어둠이 걷히고 난 후의 대저택의 모습은 사뭇 또 다른 분위기였다. 넓은 앞마당과 다 쓰러져 가는 대저택의 모습이 조금은 외로워 보이기도, 조금은 슬퍼 보이기도 했다.

다음 날, 꽃집으로 돌아온 그가 오룡산 할머니께 전화를 걸었다. 꽃을 배달해 드리지 못하고 그냥 돌아온 것이 죄송해서였다.

"네, 할머니. 여기 꽃집인데요."

"아이고! 사장님! 괜찮으세요?!"

걱정했던 우려와는 달리 할머니는 오히려 그를 걱정하는 듯 보였다.

"네! 저는 괜찮습니다. 근데… 길을 잃는 바람에 배달도 못

　　　　　　　　선인장 꽃이 피었습니다

해 드리고 해서 전화 드렸어요."

"아이고! 괜찮아요! 괜찮아. 사장님이 하도 안 오시길래 혹시 사장님한테 무슨 일이 생겼나 하고 한걱정했는데! 무사하다니 됐어요."

할머니는 너그러운 말투로 그를 달래 주었다.

"꽃도 다 망가지고 해서, 배달은 다음에 다시 해 드리도록 하겠습니다! 언제가 좋으세요?"

"아이고, 아니에요. 아직 돈도 안 드렸고, 배달은 다시 안 해 줘도 괜찮아요."

"아닙니다. 그래도 약속은 약속인데 배달은 해 드려야죠."

그가 웃으며 말했다.

"아이고, 미안해서 어쩌나…."

"미안해하실 필요 없으세요. 돈 받고 하는 제 일인걸요. 확실히 해야죠."

"음… 그러면! 다음에 올 때는 내가 값을 배로 쳐 주리다."

"아니에요, 할머니. 값은 그냥 처음에 주시기로 했던 대로 주시면 됩니다. 원래 금액만 받을게요."

"아이고, 그럼 내가 미안하지…."

"정말 괜찮습니다."

"음…."

할머니는 머뭇거리다 말했다.

"그럼 다음에 올 때는 꽃 좀 더 챙겨다 줄래요? 값은 내가 그

꽃까지 다 맞춰서 드릴 테니."

"네! 그렇게 하세요. 어떤 꽃으로 가져다 드릴까요?"

"빨간 장미꽃이요."

"!"

순간, 빨간 장미꽃이라는 할머니의 말에 왠지 모르게 움찔해 버리고 말았다.

"아, 빨간 장미꽃이요?"

"네. 넉넉히 가져다주세요."

"네, 알겠습니다." 하고 흔쾌히 대답한 뒤, 그는, "네. 그럼, 그때 다시 찾아뵙겠습니다. 네. 들어가세요." 하고 공손히 인사한 뒤 할머니와의 통화를 마쳤다.

그리고 그로부터 다시 며칠이 흘러, 그가 오룡산 할머니 댁에 가는 날이 되었다. 그는 할머니께 드릴 꽃들을 하나하나 정성 들여 손질하고 꽃이 상하지 않도록 단단하게 잘 포장했다. 거베라, 델피니움, 백일홍, 리시안셔스 그리고… 빨간 장미까지. 모든 꽃을 하나하나 손질하고 예쁘게 포장하고 나서야 할머니 댁에 배달할 꽃들의 준비를 모두 마쳤다. 그리고 그렇게 그날도 어김없이 평소보다 일찍 마감한 후, 가게 문을 닫고 나와 오룡산 할머니 댁으로 향했다. 두 번째로 향하는 오룡산으로의 길은 여전히 험난하고 힘들었다. 날씨는 오늘도 유난스러웠고, 천둥 번개와 대차게 내리는 빗속에서도 그는 운전에 온 신경을 다했다. 그럼에도 그 위험한 길을 굳이 계속 가는 이유

선인장 꽃이 피었습니다

는 단 하나, 오룡산 할머니와의 약속을 지키기 위해서였다. '고객과의 약속은 곧 신뢰요, 관계에 있어서 신뢰란 생명이다.'라는 것이 그의 철칙이었기 때문이다. 쿠구구구. 쿠구궁. 그는 지난번과 마찬가지로 산 중턱에 다다랐을 때쯤 도로 한 귀퉁이에 차를 세워 놓고 차에서 내려 한 손엔 우산과 다른 한 손엔 꽃 뭉치를 들었다. 그러고는 몸을 돌려 어두컴컴한 산속으로 걸어 들어가기 시작했다.

'이상하다. 분명 이 길이 맞는데….'

그리고 그는 오늘도 어둠 속 산길을 헤매고 있었다. 이대로면 오늘도 오룡산 할머니 댁에 꽃을 배달해 드리지 못할 게 뻔했다. 그는 불안한 마음에 조급해졌다. 오늘은 꼭 가져다 드려야 한다는 마음으로 그는 발걸음을 재촉했다. 그렇게 얼마쯤 더 걸었을까, 그의 귀에 낯선 소리가 들려왔다. 척! 척! 척! 대차게 쏟아져 내리는 빗소리에 섞여 잘 들리지는 않았지만, 어렴풋이 삽 같은 것으로 젖은 땅을 파내고 있는 듯한 소리 같았다.

'이게 무슨 소리지?'

그는 무언가에 홀린 듯 소리가 나는 쪽을 향해 한 발 한 발 다가가기 시작했다.

"!"

쿵! 번쩍! 내리치는 천둥과 번쩍이는 번개 빛 너머로 무언가를 발견하는 순간, 그의 심장은 미친 듯이 빠르게 요동치기 시작했다. 눈빛은 흔들리고 속은 뜨겁게 타들어 갔으며, 입은 바짝 마르고 손끝은 미세하게 떨리고 있었다. 내리는 빗속 저 너머로 보이는 한 오두막집. 그 앞의 마당 젖은 땅 위로 서슬 퍼런 얼굴들이 일렬로 가지런히 누워 있었다. 핏기 하나 없는 얼굴에 눈은 모두 감은 채, 머리는 가지런히 빗겨져 목에는 직접 만든 듯한 꽃목걸이가 걸려 있는 사람들. 그것은 분명… 시체들이었다.

쿵! 다시 한번 굉음을 내며 천둥이 치고, 요란한 번개가 번쩍이는 틈에 그는 그 남자와 눈이 마주쳐 버리고 말았다. 다 새어 버린 장발의 노인. 까무잡잡한 피부에 깊게 팬 주름. 노인의 손에는 질척이는 땅을 파고 있던 삽이 들려 있었다. 그리고 곧 노인의 얼굴엔 섬뜩한 미소가 번져 나갔다.

"또… 혼자네?"

"!"

그 노인과 눈이 마주친 순간, 그는 온몸이 얼어붙어 옴짝달싹할 수조차 없었다. 그는 아무런 말도, 그 어떤 행동도 하지 못한 채 그 자리에 멍하니 굳어 있을 뿐이었다.

"자, 너도 예쁘게 해 줄게…."

장발의 노인은 섬뜩한 웃음을 환하게 지으며 그를 향해 말했다. 산발에 다 새어 버린 긴 머리, 가느다란 눈과 얇고 퍼런 입술, 기괴한 웃음에 한 손에 든 삽까지. 어느 것 하나 정상인 게 없었다. 장발의 노인은 이어 그를 향해 한 발 한 발 다가오기 시작했다.

"…."

본능적으로 위험함을 감지한 그는 천천히 한 발 한 발 뒷걸음질 치기 시작했다.

"당신이었어? 오룡산에서 자꾸 사람이 실종됐던 이유가?"

장발 노인의 기분 나쁠 만큼 섬뜩한 미소에 그가 물었다.

"…."

노인은 그의 물음에 아무런 말 없이 그저 활짝 웃어 보였다. 저 많은 사람을 죽여 놓고도 뭐가 그리 좋은지 기괴한 미소로 활짝 웃고 있는 노인을 보고 있자니 그는 분노가 치밀어 올랐다.

"대체 왜 저 많은 사람을 죽인 건데!"

장발의 노인은 대답 대신 그저 환하게 웃을 뿐이었다.

"대체 왜 죽였냐고!"

"예쁘잖아."

"뭐?"

힘 빠진 목소리로 태연히 대답하는 노인의 어처구니없는 대답에 그는 기가 막히고 말이 안 나올 뿐이었다.

"예쁘게 하고 가야지. 내가 예쁘게 해 준다는데."

당최 알 수 없는 소리를 해 대는 장발 노인의 말에 그가 허탈한 표정으로 다시 물었다.

"대체 뭐가 예쁜 건데. 멀쩡한 목숨 다 죽여 놓고 대체 뭐가 예쁜 거냐고!"

"예뻐…. 내가 예쁘게 꾸며 줬거든."

장발의 노인은 미소 띤 얼굴로 그저 알 수 없는 소리만 반복할 뿐이었다. 그는 다시 젖은 진흙 위에 놓인 시체들로 시선을 돌렸다. 잘 빗겨진 머리와 단정한 차림새, 목에 걸린 꽃목걸이. 그 미친 살인마의 괴상한 취미가 뭔지 알 것도 같았다. 그는 여전히 숨 막히는 긴장감 속에 장발의 노인과 대치하며 물었다.

"대체 저게 무슨 의미가 있는 건데, 저렇게 사람들을 다 죽여 놓고 꾸며 놓으면 그게 무슨 의미가 있는 거냐고!"

"예쁘게 하고 가야지."

"그러니까 죽은 사람이 예쁘게 하고 가는 게 무슨 의미가 있냐고! 살아 있어야 예쁘든 예쁘지 않든, 그게 다 의미가 있는 거지. 대체 죽은 사람들한테 저게 다 무슨 의미가 있냐고!"

분노로 가득 찬 그가 장발의 노인을 향해 소리쳤다.

"…"

노인은 무언가 마음에 들지 않는 듯, 얼굴을 찡그리며 특유의 느릿느릿한 어조로 말했다.

"살아 있으면… 안 예뻐. 늙으면 초라해지고 추악해져. 죽을 때가 돼서 아름답게 가는 사람은 없잖아. 그러니까 아름답게 가라고… 내가 꾸며 주는 거야. 더 늙고 초라해져서 추악해지기 전에."

"그러니까 그걸 당신이 뭔데 마음대로 판단해! 살아 있는 것

　　　　　　　　　　　선인장 꽃이 피었습니다

들엔 그냥 살아 있는 것만으로도 의미가 있는 거야!"

어느새 분노로 가득 찬 그의 눈에는 눈물이 맺혀 있었다.

"아름답든 아름답지 않든, 그냥 살아 있는 것만으로도 그 자체가 의미가 되는 거라고."

"아니야. 그렇지 않아."

"지금 멀쩡히 살아야 할 사람들을 당신이 죽여서 얼마나 영망진창으로 만들어 놓은 건지 알아?"

"그렇지… 않아."

장발의 노인은 특유의 초점 없는 눈과 힘 빠진 목소리로 그를 향해 서늘하게 대꾸했다.

"당신은 그냥 살인자야!"

빗속에서 그가 장발의 노인을 향해 외쳤다.

"멀쩡히 살아서 살아가야 할 사람들의 소중한 목숨을 빼앗은, 끔찍하고 추악한 살인자일 뿐이라고!"

"아니야!"

노인이 소리쳤다. 그러고는 나지막이 그를 향해 중얼거렸다.

"너는 정말… 안 예뻐."

힘 빠진 목소리로 중얼거리던 장발의 노인은 곧 살기 어린 눈빛으로 삽을 든 채 그를 향해 달려들었다.

"이제 그만해! 제발!"

대차게 쏟아져 내리는 빗속에서 그는 울부짖었다. 그러나 장발의 노인은 그런 그를 아랑곳하지 않은 채 무서운 속도로 삽을 휘두르며 그를 향해 달려들었다. 그는 뒷걸음질 치며 재빠르게 몸을 돌려 노인이 휘두르는 삽을 가까스로 피해 갔다. 그렇게 빗속에서 장발의 노인과 그의 사투가 벌어졌다. 장발의 노인이 든 삽이 허공을 가르는 소리가 나고, 그는 빗속에서 빠르게 돌진해 오는 노인을 피하며 체력을 소모하고 있었다. 빗속에서 정신력과 체력을 함께 쓰는 건 생각보다 더 힘든 일이었다. 칠흑 같은 어둠 속, 비는 계속 내려 대고 체온은 내려가며 체력은 급격하게 떨어지고 있었다. 이대로 가다가는 정말 죽을 것만 같았다.

"제발… 그만."

더는 피하고만 있을 수 없겠다 싶은 그가 이내 눈빛을 고치고는 자세를 잡고 장발의 노인과 정면 승부를 벌였다. 그는 일단, 노인의 손에 들려 있던 삽부터 처리하기로 하고 단숨에 힘 있게 노인의 팔을 잡아 노인을 제지한 다음, 삽을 튕겨 날려 버렸다. 그러고는 이내 노인에게 달려들어 노인과 엎치락뒤치락 몸싸움을 벌였다. 노인 역시 만만치 않았다. 노인은 끝까지 굴하지 않고 그의 힘에 맞서 저항했다. 여러 사람의 목숨을 앗아간 살인마다운 끈질김이었다.

"너만… 없으면!"

노인은 끝까지 사력을 다해 그와 몸싸움을 벌였다. 그도 절대 지지 않았다. 두 사람은 그렇게 한참만의 빗속 사투를 벌인 끝에 결국, 장발의 노인이 나가떨어지며 막을 내렸다. 두 사람

선인장 꽃이 피었습니다

은 기력을 다 소진한 채 흙투성이가 되어 그대로 흙바닥에 나자빠졌다. 털썩 쓰러져 누워 버린 그는 흐릿한 눈으로 하늘을 바라보았다. 장대비 같던 빗줄기는 어느새 가느다란 가랑비가 되고, 그대로 흙바닥에 나자빠져 있던 두 사람은 서서히 정신을 잃어 가고 있었다. 어둠 속 오룡산의 하늘은 컴컴하고도 드넓었다. 그의 눈으로 보이는 하늘이 점점 더 흐릿해지며 그의 눈이 감겨 갈 때쯤, 귀에 익은 목소리가 저 멀리서 희미하게 들려오고 있었다.

"아이고, 사장님! 꽃집 사장님!"

그러고는 이내 그의 눈앞으로 어렴풋이 한 할머니의 모습이 들어왔다.

"사장님, 정신 좀 차려 봐요! 사장님!"

할머니의 모습은 점차 흐려져 컴컴한 어둠 속으로 사라져 버리고 말았다.

"여보세요? 여기 오룡산인데요! 사람이 쓰러져 있어요! 빨리 좀 와 주세요!"

빨간 장미꽃

"야, 일어나."

햇볕이 내리쬐는 어느 여름날. 누군가 그가 앉은 의자를 발로 툭툭 차는 것이 느껴져 일어나 보니 역시나 그 녀석들이었다.

"어쭈, 뭐냐? 그 못마땅한 표정은?"

교복을 입은 녀석들이 단체로 그를 빙 둘러싼 채 가소롭다는 듯 웃으며 서 있었다. 성격처럼 제멋대로인 머리카락, 풀어헤친 교복 셔츠, 손목엔 비싸 보이는 명품 시계까지. 하나같이 다 허울 좋은 것들뿐이었다.

"일어나라고, 이 새끼야."

매번 이런 식으로 자신들보다 약한 사람을 괴롭히며 자신들의 강함을 되새기려 하는 것이겠지.

"야, 안 일어나냐? 내 말이 말 같지 않아? 우스워?"

그는 쭈뼛거리며 자리에서 일어섰다. 쿠당탕! 그가 자리에

선인장 꽃이 피었습니다

서 일어선 지 얼마 되지 않아 다시 주저앉아 버리고 말았다. 물론, 이번엔 의자가 아닌 차가운 교실 땅바닥에.

"야, 일어나라니까?"

그 녀석들은 뭐가 그리도 좋은지 실실거리며 말했다.

"일어나라고."

"…."

이번엔 그렇게 호락호락하게 일어서지 않았다. 나름의 반항이었다.

"일어나라니까, 이 새끼야?"

"…."

"야, 내 말이 우스워? 말 같지 않아? 일어나라고, 이 새끼야."

하는 수 없이 그는 이번에도 일어섰다. 이번엔 그래도 최대한으로 버텨 본 거였다.

"이 새끼가. 많이 컸네? 어? 야."

한 녀석이 그의 머리를 연신 쳐 대고, 그의 어깨를 손가락으로 쿡쿡 찌르며 말했다.

"네가 그렇게 잘났어? 어? 야, 말해 봐. 네가 그렇게 잘났냐고."

"…."

그가 대답하지 않자, 이번엔 그를 발로 세게 밀쳐 버렸다. 쿠당탕! 의자와 책상이 밀려나고 그가 맥없이 땅바닥으로 내리꽂혀 버리고 말았다.

"네가! 그렇게! 잘났냐고!"

그 녀석은 한 박자에 한 번씩 발길질해 댔다.

"일어, 나라면, 일어, 나고, 꿇으라면, 꿇을 것이지! 네가! 그 렇게! 잘났어?!"

발길질하는 그 녀석의 너머로 흐릿하게 그 광경을 지켜보고 있던 다른 아이들의 모습이 보였다. 자신을 바라보는 수많은 시선, 자신을 향해 비웃는 그들. 숨이 턱 막혀 오고 아무런 소 리도 들려오질 않았다. 시야는 그저 뿌옇고 흐리기만 했다. 제 발 누가 도와 달라고, 제발 한 명만 도와 달라고. 아니면 차라 리⋯ 나를 죽여 달라고. 마음속으로 수없이 외쳐 봐도 입 밖으 로 나오는 말은 아무것도 없었다. 지켜보는 수많은 이들 중 그 를 도와주는 이는 아무도⋯ 없었다. 잠시 후, 그는 고통스러운 신음을 내며 힘겹게 몸을 일으켜 세웠다.

"야, 잘 일어나네? 오뚝이야? 일곱 번 넘어져도 여덟 번 일어 나는?"

발길질하던 녀석이 그를 향해 비아냥거리며 말했다. 그러자 순간, 그의 말 한마디에 주위에 있던 녀석들까지 한바탕 웃음 바다가 되어 버리고 말았다.

"⋯만해."

그는 온 힘을 쥐어짜 내며 말했다.

"뭐라고?"

"그만⋯ 하라고."

"뭐?"

녀석은 다 듣고도 안 들리는 척 또 되물었다. 이젠 정말 지긋지긋했다.

"그만해!"

그의 소리침에 순간, 사방엔 정적이 흐르고 무거운 긴장감만이 맴돌았다.

"뭐라는 거야, 이 새끼가 지금."

주위에서 지켜보고 있던 따가운 눈초리들은 더욱더 싸늘해졌다. 이젠 정말 돌이킬 수 없게 됐다는 것을 그도 본능적으로 직감하고 있었다.

"야, 그만하라는데?"

한 녀석이 코웃음을 치며 말했다.

"야, 이 새끼 담력 많이 좋아졌다?"

"이젠 뭐, 아주, 눈에 뵈는 게 없나 봐?"

옆에 있던 녀석들이 한마디씩 거들었다. 그러나 진짜는 그 녀석이었다. 아까보다 더 정신 나간 표정으로 그를 향해 물었다.

"야, 다시 한번 말해 봐."

그의 두 손과 눈빛이 두려움에 떨리고 있었다. 하지만 그도 이제 그런 건 상관없었다.

"그만… 하라고."

죽든 살든, 하나만 하고 싶었다. 계속 반복되는 이 고통, 끝이 없는 어둠과 절망 속에 그는 이제 뭐든 끝을 내고 싶었다.

빨간 장미꽃

"허!"

그 녀석은 어이없다는 듯 헛웃음을 터뜨렸다.

"야, 그만해? 그만해?"

녀석은 더욱더 심하게 그를 향해 손찌검하고 발길질해 댔다.

"그만해?!"

녀석은 닥치는 대로 들어 그를 향해 치고, 던졌다. 교실은 쑥대밭이 되고 그의 몸은 어느새 피투성이가 되어 있었다. 녀석은 그를 향해 다가와 불쑥 얼굴을 가까이 들이밀고는 물었다.

"그만해?"

"…."

"그만하고 싶어?"

"…."

"말해, 이 새끼야. 그만하고 싶냐고."

"…."

그는 말없이 고개를 끄덕였다.

"그래. 그럼 그만하지, 뭐."

그는 분노에 가득 찬 슬픈 눈빛으로 그 녀석을 쳐다보았다. 녀석은 살벌한 표정으로 조건을 달았다.

"네가 오룡산 갔다 오면."

"!"

"네가 오룡산 갔다 무사히 살아 돌아오면 그땐 그만한다고."

"…."

"왜, 그건 못 하겠어?"

"…."

최근에 오룡산에 갔다 돌아온 사람은 단 한 명도 없었다. 적어도 그가 알기론. 뉴스에는 매일같이 오룡산에 갔다 실종된 사람들의 소식이 흘러나왔고, 사람들은 그것을 두고 연쇄 실종 사건이 아닌 연쇄 살인 사건이라고도 했다. 어찌 됐든 오룡산에 갔던 사람들은 모두 죽거나 돌아오지 못한다. 그게 요즘의 사실이었다.

"싫으면 말고. 굳이 안 해도 돼. 네 선택이야."

마치 아량이라도 베풀 듯 너그러운 말투로 녀석이 웃으며 말했다.

"어떡할래?"

"…."

어차피 죽는 것밖에 선택지가 없다면. 여기서 녀석들에게 계속 괴롭힘을 당하다 죽느니 차라리 오룡산에 갔다 죽는 게 나을 것 같기도 하다는 생각이 들었다. 이 지옥 속에 죽어도 헤어 나오지 못하느니 죽기 전에는 이 녀석들로부터 해방되고 싶었다. 또, 여기서 괴롭힘당하다 죽으면 세상 사람들 아무도 자신에게 관심이 없겠지만 오룡산에 갔다가 죽으면 그나마 뉴스에는 나올 수 있을 테니. 운이 좋아 만에 하나 경찰이 수사하다 자신의 괴롭힘 흔적까지 발견하게 된다면 더할 나위 없겠지만 말이다. 저 녀석들의 처벌까지는 욕심내지도 않았다. 저 녀석들이 한 짓만큼은 세상에 알리고 싶었다. 내가 살아온 지옥을… 세상에 알리고 싶었다.

"좋아."

그의 대답이 그 녀석도 꽤 마음에 드는 듯 보였다. 지켜보고 있던 이들은 하나같이 술렁이기 시작했다.

"좋아. 여기 있던 애들도 다 같이 들은 거야. 넌 이제…."

녀석은 그에게 가까이 다가와 그의 귀에 속삭였다.

"빼도 박도 못해."

"…."

그는 파르르 떨리는 입술을 지그시 깨물었다.

"아, 혹시라도 무서워서 중간에 내려온다거나 다른 길로 샐 생각은 하지 마라? 우리가 밑에서 다 지켜보고 있을 거니까."

"…."

그는 말없이 무거운 고개를 끄덕였다. 그날 하루는 다른 날보다 훨씬 무겁고 짧게 느껴졌다. 죽을 날을 받아 놓고 죽으러 가는 사람처럼 무섭고 두려웠다. 이젠 살고 싶다는 희망도 버린 지 오랜 줄 알았는데, 마지막으로 한 번만 자신에게 기적 같은 일이 일어나길 바랐다. 간절히 바랐다.

"야, 가자."

그리고 기적은 끝내… 일어나지 않았다.

"와, 여긴 뭐 이렇게 춥냐? 지금 계절 여름 맞아?"

"진짜 오싹하니 한기가 느껴지네, 아주."

"야, 진짜 여기서 사람 엄청 죽어 나갔나 본데? 우리 엄마가 그러는데 사람 죽은 데는 한기가 느껴지는 게 기운부터 다르대."

"아이, 씨! 조용히 해, 이 새끼들아. 여기 놀러 왔냐?"

오룡산 입구에서 재잘재잘 떠드는 녀석들을 그 녀석이 제지했다.

"잘 갔다 와라. 부디 살아서 돌아오길. 살아서 돌아올 수 있을지는 모르겠지만."

다른 건 몰라도 그 녀석의 마지막 말은 진심인 듯 보였다. 살아서… 돌아올 수 있을지는 모르겠지만. 그는 착잡한 마음을 안고 뒤돌아 오룡산을 한 번 올려다보았다. 한여름 밤의 오룡산은 무섭고도 서늘했다. 또 다른 지옥이었다.

"…."

그는 천천히 오룡산을 향해 걸어갔다. 녀석들의 말소리가 점점 작아지는 것이 느껴졌다.

"야, 근데 쟤 진짜 돌아올까?"

"돌아오기는 뭘 돌아와. 너 저기 갔다가 살아서 돌아온 사람 봤냐?"

"아니."

그 모든 것이 원망스러운 순간에 마지막으로 드는 마음조차 원망스러웠다. 살고 싶다. 그는 그렇게 점점 새카맣고도 차가운 어둠 속 산을 향해 가까워져 가고 있었다.

똑똑똑. 문이 열리고, 왕 집사가 방안으로 걸어 들어왔다.

"아가씨, 아침 뉴스 보셨습니까?"

왕 집사가 태블릿을 들고 혜령에게로 다가갔다. 왕 집사가 들고 있던 태블릿 화면에는 뉴스가 흘러나오고 있었다.

"다음 소식입니다. 어젯밤 늦은 시각, 오룡산에 갔던 한 10대 A모 군이 또다시 실종되며⋯."

"밤에 오룡산에 왔던 한 남학생이 실종되었다는군요."

왕 집사가 나지막이 말했다.

"같은 사람의 짓일까요?"

"그렇겠지."

혜령은 싸늘하게 대답하고는 보고 있던 노트북 화면으로 다시 시선을 돌려 무언가에 집중했다.

"대체 왜⋯ 오룡산에 오는 사람들을 자꾸 죽이는 걸까요?"

"나야 모르지, 내가 연쇄 살인범도 아닌데. 그런 사이코패스의 심리까지 어떻게 알아."

그녀가 퉁명스럽게 대꾸했다.

"걱정입니다. 경찰도 범인은커녕 단서 하나 찾지 못하고 있으니⋯."

"그것보다⋯."

노트북을 보며 집중하고 있던 그녀가 왕 집사에게로 시선을

선인장 꽃이 피었습니다

돌리며 의미심장한 말투로 물었다.

"저 남학생은 왜 혼자 오밤중에 산에를 갔을까? 그것도 갔다 하면 사람이 사라지는 산에."

"…."

왕 집사는 그녀가 무슨 말을 하려는 것인지 모르겠다는 듯, 잠자코 그녀의 다음 말을 기다리고 있었다.

"학업 성적도 우수해, 학교생활도 성실해. 그런 남학생이 대체 왜 혼자 그 밤중에 아무도 없는 산에 갔냐는 말이야. 그것도 사람이 가기만 하면 사라지는 산에."

"…."

그녀의 다음 말은 더 의미심장하게 들려왔다.

"죽으러 간 게 아니고서야."

"!"

그녀는 나지막이 한마디를 덧붙였다.

"뭐… 진짜 죽으러 갔다면… 유감이지만."

그녀의 말을 들은 왕 집사의 낯빛이 파래졌다. 두 손과 입술은 미세하게 떨리고 눈빛은 흔들리고 있었다.

"아가씨는… 어느 쪽이라고 생각하십니까?"

"뭐가?"

"스스로 죽으러 간 것과… 누군가 죽게 만든 것 중… 어느 쪽이라고 생각하십니까?"

"…. 글쎄."

그녀는 잠시 진지한 얼굴로 고민하는 듯 보였다.

"근데…."

그러고는 말을 이었다.

"뭐, 어느 쪽이든 중요한 건 죽었다는 거 아니겠어?"

"…."

태연하고도 담담하게 말을 이어 가던 그녀는 이내 아련하고도 씁쓸한 표정을 지으며 덧붙였다.

"지옥을 살았겠지. 홀로 쓸쓸히, 외롭게."

그녀의 그 말이 왠지 더 가슴 아프게 왕 집사의 마음 한편을 쑤시고 들어왔다. 왕 집사는 복잡한 듯 슬픈 눈빛으로 그녀를 바라보았다. 혜령은 책상 위에 놓인 새카만 판에 새카만 펜으로 무언가를 쓱쓱 그리며 노트북 화면에 집중하고 있었다. 노트북 화면 속 새하얀 종이를 알록달록하게 채워 나갔다.

"저는 아직도 그날이 생생합니다."

왕 집사가 낮은 목소리로 나지막이 말했다.

"아가씨를 처음 뵀던 날이요."

"…."

"습하고 축축한 산속 버려진 대저택. 어둠 속 홀로 차가운 바닥에 주저앉아 계셨죠. 그날도 비가 많이 왔었습니다."

왕 집사는 한숨 고르고는 말을 이었다.

"그때 아가씨께서는 그러셨죠. 하얀 장미꽃을 빨갛게 물들여 버린 것들을 똑같이 다… 빨갛게 물들여 버리고 싶다고요."

선인장 꽃이 피었습니다

펜을 들고 있던 혜령의 손이 멈칫하는 것이 보였다.

"그때의 아가씨는 뭐랄까, 영혼이 없는 것 같은 느낌이었습니다. 생기 없는 얼굴, 핏기 없는 입술, 한(恨)과 독기로 가득 찬 눈빛, 떨리는… 몸."

"…."

"아가씨는 지금도 빨간 장미꽃이 좋으십니까?"

나지막한 왕 집사의 물음에 그녀는 섬뜩하게 대답했다.

"응, 좋아. 다 새빨갛게 물들어 버렸으면 좋겠어."

그렇게 답하는 혜령의 눈엔 여전히 그때의 한(恨)과 독기가 가득 서려 있었다. 혜령은 오래전 그날을 떠올렸다. 옅은 회색 지붕 아래 다 쓰러져 가는 집. 매일같이 술을 친구로 삼던 그 사람과 그 사람에게 맞으며 자신에게 화를 내는 게 일상이었던… 그녀의 엄마. 매일같이 다투는 부모님 아래 그녀에게 그곳은 지옥이었다. 또래 아이들조차도 전부 그녀를 손가락질하고 비웃었다. 그 아이들에게 그녀는 그저 가까이해서는 안 될, 더럽고 냄새나는 천박한 아이일 뿐이었다. 도와주는 어른도, 괜찮다고 다독여 주는 어른도, 먼저 다가와 주는 어른도, 그녀에게는 아무도 없었다. 그녀는 그렇게 홀로 외로이 춥고도 쓸쓸한 어린 시절을 지나 도망치듯 산속 깊숙한 곳 버려진 대저택으로 들어왔다.

똑똑똑. 왕 집사가 그녀의 방을 나간 뒤, 누군가 방문을 두드렸다.

"들어와."

"아가씨!"

세경이었다.

"오늘 날씨 좋아서 다들 햇볕 쬐러 나가려고 하는데 같이 안
나가실래요?"

세경은 특유의 밝은 웃음과 목소리로 혜령을 향해 해맑게 물
었다.

"난 됐어."

혜령은 늘 그렇듯 건조하게 대답했다.

"네…."

세경은 아쉬운 듯 방을 나섰다. 똑똑똑. 잠시 뒤, 다시 누군
가 혜령의 방문을 두드려 왔다.

"난 됐다니까?"

혜령은 신경질적으로 날카롭게 대답했다.

"그래도 가끔은 나가서 햇볕도 좀 쬐고 하시죠?"

이번엔 안나였다. 안나는 특유의 장난기 가득한 얼굴로 진지
하게 말했다.

"우리 몸의 비타민 D는 자연스럽게 만들어지는 것이 아니라
햇볕을 쬠으로써 체내에 합성되는 것이기 때문에, 너무 강한
자외선을 직접 적으로 쐬는 게 아니라면 매일 15분에서 20분
정도는 햇볕을 직접 쬐어 뼈에 필요한 비타민 D가 충분히 합
성될 수 있도록 해 주는 게 좋다고 들었습니다만."

선인장 꽃이 피었습니다

"휴…."

또 시작이다. 저 아는 척 잔소리. 혜령은 성가신 듯 받아쳤다.

"너무 강한 햇볕은 피부에 오히려 독이 될 수 있다고 하던데?"

"아가씨는 어차피 나가도 그늘에 계실 거잖아요?"

"그래서."

"오늘 같은 날은 좀 나가기도 하고 하시라고요."

"싫어."

"그렇게 하루 종일 앉아서 노트북만 보고 계시면 눈과 목, 허리와 무릎에 무리가 올 뿐 아니라 당뇨병과 심혈관 질환, 또 암이나 비만을 유발하는 데에도 큰! 작용을 하기 때문에…."

"아이 씨! 좀!"

참다못한 혜령이 폭발해 소리쳤다.

"건강에… 안 좋다는 말을 하려고 한 건데."

"나가."

"…."

"나가라고!"

"네."

안나는 어깨를 으쓱하며 혜령의 방을 나섰다.

"진짜, 하여튼! 도움이 안 돼! 도움이!"

혜령은 그렇게 혼잣말을 중얼거리고는 다시 하던 일에 집중하기 시작했다. 그렇게 1초, 2초, 3초… 있던 혜령은 발끈하며 그 자리에서 벌떡 일어섰다.

"집중력 다 깨졌어! 고안나 때문에!"

그러고는 방 안에 크게 나 있는 아치형의 창문 앞으로 향했다. 오랜만의 쨍한 햇볕, 화창하고도 맑은 날씨, 한여름의 푸른 잔디, 그리고… 저 앞으로 내려다보이는 해맑은 대저택 직원들의 모습까지. 혜령은 그 모습을 보며 슬픈 눈으로 아련히 중얼거렸다.

"다들 지워지지도 않을 흉터를 새기고도 뭐가 그렇게 즐거운 거야."

그러고는 씩 옅은 미소를 지어 보였다. 오랜만의 평화로움이었다. 그 누구도 방해하지 않는, 그 누구에게도 방해받지 않는, 그들만의 조용하고도 평온한 시간. 그곳은 낙원이었다.

똑똑똑. 어느 날 아침, 그날도 여지없이 왕 집사가 혜령의 방을 찾아왔다. 매일 아침 혜령에게 태블릿으로 뉴스를 전달하는 것이 그녀의 일과였다.

"아가씨, 뉴스 보셨습니까?"

"무슨 뉴스?"

혜령은 건조하게 되물었다.

"오룡산 연쇄 살인범이 잡혔답니다."

"?!"

혜령이 최근 들어 들은 소식 중 가장 믿을 수 없는 충격적인 소식이었다.

"오룡산 연쇄 살인범이 잡혔다고?"

"네."

"연쇄 살인범이… 진짜 있었네."

혜령은 혼잣말로 나지막이 중얼거렸다. 왕 집사가 들고 있던 태블릿 화면에서 뉴스가 흘러나오고 있었다.

"이로써 '오룡산 연쇄 실종 사건'은 '연쇄 실종 사건'이 아닌 '연쇄 살인 사건'인 것으로 밝혀져 큰 충격을 더하고 있습니다."

왕 집사가 나지막이 말했다.

"그리고… 놀랄 만한 일이 하나 더 있습니다."

"?"

혜령이 동그란 눈으로 왕 집사를 쳐다보자, 왕 집사는 보라는 듯 눈짓으로 태블릿 화면을 가리켰다.

"…. 한편, '오룡산 연쇄 살인 사건'의 범인을 검거한 사람은 바로 30대 남성 지모 씨로, 동네에서 꽃집을 운영 중인 평범한 남성인 것으로 밝혀졌습니다. 경찰에 따르면, 지모 씨는 태권도 유단자로…."

"그때 대저택에 왔던 그분 맞죠?"

왕 집사가 나지막이 물었다.

"저 남자가 왜…."

혜령도 당황스러운 듯 나지막이 중얼거렸다.

"어쩐지… 겁이 없다 싶긴 했는데….."

왕 집사의 조곤조곤한 말투 속에는 감탄이 보이는 듯했다. 혜령은 그런 왕 집사를 보며 쌀쌀맞게 대꾸했다.

"겁대가리 상실한 게, 간이 배 밖으로 나왔나 보지, 뭐."

"그래도 대단하지 않습니까? 사람을 몇이나 죽인 연쇄 살인범을 혼자서, 그것도 비가 대차게 내리는 어둠 속에서 혼자 잡았다는 게."

"태권도 유단자라잖아."

혜령이 비꼬듯 답했다.

"태권도 유단자라고 다 연쇄 살인범을 때려잡을 수 있는 건 아니죠."

왕 집사가 차분히 받아쳤다. 혜령은 그 남자의 편을 들어 주는 왕 집사가 영 마음에 들지 않는 듯 한숨을 내쉬며 말했다.

"왕 집사는 그 남자가 그렇게 좋아? 지난번에 비 올 때도 여기 있다 가게 해 주자고 그렇게 편을 들더니."

왕 집사는 태연히 답했다.

"대단한 건 대단하다고 인정해 주자는 거죠. 지난번에 비 올 때는 그대로 내보내면 진짜 죽을 것 같아 보였고요."

"허!"

혜령은 어이가 없다는 듯 코웃음을 쳤다. 그사이, 왕 집사가 들고 있던 태블릿 화면에서는 인터뷰하는 그의 모습이 비쳤다.

"어… 솔직히 그때는 그냥 화가 났습니다. 죄 없는 사람들을

선인장 꽃이 피었습니다

죽이고 시체를 마당에 두고 꾸민다는 게… 정말 끔찍한 일이잖아요."

혜령과 왕 집사는 묵묵히 태블릿 화면에서 흘러나오는 그의 인터뷰에 귀를 기울였다.

"어떤 삶이든 죽어야 하는 삶은 없다고 생각합니다. 수많은 사람을 죽인 그 살인마조차도요. 저라면 그냥 살려 두고 평생 고통스럽게 하고 싶지만요. 살아서 지은 죄라면 벌도 살아서 받는 게 맞는 거잖아요."

혜령과 왕 집사 사이에는 무거운 정적이 흘렀다.

"참… 강한 청년이네요, 여러모로."

왕 집사가 얼굴에 옅은 웃음을 띠었다. 혜령은 그저 코웃음 치며 그를 비웃었다.

"머릿속이 꽃밭이네. 죽어야 할 인간들은 그냥 죽어 버리는 게 맞는데."

왕 집사는 그런 혜령의 대답조차 혜령답다는 듯, 피식 옅은 웃음을 지어 보였다.

"어쨌든, 이제 오룡산에는 다시 평화가 찾아오겠네요."

왕 집사가 중얼거렸다. 혜령과 왕 집사는 혜령의 방 안에 있는 크고도 둥근 창문 너머를 바라보았다. 연쇄 살인범을 잡아서인지, 어쩐지 요즘 날씨는 꽤 화창한 날들의 연속이었다.

"이제 '대저택의 마녀설'은 못 써먹겠네."

혜령은 아쉽다는 듯 중얼거렸다.

"그 핑계로 내쫓고 좋았는데."

"그것도 결국, 언젠가는 밝혀졌을 겁니다. 사실이 아니라는 게요."

"글쎄."

"소문은 결국 거품이니까요."

"야, 지은호!"

"어이! 용감한 시민상!"

"빗속에서 '연쇄 살인범'과 사투를 벌이다 '연쇄 살인범'을 검거하신 30대 남성 지모 씨, 소감이 어떠십니까?"

우찬과 강철, 진호가 잔뜩 너스레를 떨며 꽃집 안으로 걸어 들어왔다.

"시끄러워. 그런 소리 할 거면 나가."

그는 귀찮은 듯 담담하게 대꾸했다.

"아이, 친구가 왔는데, 오자마자 나가라니!"

진호가 능글맞게 대답했다.

"안 그래도 용감한 시민이다 뭐다, 떠들썩해서 시끄러워 죽겠는데 너희들까지 그래야겠어?"

"아이! 친구니까 자랑스러워서 그러지, 자랑스러워서."

"그럼! 자랑스럽지! 내 친구가 용감한 시민상을 받고 뉴스에도 나오고!"

선인장 꽃이 피었습니다

진호와 강철이 너스레를 떨어댔다.

"근데 너 괜찮아? 병원에 더 안 있어도 돼?"

우찬이 그를 향해 걱정스럽게 물었다.

"괜찮아. 병원에서 퇴원해도 된다고 해서 퇴원한 거야."

그는 고개를 끄덕이며 부드럽게 답했다.

"야. 그나저나 연쇄 살인범도 때려잡고 너 진짜 대단하다."

강철이 감탄하듯 말했다.

"대단은 무슨…."

그는 그날 진흙 바닥 위에 뉘어 있던 수많은 얼굴들을 떠올렸다. 연쇄 살인범은 잡았지만, 그동안 연쇄 살인범에게 희생됐던 무고한 목숨들은 결국 돌아오지 못했다. 아무런 죄도 없는, 살아야 할 사람들이… 살지 못했다.

"야, 무슨 생각 해?"

진호가 물어 왔다.

"그냥, 좀 슬퍼서."

"뭐가?"

이번엔 강철이 물었다.

"아무 죄도 없는 사람들이 희생당한 거. 살아야 할 사람들이 살지 못하고 죽은 거."

그의 말에 우찬과 강철, 진호. 세 사람은 숙연해졌다.

"야, 그나저나 너 오룡산은 대체 왜 갔어? 우리는 되게 한심하게 보더니…."

문득, 진호가 정적을 깨고 물어 왔다.

"야, 그거는…. 너희들은 뭐 '대저택의 마녀설'이다 뭐다 연쇄 실종 사건의 비밀 파헤친다고 해서 간 거였잖아."

"그럼 너는 왜 갔는데."

"나는 뭐…."

"?"

"꽃 배달 갔지."

그가 조용히 대꾸했다.

"뭐? 꽃 배달?!"

우찬과 강철, 진호. 세 사람은 화들짝 놀라며 물었다.

"아니, 무슨 꽃 배달을 오룡산까지 가?"

"기름값은 나오냐?"

"많이 받아?"

"아이, 진짜…. 받을 만큼 받으니까 배달하러 간 거지."

그가 받아쳤다.

"아니, 아무리 그래도 그렇지. 무슨 꽃 배달을 오룡산까지 가?"

"그러니까! 제정신이 아니구먼? 야, 너 솔직히 말해 봐. 꽃 배달은 핑계지? 뭔가 다른 이유가 있지?"

"이 자식, 이거, 뭔가 다른 이유가 있어. 분명히! 예를 들면…."

"예를 들면 뭐."

선인장 꽃이 피었습니다

"마녀가 어떻게 생겼는지 궁금해서 갔다거나!"

진호의 말에 진호를 제외한 세 사람이 일제히 야유를 보냈다.

"이 자식은 이거, 그때도 마녀가 예뻤다느니 어쨌다느니 헛소리를 지껄이더니만. 이거 아직도 정신을 못 차렸어?"

강철이 진호를 나무랐다.

"왜! 예쁘긴 예뻤어!"

"아, 진짜. 저 자식은 나이를 어디로 먹은 거야."

"야, 근데 그래서 진짜 왜 갔는데, 오룡산."

"꽃 배달 갔다니까?"

"진짜로? 진짜 꽃 배달을 오룡산까지 갔다고?"

"응."

"와… 말이 안 되는데."

"왜 말이 안 돼, 꽃 배달 간 게. 마녀가 있는지 연쇄 실종 사건의 비밀이 뭔지 파헤치러 간 너희들이 더 말이 안 되지."

"야! 궁금하면 보러 갈 수도 있지!"

강철이 발끈하며 대꾸했다.

"야, 그래서 마녀는 봤어?"

진호가 다시 눈을 반짝이며 물었다.

"아, 진짜! 마녀 얘기 좀 그만해!"

옆에 있던 강철이 짜증을 내며 말했다.

"아, 근데 그 마녀 말이야…."

아까부터 옆에서 묵묵히 듣고만 있던 우찬이 입을 열었다.

"너까지 마녀 얘기냐?"

"아니, 그게 아니고. 그 마녀… 정체가 뭘까?"

네 사람 사이에는 일제히 침묵이 흘렀다.

"사람들을 죽인 연쇄 살인범도 아니고, 나가라고 내쫓던… 그냥 그 대저택의 주인인 건가?"

"그런가 보지, 뭐."

우찬의 의문에 강철이 건조하게 대꾸했다.

"초능력이나 마법을 쓰면서 숨어 사는 여자는 아닐까?"

진호가 다시 눈을 반짝이며 물었다. 은호와 우찬, 강철은 그럴 리가 없다는 듯 진호를 한심한 눈으로 바라보았다.

"뭐, 자세히는 모르겠지만… 사정이 있겠지."

은호가 중얼거렸다.

이후, 꽃집 안은 다시 정적이 흐르고 강철이 화제를 돌려 물었다.

"야, 근데 '용감한 시민상' 받으면 상금 나오지 않냐?"

이 녀석, 이거, 속이 뻔히 보이는 질문이었다.

"얼마나 나오냐? 많이 나와?"

"몰라."

은호는 귀찮다는 듯 대충 넘겼다.

"아, 왜! 얼마 나오냐고. 친구 사이에 그 정도도 말 못 해 주냐?"

"아, 몰라! 뭘 그런 걸 물어봐!"

선인장 꽃이 피었습니다

"아, 왜! 물어볼 수도 있지. 그래서 얼마 나오는데. 어? 아, 그러지 말고 좀 알려 줘."

"몰라!"

우찬과 강철, 진호 세 사람이 꽃집을 나간 뒤, 그는 조용해진 꽃집 안에 홀로 남아 어질러진 것들을 정리했다. 시끌벅적했던 꽃집 안에 고요함이 남으면 왠지 모르게 공허함이 찾아오기도 했다.

"빨간… 장미꽃."

꽃집 안을 정리하던 그의 눈에 빨간 장미꽃들이 들어왔다. 문득, 대저택 안 1층 현관 테이블 위에 놓여 있던 시들어 가는 원형 돔 안의 빨간 장미꽃 한 송이가 떠올랐다.

"아름다운 꽃에도 사연은 있는 법이지요."

대저택 왕 집사님의 그 말과 어둠 속에서 나가라며 소리치던 그 여자. 사연이 있어 보이는 오룡산 대저택까지. 그는 아직까지도 또렷한 지난날의 기억을 되새기고 있었다. 잠시 후, 그는 마지막으로 카운터를 정리하기 위해 카운터로 향했다. 카운터 위에는 작은 액자 하나가 놓여 있었는데, 바로 그의 가족사진이었다. 인자한 미소를 얼굴 가득 머금고 있는 아버지, 크고 시원한 이목구비와 야무진 인상을 한 그의 어머니, 그리고 검은 생머리에 부드럽고 선한 인상을 한 그의 모습이 담겨 있었다.

그는 문득, 며칠 전 자신이 병원에 입원해 있을 때의 일을 떠올렸다.

"은호야! 은호야!"

높은 톤의 부산스러운 말투, 어머니의 목소리였다.

"어머, 애, 은호야! 정신이 드니? 엄마 알아보겠어?!"

"…"

처음 눈을 뜨고 마주한 것은 병원의 하얀 천장과 자신을 걱정스럽게 바라보는 부모님의 얼굴이었다. 흐릿하게 보였던 것들이 서서히 또렷해지고 그는 살짝 고개를 돌려 부모님의 얼굴을 찬찬히 살펴보았다.

"은호야, 정신이 드니? 아빠 알아보겠어?"

낮고도 부드러우며 중후한 아버지의 목소리였다. 그는 살짝 고개를 끄덕였다.

"그래, 다행이다. 그럼 됐다."

아버지는 그제야 안심한 듯, 얼굴에 살짝 미소를 띠었다.

"아이고! 내가 정말 못 살아! 연쇄 살인범 검거가 웬 말이야, 글쎄!"

어머니는 호들갑을 떨며 쉴 새 없이 말을 뱉어내고 있었다.

"아이고, 참. 여보, 여기 병원인데 목소리 좀 낮추고. 진정 좀 해."

"아, 내가 지금 그나마 아들 하나 있던 거 잃어버릴 뻔하게 생겼는데 진정이 돼? 당신은 하나밖에 없는 아들이 죽을 뻔했는데 걱정되지도 않아?!"

"아, 걱정이야 되지마는…. 그래도 이렇게 무사히 살아서 돌아왔으면 된 거잖아."

"아휴, 천하태평이야! 아주 천하태평! 이만해서 무사히 살아 돌아오길 망정이지, 만약에 잘못되기라도 했으면 어쩔 뻔했어? 진짜!"

"아, 그래도 좋은 일 했잖아. 덕분에 연쇄 살인범도 잡고."

"그러니까 내가 하는 소리야! 위험하게 왜 그런 짓을 하느냐고!"

아버지는 그런 어머니의 소란에도 덤덤하고도 차분하게 대답했다.

"아, 누구든 해야 하는 일이었어. 그걸 우리 아들이 해냈으니까 대단하고, 기특하고, 뿌듯한 거고."

"대단하고, 기특하고, 뿌듯한 거 좋아하네!"

어머니는 코웃음을 치며 말했다.

"왜 그게 우리 아들이어야 했냐고, 하필. 그런 위험천만한 일을 해내는 게!"

"아, 이 사람 참, 말하는 거 하고는…. 그럼 뭐, 누구는 남의 집 귀한 자식 아니야? 누구든 의로운 일 했으면 좋은 거지. 그런 일에 내 자식, 남의 자식 따져서 뭐 해. 그래도 덕분에 앞으로의 희생자가 나올 건 막았잖아."

"어이구, 그래. 잘났어! 잘났어, 아주! 부자(父子)가 그냥! 나라를 구하든, 지구를 구하든 아주 의롭게 살다 가시죠!"

"아이, 저, 은호 깨어났으니까 이제 됐어. 우리는 은호 좀 쉬게 나가 주자."

아버지는 잔뜩 흥분한 어머니를 데리고 병실 안을 나가시는 듯 보였다. 조용히 홀로 남겨진 그의 눈이 스르르 감길 무렵, 그의 시야로 아버지가 다시 병실 안으로 걸어 들어오시는 것이 보였다.

"그래도 은호야…."

아버지는 얼굴에 옅은 미소를 지으며 쑥스러운 듯 조용히 입을 여셨다.

"아빠는 네가 참 자랑스럽단다."

"…."

"너도 무사히 살아 돌아와 줘서 고맙고."

그는 지그시 아버지의 얼굴을 바라보았다. 아버지의 진심 어린 말이 그의 심장 깊숙한 곳을 울렸다. 복잡하고 무거웠던 그의 마음이 한결 편안해지는 것 같았다. 그는 찬찬히 아버지의 얼굴을 살펴보았다. 아버지의 그 잘생겼던 얼굴엔 어느새 세월의 흔적이 고스란히 묻어 있었다. 매끈하던 피부엔 자글자글한 주름이 늘어 있었고, 환했던 얼굴도 세월에 무뎌져 조금은 그늘지고 어두워져 있었지만, 아버지의 그 미소만큼은 여전히 따

선인장 꽃이 피었습니다

스했고 빛났다.

'감사해요, 아버지.'

그는 아버지를 향해 환한 미소로 답해 주었고, 아버지 역시 그런 그를 향해 환한 웃음으로 고개를 끄덕여 주었다.

그렇게 병원에서의 며칠이 흐르고, 그는 다시 꽃집으로 돌아오게 되었다. 며칠 꽃집을 비운 탓에 할 일이 태산이었지만 그는 다시 꽃집으로 돌아와 일할 수 있음에 감사했다. 한여름의 길었던 해가 저물고, 그날 하루도 그렇게 끝이 났다.

다음 날, 꽃집 문의 풍경 소리가 울리고 꽃집 문이 열리며 젊은 여자 손님 한 분이 꽃집 안으로 걸어 들어왔다.

"어서 오세요."

그가 반갑게 손님을 맞이했다.

"이 집이 그 집 맞아요?"

"네?"

갑작스러운 손님의 질문에 그는 당황한 듯 되물었다.

"그, 왜… 오룡산 연쇄 살인범 때려잡았다던 그 시민 영웅이요!"

"아…."

"맞죠?! 사장님이 그 시민 영웅이죠?!"

"…."

"맞네! 맞아! 오룡산에는 어쩌다가 가게 되신 거예요? 연쇄 살인범은 어떻게 때려잡으셨어요? 태권도 유단자시라던데 발차기 한 번만 보여 주시면 안 돼요?"

당황한 그가 미처 대답도 하기 전에 손님은 호들갑을 떨며 질문 세례를 퍼부어 댔다.

"저기…."

"사장님 뉴스 나오고 완전 유명해지신 거 아시죠? 이 동네에 소문이 다 났어요! 오룡산 연쇄 살인범을 때려잡은 동네 꽃집 사장! 크! 멋있다!"

"저… 꽃 사러 오신 거 아니면…."

"아! 사인 한 장 해 주실래요? 사진도 찍어도 될까요?"

"…."

반짝이는 눈으로 자신을 바라보는 여자를 향해 그는 옅은 한숨을 한 번 내쉬고는 정중하고도 단호하게 거절했다.

"아니요. 죄송하지만 꽃 사러 오신 게 아니면 그만 가 주셨으면 좋겠는데요."

"…."

잠시 정적이 흐르고, 여자는 다시 웃으며 부산스럽게 말을 꺼냈다.

"아, 아! 참! 내 정신 좀 봐! 꽃 사러 왔는데, 참!"

"…."

"저 꽃 살 거예요! 사장님. 저 꽃 사러 왔어요!"

선인장 꽃이 피었습니다

"네…. 어떤 꽃 사시려고요?"

"이런 집은 돈으로 혼쭐을 내 줘야 한다고 했거든요. 저기 저거 주시고요, 그리고 저것도, 그리고 저것도… 또…."

"다… 사시려고요?"

"네! 그럼요!"

"…."

당당한 손님의 태도에 그는 말문이 막혔지만, 더 피곤해지는 일은 만들고 싶지 않으니 그냥 말없이 손님이 원하시는 대로 해 드리기로 했다.

"꽃다발도 만드실 건가요? 아니면 그냥 포장만 해 드려요?"

"아, 꽃다발! 만들어 주세요."

"포장지는 원하시는 색깔 있으세요? 어떤 톤(tone)으로 맞춰 드릴까요?"

그의 물음에 여자 손님은 방긋 웃으며 답했다.

"사장님이 알아서 잘! 딱! 깔끔하고 센스 있게! 해 주세요."

"제가 '알아서 잘, 딱, 깔끔하고 센스 있게'라고 하신다면 어떤?"

"그냥 사장님이 알아서 잘, 딱, 깔끔하고 센스 있게요!"

"…. 네."

'알아서 잘, 딱, 깔끔하고 센스 있게'라니. 그것처럼 모호하고 어려운 것이 어디 있다는 말인가. 사람들은 세상에서 그 말이 제일 곤란하고 어려운 말이라는 것을 잘 모르나 보다.

"음… 꽃다발을 어떤 분께 드리실 건지라도 말씀해 주시겠어요? 그럼, 그분의 성향에 맞게 제가 포장을 해 볼 테니."

손님은 이번에도 웃으며 난해한 대답을 했다.

"상관없어요. 좋을 대로 만들어 주세요."

"…네."

상관없으니 좋을 대로 만들어 달라니. 정말 답이 없는 난처한 요구였다. 그래도 일단, 손님의 주문이니 어떻게든 만들어 보기로 했다. 평소대로라면 꽃다발을 받을 사람의 성별, 연령, 선호도 등을 물어 그런 것들에 맞게 꽃을 고르고 포장하는 게 보통이었겠지만, 오늘은 도무지 보통이 통하지 않는 손님이 들어왔으니 더 심혈을 기울여 만들어야만 했다.

"근데 사장님, 혹시 '로즈(Rose)' 작가라고 들어 보셨어요?"

꽃다발을 포장하는 그에게 손님이 물어 왔다.

요즘 잘나가는 베스트셀러(best-seller) 작가인데."

"아니요."

그는 묵묵히 꽃다발을 만들며 차분히 대답했다.

"그 작가가 일러스트 그림책 작가인데…."

손님은 묻지도 않은 말들을 아랑곳하지도 않고 떠들어 댔다.

"아, 뭐! 사실 처음엔 저도 그림책이라 별로 안 내켰죠. 유치해 보이잖아요. 근데! 이게 한 번 보니까, 그림만 있는 게 아니라 그 안에 글이 진짜 좋아요. 뭐랄까, 은근한 위로가 되기도 하고, 이런 유치한 게 팔릴까? 싶은데 잘나가! 베스트셀러(best-seller)야! 그게 은근, 그 책만의 매력이 있더라고요."

"…."

"그리고 그 로즈 작가, 이름도, 나이도, 성별도 알려지지 않았는데 사람들이 완전 좋아한다니까요? 진짜 궁금해! 누군지!"

손님이 쉴 새 없이 혼자 떠들어 대는 사이 그는 어느 정도 포장을 마무리 지어 가고 있었다.

"근데 제가 보기엔, 여자인 것 같아요! 남자가 그런 감성을 낸다? 아, 물론! 그럴 수는 있죠! 그럴 수는 있는데…. 그래도 그 감성은… 딱! 여자가 내는 감성이랄까?"

어느새 꽃다발을 거의 완성시킨 그가 손님을 향해 물었다.

"이제 어느 정도 거의 다 완성됐는데, 이런 느낌 괜찮으세요?"

"음…."

손님은 뭔가 마음에 들지 않는지 살짝 미간을 찌푸리며 말했다.

"이거 말고 왜, 그런 느낌 있잖아요."

"?"

"그… 그런 느낌. 이거보다는 살짝! 어두운데 그렇다고 또 너무 어둡지는 않으면서?"

"…."

그렇게 그 후로도 손님은 몇 번의 수정을 요구한 끝에 받아 본 결과물로 그제야 만족스러운 듯 웃으며 꽃다발을 들고 꽃집을 나섰다.

"안녕히 가세요."

그는 꽃집 안을 나서는 손님을 향해 밝게 인사하고 나서야, 비로소 한숨을 돌렸다.

"휴."

정말이지 정신없고 힘든 손님이었다.

"!"

그는 뒤늦게 손님이 놓고 간 책을 발견하고는 손님에게 전해 드리고자 책을 집어 들었지만, 손님은 이미 시야에서 사라지고 난 후였다. 이런…. 다시는 안 오셨으면 했지만, 혹시 다시 오시면 그때 드려야겠다. 그는 그렇게 생각하고는 책을 카운터 한쪽에 잘 놓아두기로 했다. '로즈(Rose)'. 책을 카운터 안쪽에 놓아두려던 찰나, 책 표지에 적힌 저자의 이름이 그의 눈에 들어왔다. 베스트셀러(best-seller) 작가라고 했던가? 그렇다면 이 책이 베스트셀러(best-seller)라는 건가? 그는 문득, 책이 궁금해졌다. 살짝 열어 볼까도 했지만 아무래도 남의 책이라 마음에 걸렸다. 그는 고민 끝에 책이 구기거나 접히지 않도록 살짝 조심스레 책장을 열어 보았다. 하얀 종이 위에 아기자기한 그림들이 펼쳐지고, 그 안에 짧은 글들이 적혀 있었다. 그는 눈으로 책을 대충 훑어보다, 역시 이런 아기자기한 그림책은 자신의 취향이 아니다 싶어 그대로 책을 덮으려던 찰나, 그의 눈에 한 구절의 글귀가 들어왔다.

선인장 꽃이 피었습니다

누구나 상처받고, 누구나 아픔을 겪으며 살아간다.

누군가는 그 상처를 덮기 위해 동굴 속에 숨어 살기도 하고,

누군가는 그 아픔을 잊기 위해 나를 잊어버리기도 한다.

내 삶도, 나도 없는 나의 삶.

그 삶의 의미는 무엇일까.

'아픔을 잊기 위해 나를 잊어버리기도 한다.'라…. 그건 어떤 의미일까? '내 삶도, 나도 없는 나의 삶. 그 삶의 의미는 무엇일까.'라니. 이 글을 쓴 작가는 그 삶의 의미를 찾고 싶은 걸까, 아니면 그런 공허한 삶에 한탄이라도 하고 싶었던 걸까. 그는 찰나에 많은 생각이 들었다. 이 사람은… 어떤 사람일까? 그 순간, 그의 머릿속에 나가라며 소리치던 대저택 마녀의 모습이 떠올랐다. 아니, 정확히 말하자면 대저택의 주인 아가씨겠지. 왠지는 모르겠지만 그 여자가 떠올랐다.

띠리리링! 때마침 그의 꽃집으로 한 통의 전화가 걸려 왔다. 그는 수화기를 들어 전화를 받았다.

"아, 사장님! 건강하시죠? 여기 오룡산이에요."

"아! 할머니! 잘 계시죠?"

오랜만에 듣는 오룡산 할머니의 목소리였다. 부드럽고도 나긋하며 따뜻한 목소리와 말씨. 할머니는 여전해 보였다.

"네, 나는 잘 있어요. 사장님은 좀 어떠세요? 괜찮으세요?"

"네, 괜찮습니다. 그날 할머니께서 신고해 주신 덕분에 병원에서 잘 치료받고 며칠 푹 잘 쉬다가 나와서 컨디션도 더 좋아졌고요."

할머니 역시 웃으며 대답했다.

"다행이네요."

"아, 퇴원하고 나서 전화 드렸었는데 안 받으시더라고요."

"아, 내가 좀 바빴어요."

"아, 그러셨구나…."

그가 고개를 살짝 끄덕였다.

"그래도 사장님이 괜찮으시다니 참 다행이네요."

"네. 걱정해 주셔서 감사합니다. 아! 그리고 꽃은… 다 망가져 버려서 다시 가져다 드릴게요!"

"아, 그 꽃은 잘 받았어요."

"네?"

할머니의 뜻밖의 대답에 그는 당황했다.

"그때 쓰러져 있던 사장님 주변에 잘 포장되어 있던 꽃이 보이더라고요. 그래서 내가 잘 가져왔죠."

아무리 잘 포장해 놓았어도 잘 받았을 리가 없다. 분명, 진흙 바닥에 나뒹굴고 비에 쫄딱 젖어 꽃이 다 망가졌을 텐데. 할머니께서 자신을 안심시켜 주기 위해 하시는 선의의 거짓말 같았다.

"아, 아니에요! 제가 다시 가져다 드릴게요! 이번에는 진짜

선인장 꽃이 피었습니다

제대로요!"

"괜찮아요, 괜찮아. 아무리 돈 받고 하는 일이라도 사람을 몇 번씩 왔다 갔다 하게 하면 쓰나. 고생스럽게."

"이게 제 일인걸요. 괜찮아요. 다시 가져다 드릴게요."

"아이고… 이거 미안해서 어쩌나…."

"저도 돈 받고 하는 일인데, 서비스 제대로 해 드려야죠."

그가 웃으며 말했다. 수화기 너머로 할머니의 멋쩍은 웃음소리가 들려왔다.

"더 필요하신 꽃 있으면 말씀해 주세요. 가져다 드릴게요."

"음… 그러면 더 필요한 꽃은 없고. 사장님 마음에 드는 꽃 몇 가지 추천해서 좀 가져다주세요. 값은 그것까지 다 쳐 드리리다."

"네. 가격대 원하시는 정도 있으세요?"

"얼마든 상관없어요. 제일 비싼 꽃으로 가져다줘도 좋아요. 여기까지 몇 번을 힘든 발걸음 하는데 그 정도는 내가 팔아 줘야죠."

그가 웃으며 답했다.

"아닙니다. 제가 적당히 잘 추려서 가져다 드릴게요."

"고마워요."

"아니에요. … 네, 그럼 그때 뵙겠습니다. 건강하세요."

"사장님도요."

그는 그렇게 오룡산 할머니와 통화를 마치고 수화기를 내려

빨간 장미꽃

놓았다. 그리고 그로부터 며칠이 지나, 그는 다시 오룡산 할머니 댁에 가기 위해 그때와 같이 포장할 꽃들을 고르기 시작했다. 거베라, 델피니움, 백일홍, 리시안셔스… 그리고 빨간 장미. 빨간 장미꽃을 집어 올리던 그는 문득, 오룡산 대저택을 떠올렸다. 대저택 안 1층 현관 중앙에 있던 유리 돔 안의 빨간 장미 한 송이.

"다 시들어 가서 상태가 안 좋던데…."

그는 내심 유리 돔 안에서 시들어 가던 빨간 장미 한 송이가 신경 쓰였다. 그는 곰곰이 생각하다 빨간 장미꽃 몇 송이를 더 집어 들었다. 오룡산에 가는 길에 대저택에도 들러 장미꽃을 전해 드릴 참이었다. 비 오던 날 신세 진 것도 있고 하니.

오늘은 뜨거운 낮부터 일찍이 가게 문을 닫아 놓고 오룡산으로 향했다. 화창하고 맑은 날이었다. 그날은 오룡산에 가는 길도 밝고 평화로웠다. 한여름의 내리쬐는 뜨거운 햇볕이 그의 차창을 뚫고 들어오고 차 안의 시원한 에어컨도 그 뜨거운 햇볕을 막아 주지는 못했다. 바깥은 덥고 뜨거우며 습한 날씨였지만, 그럼에도 그가 탄 차는 상쾌한 기분으로 오룡산을 향해 올라가고 있었다. 그리고 그렇게 달려 오룡산에 도착한 그는 늘 그랬듯, 차를 세우던 자리에 세워 놓은 후 차 뒷좌석에서 할머니께 드릴 꽃들과 대저택에 가져다 드릴 꽃들을 모두 들고는 오룡산으로 걸어 들어갔다.

"아이고, 사장님, 어서 와요."

선인장 꽃이 피었습니다

이번엔 제대로 오룡산 할머니 댁에 도착한 그를 너그럽고 인자해 보이는 할머니가 반갑게 맞이해 주었다. 중간 톤의 나무로 된 통나무집은 굉장히 느낌 있고 고풍스러워 보였다.

"안녕하세요, 할머니. 처음 뵙겠습니다. '지은호'라고 합니다. 이제야 제대로 찾아뵙고 인사드리네요."

"그러네요. 먼 길 오느라 수고 많았어요. 밖에 날씨가 많이 덥죠?"

그가 생글생글 웃으며 답했다.

"그러네요. 그래도 여기는 산이라 좀 시원하지만요."

할머니는 웃으며 말했다.

"더운데 고생했어요. 들어와서 시원한 차라도 한잔 마시고 가요."

"아, 아니에요. 괜찮습니다!"

"바쁜 거 아니면 잠깐 들어와서 시원한 차라도 한잔하고 가요."

"아…."

"어서 들어와요."

할머니는 그렇게 말하고는 곧장 현관문을 열어 둔 채 집 안으로 걸어 들어갔다. 그는 얼떨결에 할머니 댁 안으로 들어가게 되었다. 오래됐지만 깔끔하고 세련된 통나무집 거실 한가운데에는 흔들의자와 그 앞에 놓인 자그마한 원형 탁자가 보였다. 마치 어릴 적 읽었던 동화책에서나 나올 법한 작고 아늑한 포근한 느낌의 집이었다.

"거기 앉아 있어요. 차를 내올 테니."

할머니는 부드럽게 말했다.

"아, 네."

그는 엉거주춤 거실 탁자 앞에 놓인 의자에 앉아 할머니의 집을 찬찬히 살펴보았다. 반짝반짝 광이 나는 통나무로 된 천장, 밖이 훤히 잘 내다보이는 통유리창. 거실 한쪽으로는 뜨개질하던 것으로 보이는 붉은 실이 놓여 있었다. 그리고 집 안 곳곳의 꽃들과 화분들도 눈에 띄었다.

"집이 좀 누추하죠?"

안쪽 주방에서 차를 준비해 오신 할머니가 그에게 차를 내어 주며 말했다.

"아니요. 집이 되게 아늑하고 포근하니 좋은 것 같아요. 통나무집이라 그런지 여름인데도 되게 시원하고."

할머니는 그의 앞에 앉으며 쑥스러운 미소로 답했다.

"그렇게 말해 주니 고마워요."

그는 미소 지으며 시원한 얼음이 동동 띄워져 있는 차를 한모금 들이켰다.

"근데… 여름에도 뜨개질하세요?"

할머니의 시선이 그의 시선을 따라 뜨개질용 붉은 실로 향했다.

"아… 저거."

선인장 꽃이 피었습니다

그러고는 나지막이 웃으며 말했다.

"하죠. 여름엔 여름용 뜨개실이 있잖아요."

"아…."

"이 늙은이가 산속에 들어앉아서 혼자 할 일이 뭐 있나. 그냥 주야장천 앉아서 뜨개실 뜨고 하는 게 내 일이죠. 뜨개실 엮어서 뭐라도 만들면 그게 하는 일인 거고."

할머니의 말에 그는 천천히 고개를 끄덕이며 살짝 미소 지었다.

"사장님은 꽃집 하신 지 오래되셨어요?"

문득, 할머니가 그를 향해 질문해 왔다.

"아, 아니요! 얼마 안 됐습니다."

그는 멋쩍은 웃음을 지으며 대답했다.

"오…. 왜 젊은 나이에 꽃집을 하게 됐는지 물어봐도 될까요?"

할머니는 아주 정중히 그를 향해 물었다.

"아… 크게 특별한 이유는 없어요. 그냥…."

할머니는 호기롭게 눈을 반짝이며 그의 다음 대답을 기다리고 있었다.

"대학 졸업하고 회사 생활 하다가 회사 생활에 지쳐서 그만두고 하게 된 거죠, 뭐."

"음… 어떤 점이 제일 힘들었는데요?"

"음…."

그는 뜸 들이다 조곤조곤 답했다.

"학교 다닐 때부터 그냥, 열심히 공부해서 좋은 대학 가고, 좋은 대학 가서 또 열심히 스펙 쌓고, 학점 관리하고. 그렇게 인턴으로 입사해서 좋은 평가 받아 취직하고 나니 이번엔 또 좋은 성과를 내기 위해 아등바등 애써야 하더라고요."

할머니는 말없이 고개를 끄덕이며 그의 이야기에 귀를 기울였다.

"누군가는 떨어지고, 누군가는 비웃고, 누군가는 비웃음당하고, 누군가는 또 다른 누군가를 밟고 기를 쓰고 올라가야 하는 세상이… 너무 싫었어요."

"그랬군요."

"남 부럽지 않게 자라 남 부럽지 않게 좋은 직장에 취직하고, 남 부럽지 않게 먹고 살 걱정 안 하는 제가, 다른 사람들은 부럽다고도 하고 복에 겹다고 하기도 했지만, 남들에게 보이는 행복이 저의 전부는 아니었으니까요."

"그렇죠."

할머니는 천천히 고개를 끄덕이며 답했다.

"그래서 저는 그냥… 지금 하는 이 일이 저한테는 고되어도 잘 맞고 좋아요."

"음…."

그의 이야기를 묵묵히 귀담아듣던 할머니가 물었다.

"그런데 꽃집도 경쟁해야 하지 않나요? 살아남기 위해서."

선인장 꽃이 피었습니다

그가 웃으며 대답했다.

"그렇죠. 꽃집도 평화롭고 조용한 일만은 아니니까요. 밥 벌어 먹고살고 새로 생겨나는 수많은 꽃집 사이에서 살아남으려면 치열하게 경쟁해야죠."

"그런데 그건… 괜찮아요?"

"그래도 그건 나름 견딜 만해요. 누군가를 욕하고, 짓밟고 깎아내리면서 하는 경쟁이 아니라 내가 발전하고 성장하기 위해 하는 선의의 경쟁 같은 거니까요."

"음…."

"그런 경쟁은 오히려 더 삶에 의욕을 불어넣어 주는 것 같아서 좋아요. 사람은 늘 배우고, 발전하고, 성장하지 않으면 도태되기 마련인 거잖아요?"

"그렇죠."

"꽃을 팔아 장사하면서 '저 꽃집이 망해서 내가 잘됐으면 좋겠다.'라는 생각보다는 '내가 더 이 꽃을 잘 키우고, 잘 가꿔서 손님에게 잘 전달해 드리고 싶다.'라는 생각을 하게 되거든요. 그러다 보면 꽃에 대해 더 공부도 하게 되고 실패하면서 얻는 깨달음으로 또 저도 배우게 되는 거고. 저는 그렇게 성장하는 게 좋더라고요. 저도 더 부지런해지게 되고."

"그렇군요."

"그래서 저는 매일 새벽같이 꽃 시장에 나가 꽃을 사 오고, 덜 핀 꽃들을 잘 다듬어 사람들에게 전해 주는 일, 그 일이 좋아요. 저한테는 활력소도 되고 의미도 있고 보람도 되거든요."

그는 속삭이며 할머니를 향해 한마디를 덧붙였다.

"경기가 안 좋거나 꽃값이 오르고 잘 안 팔릴 때는 그만큼 힘든 일이 또 없지만요!"

할머니는 그의 말에 시원스러운 웃음을 터뜨렸다.

"어떤 일에든 힘든 일은 따르기 마련이죠."

할머니는 그를 위로하듯 말했다. 그 역시 환하게 웃으며 할머니의 말에 고개를 끄덕였다.

"실례합니다! 계십니까?!"

"누구요!"

옅은 회색 지붕 아래 다 쓰러져 가는 집안에서 초췌한 속옷 차림의 한 중년 남성이 술이 취한 듯 비틀거리며 초록 대문을 열고 어슬렁어슬렁 걸어 나왔다.

"실례합니다. 경찰입니다."

"뭐요?"

한 경찰이 중년 남성을 향해 경찰증을 보여 주며 말했다.

"아동 학대 의심 신고가 들어와서요."

"뭐요? 뭔 학대?"

중년 남성은 큰 소리로 되물었다.

"아동 학대요."

선인장 꽃이 피었습니다

경찰이 또박또박 대답했다.

"이런… 씨!"

술에 취한 중년 남성은 다짜고짜 화를 내며 경찰을 향해 욕을 퍼부었다.

"어떤 놈이야! 신고한 놈이 어떤 놈이냐고! 어떤 놈이 신고했어, 대체!"

"저, 선생님, 진정하시고요."

같이 온 경찰이 중년 남성을 달래 보았지만, 중년 남성은 아랑곳하지 않고 성질을 부려 댔다.

"증거 있어?! 내가 애 학대했다는 증거 있냐고!"

"선생님, 진정하시고요. 저희는 얘기하러 온 겁니다."

"무슨 얘기! 해 봐. 해 봐, 어디! 얘기해 보라고!"

중년 남성의 바로 앞에 서 있던 경찰이 땀을 삐질삐질 흘리며 중년 남성을 어르던 찰나, 그의 옆에 있던 다른 경찰의 시선에 초록 대문 너머의 한 여자아이가 들어왔다. 나이는 일고여덟 살쯤 되었을까? 아이는 제대로 씻기지도, 먹이지도 않은 듯 산발에 잔뜩 겁을 먹은 채 야윈 몸으로 덜덜 떨며 그를 바라보고 서 있었다. 작고 가느다란 얼굴을 가득 채운 크고도 또렷한 눈망울, 금방이라도 떨어질 듯한 닭똥 같은 눈물이 맺힌 눈을 하고 선 채 아이는 마치 자신을 도와 달라는 듯 간절한 눈빛을 보내오고 있었다.

"…."

"아니, 그러니까! 내가 내 딸 좀 야단치고 혼내는 게 왜 아동 학대야! 내가 내 자식 때리는 게 아동 학대야?!"

"선생님, 저, 일단 진정하시고요. 들어가서 차분하게 말씀을 나누시죠."

"들어오긴 뭘 들어와! 그런 일 없다는데! 나가. 당장 나가! 나가라고!"

중년 남성은 언성을 높이며 잔뜩 성난 태도로 경찰들을 내몰고는 그대로 대문을 쾅! 하고 닫아 버렸다. 그러고는 대문 너머로 "에이, 씨! 재수가 없으려니까!" 하고 중얼거리는 소리가 들려왔다.

"이제 어쩌죠?"

같이 왔던 경찰이 묻자, 중년 남성을 달래고 어르던 경찰이 퉁명스럽게 대답했다.

"어쩌긴 뭘 어째. 영장도 없고 함부로 집 안에 들어갈 수도 없으니, 돌아가야지, 뭐."

"그래도 아까 그 아이… 그대로 두면 안 될 것 같아 보였는데…."

"그럼 뭐, 강제로라도 들어갈까? 주거 침입으로 신고당하고 싶어?"

"아니요…."

그렇게 두 사람은 별수 없이 그대로 돌아가 버리고 말았다.

여리고 푸르던 나뭇잎들은 어느새 붉게 물들고 하나둘 떨어

선인장 꽃이 피었습니다

져 내려 앙상한 가지만 남은 추운 계절이 찾아왔다. 그리고 그 모질고도 시린 계절이 가고 다시 새살이 돋아나 따뜻한 봄을 맞이하던 그때, 마치 봄을 시샘하는 듯한 매서운 추위가 몰려왔다.

"야! 마혜령! 너희 아빠 술주정뱅이라며?!"

"어우, 더러워. 냄새! 너 좀 씻고 다녀라!"

"야, 너 집에서 안 씻어?"

"너… 진짜 너희 엄마한테 맨날 맞아?"

가늘고 여린 꽃잎에 차갑고 시린 바람들은 쉴 새 없이 나뭇가지를 흔들어 대고 있었다.

"야! 쟤 가까이 가지 마! 가까이 가면 썩어!"

"아! 나 쟤랑 닿았어! 아! 내 손!"

"아, 나 쟤랑 눈 마주쳤어! 내 눈 썩었어!"

"야, 쟤 네 여자 친구.", "죽을래?!"

가벼운 바람들은 뭐가 그리도 좋은지 넘실대며 꽃잎을 하나둘 떨어뜨리고 있었다. 다시 추워진 날씨와 따뜻하지 않은 봄. 꽃잎은 그 속에서 흩날리고 땅에 떨어지며 모진 계절에 흘러가고 있었다.

"그만 좀 울어! 네가 그렇게 허구한 날 처우니까 집안에 재수가 없는 거야!"

"넌 도대체 잘하는 게 뭐니? 잘하는 게 하나라도 있긴 해?"

"엄마가 이거 해 놓으라고 했어, 안 했어! 맨날 말도 안 듣고

뺀질뺀질 그렇게 커서 도대체 뭐가 되려고 그래?!"

"너도 꼭! 커서 더도 말고 덜도 말고, 너 같은 딸 하나만 낳아서 키워 봐!"

"그것도 머리라고 달고 다니니? 머리는 장식으로 달고 다니는 거야? 대가리는 폼으로 달고 다녀? 생각이라는 걸 좀 해, 이 멍청아! 고생고생해서 먹이고, 입히고, 재우고, 키워 놨더니. 너는 도대체 제대로 할 줄 아는 게 뭐야? 학생의 본분인 공부도 하나 제대로 못하는 주제에."

"야, 너 엄마가 거짓말하는 거 제일 싫어하는 거 알아, 몰라. 알아, 몰라! 거짓말하는 거 제일 싫어하는 거 알면서 그렇게 거짓말을 해?! 혼날 때 혼나더라도 엄마가 거짓말은 하지 말라고 했잖아! 그게 그렇게 어렵니? 거짓말 안 하면 아주, 입안에 가시가 돋아?!"

거칠거칠하면서도 뾰족한 나뭇가지는 꽃잎을 수없이 찌르고 또 찔러 댔다. 얇고 가는 꽃잎은 부서지고 찢어져도 죽지는 않았다. 몇 번이고 으스러져 사라질까. 자유로운 바람에 날려 하늘로 멀리 날아갈까. 늘 바라고 바랐지만 지금 사는 곳은 그 거칠고 뾰족한 나뭇가지 위였다. 떨어져 밟히고야 마는 까슬한 땅 위였다.

"죽어! 나가 죽어! 왜 살아. 그냥 나가 죽어! 같이 죽자, 너하고 나하고. 오늘 같이 죽자. 너 죽고, 나 죽고. 어디 한번 같이 죽어 보자!"

선인장 꽃이 피었습니다

"잘못했어요. 잘못했어요!"

"잘못이고 뭐고 다 필요 없어. 다 필요 없고, 오늘 그냥 너랑 다 같이 죽자. 나 너 같은 딸 하나 없는 셈 칠 테니까, 오늘 그냥 다 같이 죽자, 어?"

"잘못했어요. 한 번만 용서해 주세요. 제발 한 번만…."

"안 일어나? 안 일어나면 내가 너 찔러 죽일 거야. 내가 못 할 것 같아? 일어나, 마혜령. 일어나!"

"잘못했어요, 엄마. 한 번만 용서해 주세요. 다시는 안 그럴게요."

"일어나, 마혜령! 안 일어나? 내가 너 이러려고, 이런 꼴 보려고 그동안 힘들게 뒷바라지하면서 키운 줄 아니? 내가 이러려고 엄동설한에 새벽부터 나가서 돈 벌고 험한 일 하면서 너 키운 줄 알아?!"

"잘못했어요. 잘할게요. 이제 진짜 잘할게요."

"됐어. 너 그 소리만 몇 번 해. 나 너 못 믿어, 이제. 얼른 일어나. 나가 죽든지, 찔려 죽든지. 둘 중에 하나만 하자."

"어… 엄마, 제발…. 제발요, 엄마…."

"나 네 엄마 아니야. 얼른 일어나! 울지만 말고 일어나라고!"

"엄마…."

"그렇게 운다고 안 넘어가. 맨날 대충 이러고 넘어가니까 너 그냥 이번에도 이러고 넘어가겠지 하고 그러는 거 아니야. 아니? 내가 그렇게 호락호락할 것 같아? 이번엔 절대 안 넘어가.

얼른 일어나!"

"엄마….."

"공부도 못하고 성적은 맨날 그 모양을 해서는, 허구한 날 재수 없게 눈물이나 흘려 댈 줄 알았지. 네가 제대로 하는 게 뭐야, 도대체! 숙제를 제대로 하기를 해, 방 청소를 깨끗하게 하기를 해. 하지 말라는 거짓말이나 뒤에서 살살 치고 다니면서! 네가 그러고도 인간이니? 사람이야?!"

"엄마."

"듣기 싫어! 나 네 엄마 아니야!"

"엄마….."

"나 네 엄마 아니라니까?"

머리채는 잡혀 이리저리 휘둘리고, 뺨은 세차게 맞으며 자그마한 몸뚱이는 차갑고도 딱딱한 바닥에 내팽개쳐진 채 그렇게 한참을 발로 차이고 또 차였다. 힘없는 작은 존재는 그저 그렇게 제 한 몸 지키지 못한 채 어둠 속에 묻혀 갔다. 아무도 그 약한 존재 하나 보듬어 주는 이도, 손 내밀어 주는 이도, 따스히 맞아 주는 이도 없었다.

"나, 집 나갈 거야. 이제 더는 지긋지긋하고 치가 떨려서 당신하고 못 살겠어!"

"뭐야?! 집을 나가? 이 여편네가 아주 그냥! 이제 본색을 드러내는구먼?! 어! 그래! 나가! 나가라고! 뭐, 어디 숨겨 둔 남자라도 있나 보지?!"

선인장 꽃이 피었습니다

"어, 그래! 있어! 숨겨 둔 남자 있다고! 왜! 그럼 뭐, 당신 같은 술주정뱅이에 돈도 못 벌어 오는 무능력한 남자 노릇도 못하는 사람이랑 한평생을 살 줄 알았어, 내가?! 내가 미쳤다고?"

"이게 돌았나!"

"어, 돌았어! 왜! 나도 아주 이제 이판사판이야! 하나 있는 딸년도 저 모양이지, 남편이라고는 남자는커녕 사람 구실도 하나 못하지! 나도 아주 지긋지긋해! 다 지긋지긋하다고!"

"야, 나가. 나가 봐, 어디. 나가 보라고!"

술병이 산산이 조각나고, 깨진 유리 파편은 사방으로 들이 튀어 바닥은 반짝이고 날카로운 유리들로 가득했다. 집안엔 고성과 비명이 오가고 그 속엔 외마디 울음소리만이 들리고 있었다.

그렇게 따뜻하지 않은 봄도, 뜨거운 여름도, 고단한 가을도, 시린 겨울도. 몇 번이고 지나고 난 후에야 비로소 서늘한 여름이 찾아왔다. 장대같이 내리는 장맛비가 시원하고도 숨통이 트이는 그런 계절이 찾아왔다. 그녀는 무언가에 쫓기듯 뛰고 또 뛰었다. 아무도 봐 주지 않는 사람들 틈을 지나고 높게 늘어선 건물도 지나며 삭막한 도시도 지났다. 뜨거운 아스팔트 바닥을 뜨거운지도 모른 채 그저 달리고 또 달렸다. 숨이 턱까지 차올라 곧 쓰러질 것 같았지만 그래도 멈출 수가 없었다. 내 아버지라는 사람과 내 어머니라는 사람을 안 볼 수만 있다면, 그 사람들에게서 벗어날 수만 있다면. 아니, 세상을 등지고 살아갈 수만 있다면. 그것도 아니면… 이번에도 안 죽고, 살아야 한다면 그저 아무도 없는 곳이어야만 했다. 오롯이 나로 살 수 있는 곳이어야 했다. 이젠 사람도, 세상도 모든 것이 다 지긋지긋했다. 의지할 곳 하나 없이 절벽 끝에 세워진 채 손가락질당하는 기분이, 숨 쉴 틈 없이 조여 오는 그 모든 것들이 눈을 감으면 더 이상 오지 않았으면 하는 미래가, 모두… 끝나기를 바랐다.

한참을 달려 하늘이 보이지 않는 울창한 나무들이 빼곡히 들어선 산속까지 왔다. 한여름이라고는 믿기지 않는 서늘한 날씨, 축축한 습기, 콧속으로 타고 들어오는 한여름의 산속 냄새. 모든 것이 낯설었다. 저 너머로 보이는 다 쓰러져 가는 허름한 대저택까지도. 그녀는 광활한 대저택 앞마당을 사뿐히 걸어갔다. 2층으로 된 길고도 넓은 대저택. 겉모습은 귀신이라도 나올 듯 다 쓰러져 가는 모습이었지만, 안은 제법 지낼 만해 보였다. 산속 깊은 곳에 버려진 낡은 대저택의 모습이 마치 자신과 같아 보였다. 누구도 봐 주는 이 하나 없는 초라하고도 낡은 공허함. 그녀는 2층의 큰 방으로 들어가 보았다. 아무것도 없는 낡은 바닥, 붉은색의 오래된 카펫까지. 그녀는 천천히 방 안에 난 아치형의 큰 창문을 향해 걸어갔다. 창문에 희뿌옇게 쌓인 먼지를 찬찬히 손으로 걷어 내고 나니, 대저택 밖의 모습이 보였다. 2층에서 훤히 내려다보이는 대저택의 드넓은 정원. 그를 둘러싸고 있는 울창하고도 늠름한 나무들. 그곳이라면 정말 아무도 찾아올 수 없을 것만 같았다. 오롯이 홀로 있을 수 있을

선인장 꽃이 피었습니다

것 같았다. 그녀는 고개를 돌려 방안을 찬찬히 살펴보았다. 방안 카펫 바닥에 놓인 빨간 장미꽃 한 송이가 보였다. 새빨갛고도 아름다운 꽃잎들이 겹겹이 피어 있고, 그 아래로는 가시가 돋친 줄기가 그 꽃송이들을 받치고 있었다. 새빨갛고도 가시 돋친 그 꽃이 그녀는 마음에 들었다. 새하얀 장미를 빨갛게 물들여 버린 무언가가 있다면, 그것들 또한 새빨갛게 물들어 버렸으면 좋겠다, 생각했다. 새하얀 것은 본래 물들여지기 쉬운 법이니. 그녀는 지친 몸을 그대로 차가운 바닥에 뉘었다. 잠이 오는지 서서히 눈이 감겨 오고 있었다. 이대로 눈을 감아서 다시 눈을 뜨지 않으면 좋으련만, 그녀는 생각했다. 길었던 자신의 고된 계절이 끝이 나고 이젠 아무것도 없는 자유의 몸이 되기를. 이젠 그 모든 것들이… 끝이 나기를. 나조차도.

경궁지조(驚弓之鳥)*

"잘 가요."

"네, 할머니. 건강하세요. 덕분에 잘 있다 갑니다."

그가 정중히 인사하자 할머니는 웃으며 답했다.

"내가 덕분에 예쁜 꽃 잘 받았죠."

그는 말없이 미소를 지어 보였다.

"그런데 그 꽃은?"

할머니는 처음 올 때부터 그의 손에 들려 있던 잘 포장된 장미꽃에 눈길을 주었다.

"아…."

쉽사리 대답하지 못하는 그의 표정을 읽은 듯 할머니는 싱긋 웃으며 말했다.

---

* 한 번 놀랐던 일로 조그마한 일에도 두려운 마음을 품고 경계함.

선인장 꽃이 피었습니다

"나 말고도 손님이 또 있었나 보군요."

그는 대답 대신 멋쩍은 미소를 지어 보였다.

"이런, 이런. 내가 시간을 뺏으면 안 되지. 어서 가 봐요."

"네."

그는 웃으며 다시 한번 할머니를 향해 정중히 인사하고는 그대로 오룡산 할머니의 오두막집을 나왔다. 할머니는 그가 보이지 않을 때까지 집 앞에서 손을 흔들어 주었다. 나무가 우거진 깊은 산 속의 오래되고도 고풍스러운 통나무집 한 채, 따뜻하고도 정겨운 할머니, 푸르고도 맑은 하늘. 이제 더 이상 오룡산은 무섭고 기분 나쁜 곳이 아니었다. 그는 가벼운 발걸음으로 잘 포장된 장미꽃을 손에 든 채 산속 더 깊숙한 곳으로 걸어 들어가고 있었다.

한여름의 뜨거운 햇볕이 드넓은 마당을 내리쬐고, 푸르른 잔디밭은 햇볕에 타들어 갈 듯 맥을 못 추고 있었다. 하늘엔 새하얗고도 몽글몽글한 구름이 잔잔히도 흐르고 울창한 나무들 역시 햇볕에 말라갈 즈음, 그는 발걸음을 멈춰 세웠다.

"이쯤이면 될까요?"

"아니, 좀 더 왼쪽으로 가야 할 것 같아요! 조금 더, 조금 더. 네! 거기요!"

활짝 열린 대저택의 현관문 너머로 안에서는 직원들이 분주히 무언가 하고 있는 듯 보였다. 그는 잠시 말없이 바삐 움직이는 직원들의 모습을 지켜보고 서 있었다. 아무도 그의 인기척을 느끼지 못한 듯 저마다의 일에 몰두하고 있었다. 그렇게 얼마쯤 지났을까, 한 직원이 먼저 그를 발견하고는 소스라치게 놀랐다.

"아, 안녕하세요."

자신을 보고는 놀란 직원에 그는 잠시 당황하다 정중히 인사했다. 그리고 그런 그의 인사에, 그곳에 있던 모두의 시선이 일제히 그에게로 쏠렸다.

"아…."

긴장감과 어색한 침묵만이 흐르는 그곳에서 그는 눈치를 보다 어렵게 입을 열었다.

"아, 지난번에 왔던 사람인데요, 비 오는 날 여기서 신세를 좀 져서요. 보답으로 꽃이라도 드릴 겸…."

아무 말도 없이 여전히 자신을 넋 나간 듯 쳐다보고 있는 대저택 직원들을 보며 그는 처음 왔을 때처럼 죄지은 사람이라도 되는 것, 마냥 술술 말을 늘어놓기 시작했다.

"아, 저는 그러니까 동네에서 꽃집을 하고 있고, 이름은 '지은호'라고 합니다."

"지은호 씨?"

"네. 지은호요."

때마침 귀에 익은 목소리에 시선을 돌린 그의 시야에 왕 집사의 모습이 들어왔다.

"!"

"지은호 씨가 여긴 어쩐 일로?"

"아, 안녕하세요!"

그는 꾸벅 고개 숙여 정중히 인사했다.

"아… 다름이 아니라 지난번에 비 많이 오던 날 산에서 길을 잃고 이 댁에서 신세를 좀 져서요."

그는 가져온 장미꽃들을 들어 올리며 말을 이었다.

"경황이 없어서 그땐 제대로 인사를 못 드렸는데 보답으로 꽃이라도 드릴 겸 가지고 왔습니다. 아! 제가 동네에서 꽃집을 하고 있거든요."

"네…."

또다시 흐르는 어색한 침묵 뒤에 왕 집사가 피식 옅은 웃음을 터뜨리며 말했다.

"잘 알고 있죠. 꽃집 사장님이신 거. 태권도 유단자이신 것도요."

"아…."

"아마 여기 있는 대저택 식구들도 다들 알고 있을 겁니다. 지은호 씨를요."

그는 무슨 뜻인지 알겠다는 듯 멋쩍은 미소를 지어 보였다.

"다시 뵙게 될 줄은 몰랐네요."

왕 집사는 특유의 차분한 어조로 말했다. 그는 다시 한번 멋쩍은 미소를 지어 보였다.

"그것보다…. 꽃이 꽤 비쌀 텐데요? 그 꽃을 그냥 주시는 겁

경궁지조(驚弓之鳥)

니까?"

"네! 그때 신세 진 것에 대한 보답이니까요."

"보답치고는… 꽤 큰 것 같은데요."

"아, 별거 아닙니다. 그냥 저 현관에 놓여 있던 장미꽃이 시들시들해 보이기도 하고 그래서요. 그냥 편하게 받아 주세요."

"그럼… 감사히 받겠습니다."

"네."

그도 그제야 안심이 되는 듯 웃으며 답했다. 왕 집사는 그에게 꽃을 건네받은 뒤 차분히 물었다.

"잠깐 들어오시겠어요?"

"네?"

"먼 길 오셨는데 차라도 한잔하고 가시죠. 저도 여기까지 온 손님을 그냥 돌려보내는 건 예의가 아니니 차라도 한잔 대접해 드리고 싶네요."

"아… 차. 이미 마시고 와서요. 괜찮습니다."

그의 어색한 거절에 이 모습을 지켜보고 있던 한 대저택 직원이 해맑게 말했다.

"그럼, 커피라도 드시고 가세요!"

"네?"

그가 뒤를 돌아보았다. 한 직원이 눈을 반짝이며 밝은 표정으로 그를 빤히 바라보고 있었다.

"아니면 식사라도….."

선인장 꽃이 피었습니다

"아…."

"그러시죠."

머뭇거리는 그에 왕 집사가 거들었다.

"네… 뭐."

그렇게 얼떨결에 대저택 안으로 들어서게 된 그는 왕 집사의 뒤를 따라 대저택 주방으로 걸어 들어갔다.

"잠시 앉아 계시죠."

"네."

왕 집사는 그에게 대접할 차를 준비하기 위해 조리대로 향했다. 그는 주방 널찍한 식탁 한 귀퉁이 의자에 앉아 주방을 찬찬히 둘러보았다. 주방 한가운데에 길게 뻗은 식탁과 열 개의 의자, 낡고 오래되어 보이지만 분위기 있는 주방. 모든 것이 다 영화에서나 볼 법한 모습이었다.

"드시죠."

왕 집사는 그에게 준비한 커피와 간식을 내주었다.

"아, 감사합니다."

그는 커피잔을 들어 한 모금 조심스레 들이켰다.

"근데 저분들은 다 대저택의 직원분들이신가요?"

그는 아까부터 느껴진 따가운 시선들을 가리키며 물었다. 왕 집사의 시선이 곧 대저택 직원들을 향했고 뒤에서 그를 지켜보던 대저택 직원들이 모두 화들짝 놀라며 황급히 숨는 것이 보였다. 왕 집사는 피식 옅은 웃음을 한 번 터뜨리고는 그를 향해 답했다.

"네, 그렇습니다."

그는 고개를 천천히 끄덕이며 다시 조심스레 물었다.

"직원분들은 다 여자분들밖에 안 계신 건가요?"

"네."

"왜인지 여쭤봐도 될까요?"

"…"

대답 없이 그저 멀뚱히 자신을 바라보는 왕 집사에, 그는 혹여나 무슨 실수라도 한 것일까, 방금 자신의 말들을 되새겨보고 있었다.

"아, 죄송합니다. 실례가 됐다면….."

"아니요. 괜찮습니다."

왕 집사는 너그러운 말투로 대답했다.

"대저택의 직원들이 전부 여자들밖에 없는 이유는 아가씨께서 남자를 안 좋아하시기 때문이죠. 남자를 집 안으로 들이지 않으시거든요."

"왜요?"

"남자에 대한 좋은 기억이 없어서랄까요?"

남자에 대한 좋은 기억이 없어서라…. 아름다운 꽃에도 사연은 있는 법이라던 그 말과 관련된 것인 걸까? 왠지 이 대저택에는 사연이 많은 듯 보였다.

"궁금하신 게… 아직 많으신 것 같습니다."

선인장 꽃이 피었습니다

그의 복잡한 마음속을 읽기라도 한 듯, 왕 집사가 그를 향해 말했다.

"아…."

왕 집사는 옅은 웃음을 지으며 나긋하게 말했다.

"그 많은 이야기를 제가 다 해 드릴 수는 없지요."

"…."

"그래도…."

"?"

"다시 찾아오신다면 언젠가는 그 이야기를 들을 수 있지 않을까요?"

"…."

다시 찾아온다면 언젠가 그 이야기를 들을 수 있지 않겠냐는 왕 집사님의 그 말이 왠지 의미심장하게 들려왔다.

"그리고 저는… 지은호 씨가 꼭 아가씨께 직접 그 이야기를 들으셨으면 좋겠습니다."

라는 왕 집사의 마지막 말까지도 그의 심장을 울리기에 충분했다.

"왕 집사! 왕 집… !"

뒤이어 왕 집사님을 부르며 주방으로 오던 그 대저택의 아가씨와 눈이 마주쳤다. 그녀는 몹시 놀란 듯, 동그랗고 커다란 눈으로 자신을 바라보고 서 있었다. 크고도 동그란 눈, 또렷한 눈망울, 하얗고 작은 얼굴에 오똑한 코, 그리고 작은 입술까지.

처음 보는 그녀의 선명한 얼굴이었다. 긴 머리카락과 저 놀란 표정, 가녀린 체형, 그때처럼 미세하게 떨리는 두 손까지. 여전히 그녀는 무언가 두려운 모양이었다. 어쩌면… 그가 두려웠는지도 모르겠다.

"제가 손님이 계신 걸 말씀 안 드렸네요."

왕 집사는 그녀를 향해 특유의 차분한 어조로 태연히 말했다.

"…."

많이 놀란 듯한 그녀는 이내 붉어진 눈으로 그 자리를 황급히 피해 어디론가 사라져 버리고 말았다.

"안 가 보셔도 될까요?"

그가 왕 집사를 향해 물었다.

"…."

왕 집사님은 잠시 고민하시는 듯 보였다.

"여기 잠깐 혼자 있으셔도 괜찮으시겠죠?"

"네, 저는 괜찮습니다. 다녀오세요. 많이 놀라신 것 같던데."

"그럼."

왕 집사는 그렇게 사라진 그녀를 뒤따라 나섰다.

똑똑똑. 조심스럽게 혜령의 방문이 열리고, 왕 집사가 방 안으로 걸어 들어왔다.

"왕 집사, 미쳤어? 제정신이야?!"

선인장 꽃이 피었습니다

방으로 들어온 왕 집사를 혜령이 날카롭게 쏘아붙였다.

"당장 내쫓아. 당장!"

"지난번에 신세 진 것에 대해 보답도 할 겸 꽃을 들고 오셨다고 해서 들여보냈습니다. 차라도 한잔 드시고 가시라고요."

혜령은 자신의 주체할 수 없는 감정을 애써 꾹꾹 눌러 참으며 말했다.

"지난번에도 그래서 들여보냈잖아! 비도 많이 오고 이대로 내보내면 진짜 죽을 것 같다면서."

"…."

"왕 집사, 사람이 좋은 거야? 물러 터진 거야? 세상에 사연하나 없는 사람이 어디 있고, 불쌍하지 않은 사람이 하나 어디 있어? 그럴 때마다 편의 다 봐 줄 거야?!"

"감사 인사 하러 온 사람을 내쫓는 것도 예의는 아니니까요."

"예의?"

혜령은 김빠진 헛웃음을 지으며 말했다.

"난 또 왕 집사가 그렇게 예의를 좋아하는 사람인 줄 몰랐네."

"아가씨."

"좋아. 그럼 차 다 마시면 얼른 내보내. 난 저 남자 단 1초도 내 집에 있게 하기 싫으니까."

혜령이 단호히 말했다.

"…."

경궁지조(驚弓之鳥)

"왜 대답 안 해? 안 내보낼 거야?!"

"차를 다 마시면… 알아서 가시겠지요. 제가 굳이 내보내지 않아도요."

혜령은 무슨 뜻이냐는 듯 왕 집사를 쏘아보았다. 왕 집사는 아랑곳하지 않고 차분히 말했다.

"그러니까, 아가씨께서 그렇게 두려워하지 않으셔도 된다는 말씀입니다."

"왕 집사, 왜 그래? 왜 저 남자한테는 그렇게 호의적이야? 여 태껏 이런 적 없었잖아. 대저택에 누구 모르는 사람들인 적도 없었고! 더군다나 남자는…."

그녀는 말을 잇지 못했다.

"왕 집사, 저 남자 좋아해?"

"보기 드문 경위 바른 청년이니까요."

"그래서. 뭐, 좋아하기라도 하냐고."

"좋죠. 저런 사람은 요즘 드무니까요."

"허!"

그녀는 기가 막힌다는 듯 코웃음을 쳤다.

"저는 어쩌면 지은호씨가 아가씨 안에 있는 그 두려움을 극 복시켜줄 수 있는 사람이지 않을까 생각합니다."

왕 집사는 차분히 말을 이었다.

"차갑고 모질었던 지옥 속에 살아온 아가씨에게 따뜻하고 평 온한 삶을 알려줄 사람이지 않을까 기대하게 됩니다."

선인장 꽃이 피었습니다

"난 지금도 충분히 따뜻하고 평온하며 평화롭고 행복해!"

"아니요. 두려움에 세상과 맞서지 못하는 것과 세상 밖이 더 평온한 건 다른 이야기지요. 아가씨는 그저 지금 세상이 두려워 이곳이 평온한 것입니다. 이곳에서는 두려운 세상과 마주할 일이 없으니까요."

"…"

혜령은 차마 왕 집사의 말에 그 어떤 대꾸도 할 수 없었다.

"지은호 씨?"

"네?"

차를 마시고 있던 그에게 대저택 직원들이 말을 걸어왔다.

"안녕하세요. 저는 대저택의 주방을 담당하는 오세경이라고 합니다."

세경이 웃으며 그를 향해 인사를 건넸다.

"네, 안녕하세요."

그도 얼떨결에 세경에게 꾸벅 고개 숙여 인사했다.

"여기는 우리 대저택 식구들이고요."

"네, 안녕하세요."

그는 대저택 직원들을 향해서도 꾸벅 고개 숙여 정중히 인사했다.

"태권도 유단자시라면서요?!"

불쑥, 한 직원이 그를 향해 큰소리로 물어왔다.

"아… 네, 뭐…. 예전에 잠깐 했었습니다."

그는 멋쩍은 듯 쑥스럽게 웃으며 대답했다.

"에이! 잠깐 했었다기에는 연쇄 살인범도 때려잡으셨던데."

"아…."

그는 대답 대신 옅은 미소만 지어 보였다.

"비결이 뭐예요? 태권도 유단자가 되면 연쇄 살인범을 때려잡을 수 있는 건가요? 저도 그런 힘을 가지고 싶어요!"

"근데 진짜 꽃 주러 오신 거 맞아요? 진짜로 신세 진 거에 대한 감사 인사 하러 여기까지 오신 거예요? 굳이? 이 멀리?"

"지은호 씨, 인기 많으시죠? 잘생겨서. 학교 다닐 때도 인기 많으셨겠다."

물밀듯 밀려 들어오는 직원들의 질문에 그는 그 어떤 대답도 하지 못한 채 머뭇거리고 있었다.

"자, 자! 다들 그렇게 한꺼번에 질문하면 지은호 씨가 정신없으실 테니까 한 명씩 천천히 하자고요?"

세경이 다른 직원들을 중재하고 나섰다.

"지은호 씨! 다음에 또 오실 거예요?"

한 직원이 건넨 그 질문이 순간, 모두를 정적에 휩싸이게 했다. 대저택 직원들은 모두 그의 대답을 기다리듯 그를 빤히 바라보았다.

"아… 글쎄요?"

그의 대답에 직원들은 하나같이 실망스러운 표정들을 지어 보였다.

"또… 와야 하나요?"

그는 직원들의 눈치를 살피며 조심스럽게 물었다.

"아니요. 그건 지은호 씨 마음이죠."

한 직원이 풀 죽은 목소리로 대답했다.

"아… 그렇죠."

"…."

"그럼, 제가 또 오길 바라세요?"

그의 그 한마디가 다시 대저택 직원들의 눈을 반짝이게 했다. 마치 그가 또 와 주길 바란다는 듯이.

"왜요?"

이번에도 그가 조심스럽게 물었다.

"지은호 씨는 왠지… 좋은 사람 같아서요."

"좋은… 사람이요?"

"네, 좋은 사람이요."

"저 좋은 사람 아닌데…."

"그래도 멋있어요!"

한 직원이 당차게 말했다.

"대단하고, 용기 있고, 멋있고, 따뜻하고."

"아…."

"사실, 대저택에 모인 직원들은 다들 사정이 있거든요."

"…."

"세상으로부터 도망쳐 온 사람도 있고, 세상으로부터 버려진 사람도 있고, 세상으로부터 여행을 떠나온 사람도 있고. 다 가지각색인 사람들이에요."

그는 묵묵히 귀를 기울였다.

"그런데요, 다들 지은호 씨처럼 용기 있진 않아요. 다들 지은호 씨처럼 따뜻하지도 않고요. 다들… 마음에 하나쯤 멍이 있거든요."

"…."

"그런데요. 그런데 지은호 씨는 예의도 바르고, 정중하고, 보답할 줄도 알고, 참 따뜻하고 좋은 사람인 것 같아요. 그리고 무엇보다 대저택 안에 발을 들이고 이렇게 오래 머무는 건 지은호 씨가 처음이거든요."

"…."

"지은호 씨 같은 사람이 옆에 있으면 바뀔 수 있을 것 같아요. 상처받고 아픈 마음도 나을 수 있을 것 같고, 도망쳐 온 겁쟁이들도 용기 낼 수 있을 것 같고. 지은호 씨 같은 사람이 곁에 있다면 뭐든 달라질 수 있을 것 같아요. 좋은 쪽으로요."

그를 향해 진심을 담아 말하는 그 직원의 눈빛이 그의 깊숙한 가슴 한편을 파고들어 오는 듯했다. 그는 주위를 찬찬히 둘러보았다. 자신을 바라보는 그 반짝이는 눈빛들이 모두 진심을 말해 주고 있는 듯했다.

선인장 꽃이 피었습니다

"아들!"

꽃집 문이 열리고, 꽃집 안으로는 그의 엄마가 걸어 들어왔다.

"?! 어머니!"

"장사는 좀 돼?"

"네… 뭐. 어쩐 일이세요?"

"어쩐 일은! 뭐 엄마가 아들 얼굴 보러 오는데 꼭 이유가 있어야 오나?"

"…."

어머니의 저 환한 얼굴, 잔뜩 들뜬 미소, 한층 높아진 톤의 목소리와 말투까지. 왠지 그의 마음을 불안하게 해왔다.

"이번 주 주말에 뭐 해?"

"주말에… 왜요?"

"어어, 그냥. 주말에 딱히 약속 없으면 엄마랑 밥 한 끼나 같이 먹자고."

"아… 네, 그래요."

그는 흔쾌히 대답했다.

"아버지는요?"

"아, 아버지는 뭐! 나중에 같이 먹어도 되니까."

"네…."

그는 흘끔 어머니를 살펴보았다. 아들하고 둘이 밥 먹자는 이야기를 하러 왔다기에는 왠지 더 들떠 보이셨다.

"근데… 뭐 좋은 일 있으세요?"

"어, 어?"

어머니는 당황한 듯 말을 더듬었다.

"아니, 어머니 기분이 오늘따라 너무 좋아 보이시길래."

"아, 아아."

어머니는 멋쩍은 웃음을 지어 보였다.

"뭐 좋은 일 있으신가 해서…."

"아, 아니 뭐, 좋은 일은. 그냥저냥 맨날 똑같지."

"…."

그는 미심쩍은 눈빛으로 어머니를 바라보았다.

어머니와 약속한 주말이 찾아오고 그는 어머니와 약속한 장소로 찾아갔다.

"어! 아들! 여기!"

환하게 웃으며 손을 흔드는 어머니와 그 앞으로 보이는 두 명의 여성이 눈에 들어왔다. 한 분은 몇 번 뵌 적이 있는 듯한 낯익은 어머니의 친구분인 듯 보였고, 다른 한 분은… 오늘 처음 보는 얼굴이었다. 아마도 이 분위기면 어머니 친구분의 따님 되시는 분이겠지.

"어서 와!"

"어서 와요. 나 본 적 있죠? 은호 군?"

선인장 꽃이 피었습니다

"아… 네, 안녕하세요."

그는 정중히 고개 숙여 인사하고는 일단, 어머니의 옆에 자리 잡고 앉았다. 그의 앞으로 보이는 젊은 여자는 차분히 가라앉은 어깨 정도의 갈색 생머리에 말끔히 차려입은 단정한 복장을 하고 있었다. 꽤 조용하고 기품 있어 보이는 분위기였다. 그녀는 웃으며 그를 향해 정중하고도 밝은 인사를 건넸다.

"안녕하세요. 처음 뵙겠습니다. 장하영이라고 합니다."

"네…. 처음 뵙겠습니다. 지은호라고 합니다."

왠지 그녀와 나누는 인사 한마디에도 옆에 계시던 어머니들이 더 좋아하시는 분위기였다. 그의 예상대로 어머니들은 간단한 식사 자리에만 함께한 후, 식사가 끝나고 난 뒤 티타임(tea time)에서는 두 사람만 있도록 자리를 피해 주었다.

"은호 씨는 꽃집 하신다고 들었는데, 왜 다니던 직장은 그만두시고 꽃집을 하게 되신 거예요?"

그녀가 먼저 물어왔다.

"아… 그냥, 직장 생활이 잘 안 맞더라고요."

그가 조심스럽게 대답했다.

"아… 그렇죠. 직장 생활 힘들죠."

그녀가 미소 지었다.

"하영 씨는 교사라고 하셨죠? 많이 바쁘시겠어요."

그의 물음에 그녀가 웃으며 답했다.

"그렇죠, 뭐. 교사는 여기 치이고 저기 치이고 하니까요. 일도 워낙 많은 데다가."

그는 말없이 고개를 끄덕였다.

"근데 은호 씨는, 이런 자리가 처음이세요?"

문득, 그녀가 물어왔다.

"네, 뭐. 이런 자리는 처음이죠."

"음… 대학 다닐 때 소개팅 같은 건 해 보셨을 거 아니에요."

"어… 아니요. 소개팅 안 해 봤습니다."

"진짜요?"

"네."

"왜요? 학교 다닐 때 소개팅도 안 해 보셨어요?"

그녀의 되물음에 그가 멋쩍은 웃음을 지으며 대답했다.

"네, 뭐. 워낙 스펙 쌓는 거랑 성적 관리에 집중하다 보니…. 소개팅이나 뭐 그런 쪽에 관심이 없기도 했고요."

그녀는 놀라며 물었다.

"그럼, 설마… 연애 경험도 없으세요? 한 번도?"

"아… 뭐. 잠깐 만난 적은 있지만 글쎄요…. 뭐, 연애 경험이라고 하면 특별한 건 없었달까?"

그녀가 웃으며 말했다.

"대박. 은호 씨도 진짜 보기 드문 캐릭터네요. 서른한 살 먹도록 여태 제대로 된 연애도 못 해 보고. 소개팅도 한 번 해 본 적 없고."

그는 대답 대신 옅은 눈웃음만 지어 보였다.

선인장 꽃이 피었습니다

"그럼 이상형은요? 이상형은 어떻게 되세요?"

"글쎄요…. 뭐 딱히 이상형이랄 것까진 없는데…."

"없어요?"

"네, 뭐. 특별히 없는 거 같아요."

"음… 그렇구나."

"하영 씨는 이상형이 어떻게 되시는데요?"

"저요? 저는 뭐… 돈 많은 남자?"

"?"

그의 반응에 그녀가 빵 터지며 말했다.

"웃자고 한 얘기예요. 뭐, 진짜로 돈이 많으면 좋기는 하겠지만요."

"그렇죠. 돈이 많으면 좋죠. 아무래도…."

"그래도 저 이래 봬도 꽤 낭만파 로맨티시스트거든요. 돈보다는 그냥, 편안하고 서로 사랑하는 사람을 만나서 함께하고 싶어요."

그녀의 말에 그는 말없이 고개를 끄덕였다.

"은호 씨는요?"

"네?"

"은호 씨는 사랑하는 사람과 돈 많은 사람 중에 어느 쪽을 택할 거예요?"

"음… 둘 중에는 사랑하는 사람을 택하지 않을까요?"

"오, 저랑 같은 계열?"

"뭐, 돈은 제가 벌면 되니까요."

"오, 꽤 자신만만하시네요? 꽃집 사장님께서?"

"무슨 뜻이에요?"

"아니요. 뭐, 그냥. 보편적으로 보면… 꽃집 사장님이 돈을 잘 버는 억만장자와 같다고 생각하지는 않으니까요."

"그럴 수 있죠. 그래도 능력치에 따라 다르기는 하지만 먹고 사는 데 지장은 없을 정도로 벌긴 하죠."

그녀는 말없이 웃으며 고개를 끄덕였다.

"그럼, 사랑하는 사람이 있는데 부모님이 반대하시면… 은호 씨는 어떻게 하실 거예요?"

"음… 생각해 본 적 없는 얘기네요."

"음… 생각해 본 적 없으시구나. 그럼, 지금 한 번 생각해 보세요. 은호 씨의 대답이 궁금해서요."

"글쎄요…."

그는 말없이 생각에 잠겼다.

"부모님을 설득해도 안 되는 문제인 건가요?"

그녀는 천천히 고개를 끄덕이며 말했다.

"설득이 안 될 수도 있죠."

"음… 그럼, 어쩔 수 없이 헤어져야 하지 않을까요?"

"정말 사랑하는데도요?"

"정말 사랑하지만… 부모님과 다투고 싶지 않기도 하니까요."

선인장 꽃이 피었습니다

"음… 그건 좀… 겁쟁이네요? 은호 씨?"

"…."

그녀는 쿨하게 받아들였다.

"좋아요. 나도 겁쟁이니까."

"?"

그가 알 수 없다는 표정을 짓자, 그녀가 살짝 웃으며 말했다.

"사실 저 만나는 사람 있어요."

"네?"

뜻밖의 폭탄 발언에 그는 잠시 넋이 나간 듯 멍하니 그녀를 바라보았다.

"만나는 사람이요. 사귀는 사람 있어요, 저. 결혼까지 생각할 정도로 깊게 생각하고 만나는 사람이요."

"어… 근데 왜?"

"근데 왜 맞선 자리에 나왔냐고요?"

"…."

"어머니가 반대하시거든요. 그 사람 직업이고, 가정 환경이고, 뭐 하나 제대로 변변치 못한 사람이라서요."

"…."

그는 어떤 말을 입 밖으로 꺼내야 할지 좀처럼 생각이 나지 않았다.

"화나셨나요?"

그녀가 그의 눈치를 살피며 조심스럽게 물었다.

"아니요. 그냥 좀⋯ 뜻밖의 말씀이라 당황스러워서요."

"아⋯ 그러시겠죠. 저도 뭐 물세례라도 맞거나 욕이라도 진창 얻어먹을 각오하고 나왔어요."

"⋯."

"괜찮아요, 뭐라고 하셔도."

"어⋯ 그러니까⋯."

그녀는 묵묵히 그의 다음 말을 기다리고 있었다.

"그냥⋯ 저는, 저는요, 제가 다투는 걸 싫어해서, 싸우는 걸 싫어해서 다른 사람과 갈등이 일어나고 그런 걸 피하는 편이에요."

"?"

"그러니까, 제가 아까 저라면 사랑하는 사람을 부모님이 반대하시면 포기해야 하지 않을까 했지만, 하영 씨는 저 같은 사람이 아니니까요. 그러니까 포기하지 않으셨으면 좋겠어요."

"⋯."

그의 말에 그녀는 잠시 얼빠진 듯 말없이 그를 바라보고 있었다.

"그러니까 지금 저를⋯ 응원하시는 건가요?"

"네, 뭐. 말하자면 그런 거죠?"

그의 말에 그녀는 피식 웃음을 터뜨렸다.

"진짜 알 수 없는 보기 드문 캐릭터네요."

"⋯."

선인장 꽃이 피었습니다

"맞선 자리 나와서 결혼까지 생각하고 만나는 사람 있다니까 응원해 주는 맞선 상대…. 진짜 참신하고 재미있네요."

"…."

"고마워요. 은호 씨도 꼭 좋은 분 만나시길 바랄게요."

"네…."

그녀는 잠시 그를 빤히 바라보다 진지하게 덧붙여 말했다.

"사랑이요…."

"?"

"본인은 몰라도 마음은 알거든요. 궁금하고, 알고 싶고, 관심이 가고 신경 쓰이다가…. 마음이 그렇게 시작되는 거죠."

"…."

"은호 씨는 그런 사람 없어요? 지금 딱 떠오르는 사람."

"네, 저는 딱히."

"진짜로요? 단 한 명도요? 단 한 명도 없어요? 자꾸 궁금하고 알고 싶고 신경 쓰이는 사람."

"…."

떠오르는 사람이라…. 그보단 그녀의 그 의미심장한 말이 더 신경 쓰였다. 궁금하고, 알고 싶고, 관심이 가고, 신경이 쓰이다가 마음이 그렇게 시작된다…. 그리고 어렴풋이 그의 마음속에 누군가 떠오르는 듯했다.

"아가씨?"

세경이 빼꼼 혜령의 방문 틈으로 고개를 들이밀고는 혜령을 불렀다.

"왜."

혜령은 특유의 차갑고도 쌀쌀맞은 투로 대답했다.

"이번 주 주말에 대저택 대청소한대요."

"알겠어."

"많이 바빠 보이시네요?"

"…."

"책도 나왔는데… 조금은 쉬시지."

세경이 조용히 중얼거렸다.

"할 말 없으면 그만 나가. 바쁘니까."

"네…."

"…."

혜령은 방 안 가운데에 놓인 책상 앞에 앉아 묵묵히 책상 위에 놓인 노트북을 들여다보며 무언가에 열중할 뿐이었다. 타닥타닥. 노트북 키보드를 두드리는 소리만이 방 안을 가득 메우고 혜령의 그런 모습을 보며 나간 줄 알았던 세경이 다시 말을 걸어왔다.

"그런데요, 아가씨."

"…."

"가끔은… 답답하지 않으세요? 그러고 있는 거?"

선인장 꽃이 피었습니다

"…."

"매번 방 안에만 틀어박혀서 일하고 먹고 자고, 그러는 게 아가씨 일상이잖아요. 딱히 이야기하는 사람도 없고. 그나마 하루 중 말하는 게 왕 집사님이나 안나 씨, 아니면 제가 아가씨 방에 왔을 때 말하는 게 다니까. 저라면 답답할 것 같거든요."

"그건 너니까 답답한 거고."

그녀는 여전히 노트북만 쳐다보며 무신경하게 답했다.

"아가씨도 사람인데 아가씨도 같죠. 7년 동안, 이 대저택 밖으로 나가 보신 적이 없으시잖아요. 아무리 혼자 있는 걸 좋아하고 아무리 사람들을 만나는 걸 싫어한다고 해도 그렇게까지 아무도 안 만나고 아무도 없는 공간에 혼자 틀어박혀 있으면… 때로는 외롭고, 때로는 공허하고, 때로는 쓸쓸하지 않겠어요?"

"전혀."

혜령은 딱 잘라 단호하게 대답했다.

"진짜 전혀요? 한 번도 그런 적 없으시다고요?"

"네가 너무 감정적인 거겠지."

"아니요! 이성적인 사람도 아가씨처럼 살면 없던 외로움도 생기고 없던 우울증도 생길걸요?"

"오세경."

"네."

"나가."

"네…."

세경은 풀이 죽은 채 그렇게 혜령의 방 안을 나섰다. 세경이 나가고 난 뒤, 홀로 방 안에 남겨진 혜령은 지난날들을 떠올렸다. 폭언과 폭력이 난무하는 집 안. 비웃으며 자신을 경멸하던 시선들. 아무도 도와주지 않았던 지난날의 다 마신 빈 캔 같던 자신의 존재. 이리저리 발로 차이고 구르고 떨어지며, 그리고 쓰레기통에 버려지며 세상으로부터 멀어지던 자신. 7년이나 지난 지금, 여전히 그녀에게는 그 기억들이 생생했으며 여전히 숨 쉴 수 없을 만큼 아프고 욱신거렸다. 지워지지 않는 흉터만큼 선명히 남아 있으며, 그 누구에게도 보이고 싶지 않았다.

그녀는 노트북 화면을 바라보았다. 노트북 화면 속에는 그녀가 쓰고 있던 메일이 보였다. 발신자 '로즈(Rose)'. 로즈라는 그 이름이 그녀가 유일하게 숨어 숨 쉴 수 있는 틈이었다. 그녀와 같이 상처받은 존재들을 위로하는 그녀의 아주 작은 마음이었다. 세상으로부터 버려진 그녀가 세상과 가까워지는 유일하고도 아주 짧은 시간이었다. 그녀는 다시 보내던 메일을 이어 쓰기 시작했다.

안녕하세요, 로즈(Rose)입니다.
보내 주신 메일은 잘 받았습니다.
…

한가로운 일요일 오전 한때, 그는 천으로 된 옅은 베이지색의 소파 위에 앉아 한가로이 TV를 시청하고 있었다. 그는 따분한 얼굴로 리모컨을 들고 채널을 돌렸다.

"… 당분간 밤에는 열대야가, 낮에는 폭염이 기승을 부리겠습니다."

"야! 여름엔 역시 콩국수죠! 이 콩물 걸쭉한 것 좀 보세요!"

"여기 말하는 고양이가 있다고 해서 찾아왔는데요."

"하와이 하면 해변가. 호노키키."

"마(馬)를 제압하고요. 상(象)이 또 걸려 있네요."

"다 그렇잖아. 상처 하나 없는 사람이 어디 있겠어."

채널을 돌리던 그는 문득, 평소에 잘 보지 않던 드라마 채널에서 멈칫했다.

"아프지 않은 척하는 거지. 진짜로 아프지 않은 사람이 어디 있겠어. 빠져나오고 싶은 걸 수도 있잖아. 헤어 나오지 못하고 있는 걸 수도 있잖아."

왠지 그 대사가 그의 마음을 사로잡았다.

"빠져나오기 싫다잖아. 그대로 둬도 괜찮다잖아!"

"아니? 사실은 아닐걸? 괜찮지 않으니까. 괜찮은 척하는 거지. 그 모든 것에 다 지쳐 버렸으니까. 그냥 괜찮아지려는 거라고. 진짜… 괜찮은 사람은 없으니까."

그 순간, 그의 머릿속에 문득 대저택에서 봤던 그 여자가 떠올랐다. 대저택의 마녀 아가씨. 천둥 번개가 내리치고 대차게 쏟아져 내리는 소나기와 칠흑 같은 어둠 속에서 처음 마주쳤던

경궁지조(驚弓之鳥)

그녀의 모습. 나가라고 소리치는 와중에도 덜덜 떨고 있던 두 손. 아름다운 꽃에도 사연은 있는 법이라던 왕 집사님의 말과 또 왔으면 좋겠다던 대저택 직원들, 아가씨께 직접 들었으면 좋겠다던 왕 집사님의 의미심장한 말들이 그의 머릿속을 맴돌고 있었다.

"본인은 몰라도 마음은 알거든요. 궁금하고, 알고 싶고, 관심이 가고 신경 쓰이다가…. 마음이 그렇게 시작되는 거죠."

"은호 씨는 그런 사람 없어요? 지금 딱 떠오르는 사람. … 진짜로요? 단 한 명도요? 단 한 명도 없어요? 자꾸 궁금하고 알고 싶고 신경 쓰이는 사람."

맞선 자리에서 만났던 그녀의 말도 그의 머릿속을 스치고 지나갔다. 복잡한 머릿속과 심정을 정리하던 그는 이내 무언가 결심이 선 듯한 눈빛으로 자리를 박차고 일어섰다. 그러고는 옷을 갈아입고, 차 키를 챙긴 채 현관문을 열고 집을 나섰다.

"너 어디 가?"

"!"

현관문을 열자마자 마주한 것은 다름 아닌 자신의 집을 찾아온 진호였다.

"너… 여기 웬일이야?"

"아, 그냥 심심해서 왔지. 너 지난주에 맞선 봤다며. 어땠어? 어떻게 됐냐? 얘기 좀 해 봐!"

"나중에. 나중에 갔다 와서 얘기할게."

선인장 꽃이 피었습니다

그는 곧장 그의 집 앞에 세워져 있던 자신의 차로 향했다.

"아, 어디 가는데!"

"나중에!"

탁! 그가 차에 몸을 싣고 운전석 문을 닫자 어느새 재빠르게 조수석에 올라탄 진호가 그를 향해 물었다.

"그래서 어디 가냐고."

"…. 따라갈 거야?"

"응."

"어디 가는지도 모르면서?"

"어디 가는지 모르니까 궁금해서 따라가 봐야지!"

당당한 진호의 태도에 그는 한숨을 한 번 내쉰 뒤, 차에 시동을 걸었다.

"대청소 시작합시다!"

"호스 물 틀게요?!"

대저택의 한 직원이 수도꼭지를 돌리고 물을 틀자 기다란 물 호스에서 뿜어져 나온 굵은 물줄기가 푸르고도 뜨거운 잔디를 적셨다.

"감사해요!"

"네!"

물 호스에서 새어 나온 물줄기가 찬란하고도 영롱하게 하늘을 향해 그리고 잔디를 향해 뻗어 나가고 있던 무렵, 함박웃음 가득한 얼굴로 물을 뿌리던 그녀의 얼굴에 점차 그늘이 드리워지기 시작했다. 이런, 맙소사! 그녀가 뿌린 물줄기에 누군가 정통으로 맞아 버린 것이다.

"어머!"

이를 발견한 세경이 쏜살같이 달려와 연거푸 허리를 굽히며 사과했다.

"죄송해요! 죄송해요! 정말 죄송합니다! 저희 직원이 모르고 그만….."

"괘, 괜찮아요."

안경을 쓴 그가 한껏 어색한 미소를 지으며 애써 답했다. 물을 뿌리던 그녀의 시선이 안경을 쓴 남자의 옆으로 향했다.

"지은호 씨?"

"어머! 지은호 씨는 괜찮으세요? 물 안 맞으셨어요?"

옆에 있던 세경이 호들갑을 떨며 은호에게 물었다.

"네, 저는 괜찮습니다."

은호가 웃으며 답했다. "그렇게 왜 따라와서는….." 하며 은호가 중얼거리는 것이 보였다. 진호는 눈을 흘기며 입 모양으로 욕을 하는 듯했다.

"아, 그… 지은호 씨 친구분?"

"아, 네. 이쪽은 그러니까….."

"백진호라고 합니다. 처음 뵙겠습니다."

선인장 꽃이 피었습니다

은호가 미처 소개하기도 전에 진호가 먼저 본인을 소개했다.

"아, 네…. 지은호 씨하고는 좀 스타일이 달라 보이시네요."

"무슨 뜻이죠?"

세경의 물음에 진호가 께름칙한 표정으로 진지하게 물었다.

"아… 아! 뭐, 캐릭터가 좀 달라 보인다고요!"

세경이 어색한 웃음을 지으며 답했다.

"…."

진호는 욕인지 칭찬인지 알 수 없는 말에 고개를 갸우뚱하며 골똘히 생각에 잠겼다.

"아이고, 그나저나 저… 안경도 옷도 다 젖으시고. 닦을 것 좀 가져다 드려야겠네요. 잠시만 계세요!"

그렇게 말하고는 세경은 대저택 안으로 뛰어 들어갔다.

"왕 집사님!"

"세경 씨, 왜 이렇게 급하게 뛰어 들어오죠?"

"아… 그게…. 호스로 물 청소하려다가 그만 지은호 씨 친구분한테 물을 뿌려 버리는 바람에…."

"지은호 씨 친구분이요?"

"네."

세경의 말에 왕 집사는 어리둥절한 표정으로 대저택 바깥의 상황을 살펴보았다. 대저택 앞마당 저 멀리 보이는 그와, 안경을 쓴 채 물에 흠뻑 젖어 있는 그의 친구라는 사람이 서 있었다.

"…."

"아무튼, 저는 수건을 좀 가져다 드려야 해서 먼저 가 볼게요!"

세경은 그렇게 말하고는 어디론가 뛰어갔다.

"지은호 씨는 그렇다 쳐도 친구분은 대체 왜…?"

왕 집사는 알 수 없는 상황에 혼잣말을 중얼거리며 생각에 잠겼다.

"왕 집사."

"!"

왕 집사가 고개를 돌려 돌아본 곳엔 혜령이 계단을 걸어 내려오고 있는 것이 보였다.

"무슨 생각을 그렇게 해?"

그녀는 특유의 퉁명스러운 어조로 물었다.

"아, 그게 그러니까…."

"?"

왕 집사의 이상한 낌새를 눈치챈 혜령이 대저택 밖을 바라보았다.

"!"

"저, 그러니까…."

"뭐야? 저 사람들은?"

혜령의 낯빛은 예상대로 사색이 되어 하얗게 질렸고 그녀는 신경질적으로 왕 집사를 향해 재차 물었다.

선인장 꽃이 피었습니다

"뭐냐고, 저 사람들은."

"그… 러게요. 뭘까요? 저 사람들은?"

"왕 집사, 지금 장난해?!"

그녀의 큰소리에, 주변에 있던 대저택 직원들의 시선이 일제히 그녀와 왕 집사에게로 쏠렸다.

"저 사람들 당장 내쫓아! 당장!"

혜령은 말소리를 낮추며 왕 집사를 향해 경고했다.

"…"

왕 집사가 난감한 얼굴로 대저택 밖의 은호와 진호를 쳐다보자, 은호와 진호의 시선이 곧 혜령과 왕 집사에게로 향했다.

"!"

혜령은 저 멀리 서 있던 은호와 진호. 두 사람과 또렷이 눈이 마주쳐 버렸다. 그녀의 눈동자는 빠르게 흔들리고 입술은 파르르 떨렸다. 꽉 쥔 두 주먹마저도 주체할 수 없을 만큼 떨리고 있었다. 심장은 무섭도록 요동치고 그녀는 옴짝달싹할 수조차 없었다. 이어 그녀의 귀에 남자아이들의 수군거림이 들려오는 듯했다. "야, 쟤야, 쟤.", "가까이 가면 썩어!", "가까이 가지마!", "아! 나 쟤랑 눈 마주쳤어! 내 눈! 내 눈 썩었어!", "괴물!", "불쌍하니까 잘해 줘." 그녀가 지나갈 때마다 그녀를 보며 키득키득 웃어 대던 그 눈빛들, 그 표정, 그 웃음. 그녀를 비웃으며 놀리던 그 입, 그 말들까지도. 그녀는 여전히 그 시간, 그 장소에 머물러 있는 듯했다. 그곳에 있는 모두가 자신을 보며 비웃고, 수군거리고 있는 것만 같았다.

"아가씨, 괜찮으십니까?"

왕 집사가 걱정스러운 얼굴로 그녀를 향해 물었다. 그녀는 주춤하며 서서히 뒷걸음질을 쳤다.

"아가씨."

"…."

그러고는 곧 글썽이는 눈으로 몸을 돌려 그대로 다시 한 발 한 발 걸어 계단을 올라가 버렸다.

"…."

왕 집사는 걱정스러운 얼굴로 그녀의 뒷모습을 시야에서 사라질 때까지 바라보다 곧 대저택 밖의 은호와 진호에게로 시선을 돌렸다.

"아가씨… 왜 저러세요?"

복잡한 얼굴로 은호와 진호를 바라보고 있던 왕 집사에게 안나가 말을 걸어왔다.

"아… 안나 씨."

"무슨 일 있으셨어요?"

"…."

왕 집사는 말없이 대저택 마당에 서 있던 은호와 진호를 눈짓으로 가리켰다. 안나는 그런 그들을 발견하고는 왕 집사를 향해 물었다.

"저분들은 누구세요?"

선인장 꽃이 피었습니다

"지은호 씨랑 지은호 씨 친구분이시랍니다."

"아, 지은호 씨라면… 지난번에 왔던 그분이요?"

"네."

"아…."

안나는 그제야 혜령이 왜 그런 반응을 보였는지 알겠다는 듯 살며시 고개를 끄덕였다.

"근데 왜 또 오셨대요?"

"그건 저도 잘…."

"?"

안나는 동그란 눈을 한 채 왕 집사를 빤히 쳐다보았다.

"모두 고생하셨습니다!"

그로부터 한두 시간이 흘러 대저택의 대청소가 모두 끝나고 직원들은 앞마당 테이블에 모두 모여 앉아 수다를 떨고 있었다.

"은호 씨랑 진호 씨가 도와주신 덕분에 빨리 끝났어요!"

한 직원이 밝게 말하자 진호가 너스레를 떨며 대답했다.

"아이, 뭐, 이 정도야 식은 죽 먹기죠!"

진호에게 흘깃 눈치를 한 번 주고 난 뒤 은호가 물었다.

"근데 저분은 누구세요?"

"아! 안나 씨요? 은호 씨 그때 못 보셨나? 우리 대저택의 기술적인 부분을 담당하는 분이세요. 고안나 씨라고."

"아… 그렇구나."

은호는 고개를 끄덕였다.

"기술적인 부분이면… 어떤 부분이요?"

진호가 물었다.

"음… 예를 들면, 뭐 어디 고장 난 데를 고쳐 준다거나? 식수 문제를 해결해 주는 것도 안나 씨죠."

"오! 완전 기술자네."

진호의 감탄에 안나는 쑥스럽다는 듯 옅은 미소를 지으며 말했다.

"별거 아니에요."

"별거 아니긴요! 안나 씨 없었으면 아마 이 대저택에서 사람처럼 살지도 못했을걸요?"

한 대저택 직원의 말에 안나는 그저 말없이 미소를 지었다. 짧은 숏컷에 동그란 눈, 늠름한 유니폼을 갖춰 입은 그녀에게서 듬직함이 느껴졌다.

"그나저나 여기 계신 분들은 다 진짜 여기서 사시는 거예요? 밖에도 안 나가시고?"

진호가 호기롭게 물었다.

"네."

"그럼, 택배나 배달 같은 건 어떻게 해요? 치킨도 못 시켜 먹어요?"

한 직원이 진호의 물음에 웃으며 답했다.

"그건 아니고요. 배달이나 택배는 잘 안 되긴 하는데 직원들

선인장 꽃이 피었습니다

이 한 번씩 내려갔다 와요. 저 밑에까지는 그래도 배달을 해 주시니까."

"가지고 오면 다 식잖아요. 치킨 먹으려는 내려갔다가 먹고 와야 하는 건가?"

안나가 피식 웃으며 답했다.

"백진호 씨는 참 궁금한 게 많네요?"

"아, 제가 원래 호기심이 좀 많아서요."

안나는 알 만하다는 듯 미소를 지어 보였다.

"죄송합니다. 제가 같이 오려던 건 아니고…."

옆에 있던 은호가 대신 사과했다.

"아니에요. 지은호 씨 잘못은 아니니까요."

안나가 웃으며 늠름하게 답했다.

"근데 저 마녀 아가씨는 진짜 마녀예요?"

"네?"

진호의 물음에 대저택 직원들은 모두 얼이 빠진 듯 서로를 번갈아 보고 있었다.

"아니, 막, 그 왜… 소문에 대저택의 마녀라고 떠돌고 그랬잖아요. 사람 잡아먹느니 뭐니 하면서, 비 오고 천둥 번개 치는 날 새빨간 눈으로 "나가!" 하면서 소리 지르고."

"백진호 씨."

안나가 낮은 목소리로 조용히 진호를 불렀다.

"네?"

"혹시 바보예요?"

"네?!"

"아니면 영화를 너무 많이 봐서 그런가? 뭐, 현실이랑 가상 세계랑 구분이 안 돼요?"

"아니, 무슨 소리예요!"

진호가 발끈하며 소리쳤다.

"아니, 21세기에 마녀가 어디 있어요. 다 헛소문이지. 연쇄 살인범도 잡힌 마당에. 저기 있잖아요! 연쇄 살인범 잡은 사람, 백진호 씨 친구분."

"아, 그건 그렇죠. 그건 그런데….."

진호는 말끝을 흐렸다.

"아가씨가 마녀… 는 맞죠."

한 직원이 진호를 거들고 나섰다.

"?"

직원은 장난스럽게 웃으며 덧붙였다.

"성격이 마녀죠! 성질머리가 아주 고약하잖아요!"

다른 직원들도 고개를 끄덕이며 동의하는 듯했다. 안나 또한 피식 웃으며 딱히 반박하지는 않았다.

"근데 마녀 아가씨는 왜 마녀 아가씨가 됐어요? 원래 성격이 저래요?"

"글쎄요…."

"글쎄요?"

선인장 꽃이 피었습니다

"저희도 아가씨를 처음부터 본 건 아니었으니까 잘은 모르겠지만 적어도 7년째 저 성격이긴 해요."

"7년째….."

진호는 조용히 감탄을 표하고 있었다.

"근데 환경이 사람을 만들기도 하잖아요. 저렇게 된 데에 저렇게 될 만한 이유가 있었겠죠."

안나의 말에 진호와 은호는 말없이 생각에 잠겼다.

"아가씨… 학교 다니실 때 놀림을 많이 받으셨다나 봐요."

한 직원이 속삭이며 말했다.

"에이! 학교 다닐 때 놀림을 많이 받는다고 성격이 저렇게 돼요? 학교 다닐 때 놀림은 다 많이 받는데. 숨만 쉬어도 놀림받는 게 초등학생 때고."

진호가 반박했다.

"그런 정도의 놀림이 아니었겠죠!"

"그럼, 뭐요?"

"자세히는 모르겠는데… 가까이도 안 오고 맨날 놀리고 자기들끼리 키득대고 비웃고 지나가고 그랬나 봐요. 아주 오랫동안. 그래서인지 유독 또래 남자들을 더 싫어해요!"

"에이, 뭐 그거는 어렸을 때 있을 수 있는 일 아닌가? 그걸 뭐, 20년이 넘도록 여태 그러고 상처받고 있다고?"

진호는 이해가 가지 않는다는 듯 얘기했다.

"원래 사람이 정신적으로 받는 타격감이 가장 무섭다잖아요. 더 깊고, 크고, 아프고."

안나가 조용히 반박했다.

"그런가?"

진호는 혼잣말로 중얼거렸다.

"그럼 그렇게 상처받고 어떻게 살아요, 지금은? 나가지도 않고 사람도 안 만나고, 저렇게 방에만 틀어박혀서 사는데 뭐 먹고 살아요?"

진호의 물음에 또다시 한 직원이 속삭이며 말했다.

"이래 봬도 아가씨가 부자라고요! 들어는 봤나? 영 앤 리치 앤 프리티(young and rich and pretty)."

"부자요?"

진호가 눈을 반짝이며 물었다.

"네!"

"무슨 일 하는데요?"

진호가 바짝 몸을 기울이며 호기롭게 물었다.

"그러니까 아가씨가 무슨 일을 하시냐면…."

에헴! 콜록콜록! 옆에 있던 안나가 눈치를 주는 것이 보였다.

"아, 이건 일급 기밀이라 안 되겠네요."

"뭐야… 치사하게. 그러지 말고 말해 봐요. 뭔데요."

"아 말해 주고 싶긴 한데… 일급 기밀이라서요."

직원은 뜸을 들였다.

"뭔데요!"

선인장 꽃이 피었습니다

"그러니까….."

"궁금하신가요?"

"아….."

대저택 안으로 들어와 1층 현관에서 2층을 올려다보고 있던 은호에게 문득 왕 집사가 말을 건네 왔다.

"궁금하시면 둘러보셔도 좋습니다."

왕 집사는 특유의 차분한 어조로 말했다.

"…..."

그는 잠시 고민하다 천천히 걸어 대저택 안을 둘러보기 시작했다. 대저택은 세 번째 오는 것이었지만 왠지 올 때마다 느낌이 다른 곳이었다. 어둡고 차분한 붉은 톤의 낡고 오래된 카펫 바닥, 대저택의 왼쪽엔 주방과 그 주방의 오른쪽으로는 2층으로 올라가는 곡선형의 계단이 보였다. 계단을 따라 올라가면 그 옆 벽면으로는 어디선가 본 듯한 아기자기한 그림 액자들이 계단과 함께 줄지어 걸려 있었다.

그는 계단을 올라와 2층을 살펴보았다. 2층 오른쪽으로 펼쳐진 아치형의 튀어나온 난간과 방문 하나가 그의 눈에 들어왔다. 대저택의 마녀 아가씨는 저 난간 앞에 서서 사람들을 겁주던 것일까 그는 생각했다. 그는 천천히 난간을 지나 그의 눈앞으로 보이는 방문을 향해 다가갔다. 똑똑똑. "계세요?" 그는 조

경궁지조(驚弓之鳥)

심스럽게 방문을 두드려 보았다. 방 안에서는 인기척이 느껴지지 않는 듯했다.

"…."

그는 잠시 숨죽여 방안의 기척을 살폈다. '아무도 없는 건가….' 하고 곧 몸을 돌려 그 자리를 벗어나려던 찰나, 뒤에 있던 왕 집사와 눈이 마주쳐 버리고 말았다.

"!"

"거긴…."

"아, 방이 있길래 궁금해서요."

그는 마치 죄라도 지은 사람 마냥 굳어 있었다.

"아가씨 방입니다."

왕 집사가 옅은 미소를 지으며 나긋하게 답했다.

"아, 네…."

"진호 씨가 가신다고 하던데 은호 씨는 어떻게 하실 건가요?"

"아, 저도 가야죠!"

"네."

"그럼, 이만. 감사했습니다."

그는 서둘러 꾸벅 고개 숙여 인사하고는 황급히 그 자리를 떠났다.

집으로 돌아가는 그의 차 안. 진호는 신기하다는 듯 연신 혼잣말로 떠들어 대고 있었다.

선인장 꽃이 피었습니다

"이야, 그 마녀 아가씨가 베스트셀러(best-seller) '로즈(Rose)' 작가였다니. 어쩐지! 그러니까 돈을 많이 벌지! 저렇게 산속에만 갇혀 살아도 먹고사는 데 지장도 없고."

"…"

그는 듣는 둥 마는 둥 묵묵히 운전에만 집중할 뿐이었다.

"야, 지은호, 근데 신기하지 않냐? 상처받아서 울타리 치고, 벽치고 저렇게 산속에만 숨어 사는 사람이 또 사람들 심리 상담을 해 줘. 그게 어떻게 가능해? 뭐 상처받은 사람이 상처받은 사람 위로하는 건가? 자기도 상처받아 봤으니까?"

"…"

"근데 사람들은 왜 쫓아? 그럼, 사람들도 내쫓지 말고 들어오세요, 해야지. 안 그래?"

묵묵히 듣고 있던 그가 마침내 조용히 입을 열었다.

"직접 마주치는 건 무서운 거지. 두렵고."

"뭐 그래. 그러면서 무슨 사람들을 위로해 준다고…. 사람도 안 만나고 피하고 내쫓기만 하면서 어떻게 사람들의 아픔을 알아? 사람들도 만나고 부딪치고 해야 저 사람이 어떤 사연이 있구나, 저 사람은 어떻게 대해야 하는구나, 저 사람하고 친해지려면 어떻게 해야겠구나, 그런 걸 다 아는 거지."

"뭐, 꼭 직접적으로 만나는 것만 사람들하고 소통하는 방법은 아니니까."

"어휴."

진호는 동의할 수 없다는 듯 고개를 저었다.

"그나저나 너 이거 비밀인 거 들었지? 절대 어디 가서 발설하면 안 된다?"

진호가 그를 향해 신신당부했다.

"네가 할 소리는 아닌 것 같은데? 내가 더 입 무겁지 않을까?"

"무슨 소리야! 입 무거운 거 하면 또 나지!"

진호는 자신만만하게 대답했다. '그럴 리가….' 그는 옅은 한숨을 내쉬었다.

"근데 너 그거 알아?"

그가 진호에게 물었다.

"뭐?"

"비밀은 한 사람에게라도 말하는 순간 비밀이 될 수 없다는 거."

"…."

"나만 알고 있어야 진짜 비밀이지."

진지한 그의 말에 진호는 고개를 갸우뚱했다.

"그런가?"

선인장 꽃이 피었습니다

선물

"야, 마혜령이다, 마혜령."

복도를 걸어가는 그녀에게로 따가운 시선과 조용한 비웃음이 쏟아졌다.

"쟤네 아빠, 술주정뱅이에 가정 폭력범이라며?"

"엄마도 집 나갔대!"

"불쌍해!"

"어쩐지, 쟤 꼴 보면 항상 거지같이 하고 다니더라."

수군거림을 뒤로한 채 그녀는 1학년 3반 팻말이 적힌 교실로 들어갔다. 부스스한 긴 머리, 상처투성이인 얼굴과 몸. 생기를 잃은 초점 없는 눈에 낡은 교복까지. 모두가 그런 그녀를 피했고 그녀는 아랑곳하지 않은 채 그저 묵묵히 교실 안으로 들어가 자기 자리에 앉을 뿐이었다. 잠시 후, 교실 안으로 선생님이 걸어 들어오시고, 한 명씩 출석을 부르며 수업은 시작되었다.

"오늘은… 로그함수 나갈 차례지?"

칠판에 수식을 써 내려 가는 선생님, 영혼 없는 눈빛으로 조용히 수업을 듣는 학생들, 자거나 딴짓하는 학생들. 교실 안에는 선생님의 목소리만 울려 퍼지고 있었다. 그날도 여지없이 하늘은 맑고 태양은 뜨거우며 날은 좋은, 그런 날이었다.

"안녕!"

점심시간이 되고 누군가 처음으로 그녀를 향해 말을 걸어왔다.

"너 점심 안 먹어?"

그녀는 채 다 뜨지도 못한 눈으로 고개를 들어 그를 바라보았다. 어렴풋이 보이는 깔끔하게 생긴 얼굴, 단정한 교복, 환한 미소…. 처음 보는 따스함이었다.

"항상 점심시간에 교실에 혼자 있길래."

"…"

"이거. 괜찮으면 너 먹어."

그는 웃으며 빵과 우유 하나를 건네주었다.

"…"

"여기 두고 간다?"

그는 그녀의 책상 위에 빵과 우유 하나를 올려 둔 채 그대로 교실을 빠져나갔다.

"…"

선인장 꽃이 피었습니다

그녀는 얼떨결에 자신의 책상 위에 놓인 빵과 우유를 말없이 한참 동안 쳐다보았다. 처음 느끼는 온기였다.

그는 왠지 모르게 다음날도, 그다음 날도, 또 그다음 날도 어김없이 점심시간이 되면 그녀의 책상 위에 빵과 우유 하나씩을 놓아두고 갔다. 그녀가 대꾸하지 않아도, 쳐다보지 않아도 그는 한결같이 점심시간에 그녀에게 빵과 우유 하나씩을 건네주고는 했다.

"혜령아, 안녕!"

그러고는 얼마쯤 지나, 그는 다정히 그녀의 이름을 불러 왔다.

"…."

그녀는 여전히 그에게 아무런 대답도, 인사도, 표정도 보이지 않았지만, 그는 아랑곳하지 않은 채 늘 꿋꿋하게 그녀를 먼저 찾아와 따스히 대해 주고는 했다.

"혜령아, 우리 짝꿍 됐네? 앞으로 잘 지내 보자?"

"…."

"너 숙제했어? 난 어제 숙제 못 했어."

"…."

그는 그 후로도 늘 먼저 그녀에게 말을 걸어 주고 미소를 지어 보였다. 그는 언제나 다정하고 따뜻한 사람이었다.

"야, 너 저 거지랑 언제까지 친한 척할 거냐?"

어느 날 문득, 복도 계단을 오르던 그녀의 귀에 익숙한 목소리가 들려왔다.

"거지? 누구?"

"마혜령 말이야, 마혜령."

"아… 혜령이?"

계단을 오르던 그녀는 멈칫 발걸음을 멈춰 세웠다.

"야, 왜 그래. 혜령이 불쌍하잖아. 잘해 줘."

"네가 무슨 자선 사업가냐? 불쌍하다고 다 잘해 주게? 오지 랖은…."

"그래도. 혜령이 불쌍하잖아. 자기가 그런 집에서 태어나고 싶어서 태어난 것도 아닌데, 다른 애들도 다 자기 피하고."

"야, 누구는 집 골라서 태어나고, 부모 골라서 태어나냐? 그 것도 다 자기 인생이고 운명인 거지."

"맞아, 맞아. 야, 저런 애랑 어울리다가 괜히 네 이미지까지 나빠진다니까? 이제 그만 좀 친한 척해!"

"그래. 야, 친구도 많은 애가 왜 굳이 저런 애랑 알은척하고 친한 척하냐? 있는 친구도 다 떨어져 나가게."

"재수 없게시리…."

그녀는 혹여나 들킬세라 숨죽여 재빨리 계단을 뛰어 내려왔 다. 죄라도 지은 듯 심장은 미친 듯이 쿵쿵 뛰었고 가슴 한편이 저릿하게 아파 왔다. 크고도 영혼 없던 눈에서는 어느새 닭똥 같은 눈물이 차올라 뚝뚝 떨어져 내리고 있었다. 그녀는 그렇 게 계단 밑에 그대로 주저앉아 소리 없이 울고 있었다.

"안녕하세요…."

꽃집 문이 열리고 한 중년 남성이 꽃집 안으로 걸어 들어왔다.

"어서 오세요!"

은호가 반갑게 손님을 맞이했다.

"저… 꽃다발 좀 살 수 있을까요?"

중년 남성이 어색한 듯 쭈뼛거리며 물었다.

"네, 그럼요! 어떤 꽃 원하세요? 찾으시는 꽃 있으세요?"

"아… 꽃은 처음 사 봐서. 잘 몰라요."

"아, 그러시구나. 어떤 분께 선물하실 거예요?"

"집사람이요."

"네."

그는 어색한 분위기를 풀어 주려는 듯 웃으며 부드럽게 답했다.

"아내분께 선물하실 거면, 보통 빨간 장미가 제일 많이 나가기는 하죠. 분홍 장미나, 아니면 리시안셔스나 작약, 보라색 수국을 넣어서 만들기도 하고요."

"아…."

중년 남성은 고개를 끄덕였다.

"섞어서 만들기도 하고, 한 종류만 넣어서 풍성하게 만들기도 하는데 어떻게 해 드릴까요?"

"아⋯."

중년 남성은 어색한 웃음을 지으며 말했다.

"난 들어도 잘 몰라서⋯. 그냥 사장님이 잘나가는 걸로 알아서 해 주세요."

"음⋯ 그럼 혹시 아내분이 좋아하시는 색깔 같은 거 있을까요?"

그의 물음에 중년 남성은 머쓱한 웃음을 지으며 답했다.

"그런 거 잘 몰라서⋯."

"네⋯. 그럼. 가격대는요? 원하시는 가격대 있으실까요?"

중년 남성은 잠시 깊게 고민하다 말했다.

"가격대는 상관하지 마시고 좋은 거! 많이 넣어서 크게! 아주 크게! 만들어 주세요."

"네, 알겠습니다."

그는 웃으며 고개를 끄덕인 다음 빨간 장미 한 송이와 분홍 장미 여러 송이, 하얀 리시안셔스와 작약 몇 송이 그리고 작은 꽃 몇 송이를 골라 카운터로 향했다. 그러고는 하얀색 포장지와 연분홍색 포장지를 골라 꽃들을 다듬은 다음 포장지에 예쁘게 포장하기 시작했다.

"아내분이 좋아하시겠어요."

그가 웃으며 말했다.

"글쎄, 좋아할까요⋯."

중년 남성은 자신 없다는 듯 대답했다.

"그럼요. 꽃 선물 받고 안 좋아하시는 분들은 없으세요. 꽃 안 좋아한다고 하셔도 막상 받으면 기분이 꽤 괜찮거든요."

중년 남성은 멋쩍은 듯 너털웃음을 지으며 말했다.

"30년 넘게 살면서 평생 꽃 선물 한번 해 준 적 없는 못난 남편, 매일 치다꺼리하고 욕먹고 고생만 하느라 애썼죠."

그는 말없이 중년 남성의 이야기를 묵묵히 들어 주었다.

"그러다 결국 병들고…."

중년 남성은 고개를 떨구며 말했다.

"나는 진짜… 한심하기 짝이 없는 인간입니다. 못난 놈이죠."

묵묵히 듣고 있던 그가 꽃다발을 거의 다 완성해 갈 때쯤, 나지막이 말했다.

"누구나 지나온 과거에 대한 후회는 많기 마련이죠."

"…."

그러고는 다 만들어진 꽃다발을 중년 남성에게 건네며 환하게 웃어 보였다.

"하지만 중요한 건 현재고, 지금은 변하셨잖아요? 반성하는 마음도 있으시고. 아내분께 이렇게 30년 동안 한번 해 본 적 없는 꽃다발도 선물하시고."

"…."

"그러니까 아내분께서 분명 좋아하실 거예요."

선물

중년 남성은 한참이나 말없이 자신에게 꽃다발을 건네며 환하게 미소 짓는 그를 쳐다보았다. 그러고는 이내 환히 웃으며 꽃다발을 받아 든 채 꾸벅 인사를 하고는 꽃집 안을 나섰다.

"감사합니다. 또 오세요."

그렇게 중년 남성이 나가고 시간이 흘러 하루가 다 저물어 갈 즈음, 그의 꽃집 안으로 익숙한 얼굴들이 찾아왔다.

"지은호!"

"끝났냐? 끝났으면 술 한잔?"

"여기도 오랜만이네."

진호와 강철, 우찬이 한마디씩 했다.

"어쩐 일이야?"

"어쩐 일은. 야, 친구가 친구 얼굴 보러 오는데 꼭 어쩐 일이 있어야 오냐?"

"… 그건 아니지만, 별일이다 싶어서."

"오랜만에 야근 없이 칼퇴해서 술 한잔하려고 모였다."

"음…."

그는 잠시 고민하다 말했다.

"나 마감하려면 아직 좀 더 기다려야 되는데 괜찮아?"

"아, 물론이죠! 사장님, 기다리겠습니다! 대신 술은 네가 사는 거다?"

"…. 나 안 간다?"

"아휴, 알았어, 알았어. 술 너 보고 사라고 안 할 테니까 일단

　　　　　　　　　　　　선인장 꽃이 피었습니다

가자. 마감이나 빨리 하십시오."

그렇게 그는 그날 저녁 영업도 마무리한 채 가게 문을 닫고 친구들과 함께 꽃집을 나섰다.

자주 가던 식당에는 늘 그렇듯, 하얀 김이 모락모락 피어나고, 철망으로 된 불판 위에는 여러 종류의 고기들이 올려져 있었다.

"야, 근데 고기는 왜 맨날 나만 굽냐?"

우찬이 볼멘소리로 투덜거렸다. 강철과 진호는 아랑곳하지 않고 제각기 술을 한 잔 홀짝이거나 국물을 떠먹기 바빴다.

"양심도 없는 것들….."

우찬이 중얼거리자, 은호가 흔쾌히 말했다.

"내가 구울까? 줘. 내가 구울게."

"아니야, 됐어. 저 양심도 없는 것들은 저렇게 먹기 바쁜데, 양심 있는 네가 구우면 안 되지."

우찬이 중얼거렸다.

"야, 고기는 네가 잘 굽잖아. 그러니까 잘 굽는 사람한테 맡기는 거지!"

진호가 그럴싸한 말로 둘러댔다.

"웃기시네!"

우찬이 코웃음을 쳤다. 그사이, 또 강철이 고기 한 점을 잽싸게 집어 먹었다.

"야! 그거 안 익었어!"

"뭐 어때, 뱃속으로 들어가면 다 똑같지."

"…."

"요즘 같은 여름철에 고기 다 안 익혀 먹으면 응급실행이
다?"

태연한 강철의 태도에 지켜보던 은호가 한마디 했다.

"야, 그래, 맞아. 너 저승길 구경해, 그러다가."

진호도 거들었다.

"야, 내 내장은 튼튼해! 괜찮아."

뻔뻔한 강철의 태도에 은호는 옅은 한숨을 내뱉으며 고개를
저었다.

"야, 그나저나 너 백진호랑 오룡산 대저택 갔다 왔다며."

강철이 한입 가득 쌈을 넣은 채 말했다.

"아, 진짜. 다 먹고 얘기해! 더럽게, 진짜!"

"아, 뭐!"

우찬의 분노에 강철이 적반하장으로 받아치자, 진호가 조용
히 중얼거렸다.

"아, 진짜. 더러운 새끼."

"너 그리고 맞선도 봤다며. 그건 또 어떻게 됐어?"

강철의 물음에 은호는 옅은 한숨을 한번 내쉬고는 답했다.

"선은 그냥 어머니가 얘기하셔서 나간 거고 오룡산은…."

그는 말끝을 흐렸다.

"오룡산은 뭐."

선인장 꽃이 피었습니다

세 사람은 그의 다음 대답을 기다리고 있었다.

"아, 진짜. 답답한 새끼. 빨리 말 안 해? 오룡산은 뭐!"

강철이 발끈하자, "그냥…." 하며 그가 대충 대답을 얼버무렸다.

"뭐야. 싱거운 새끼."

"그냥이 뭐야, 그냥이."

강철과 진호는 맹숭맹숭한 그의 태도에 야유를 보냈다.

"신경 쓰여?"

우찬이 조용히 물었다.

"?"

그가 우찬을 바라보자, 우찬이 나지막이 답했다.

"그냥… 그런 것 같아 보여서."

"…."

"야, 뭐야. 뭔데. 뭐가 신경 쓰여?"

"대저택의 마녀?"

"왜. 뭐. 뭔데. 그 마녀는 진짜 마녀 아니잖아. 그럼 끝난 거 아니야?"

"음음! 끝난 건 아니지, 그치."

진호가 검지 손가락을 까딱이며 부정했다.

"그러니까 그 마녀가 예쁜 데다가 부자고, 또…."

"이 새끼 취했네."

강철이 진호를 나무랐다.

"들어 봐. 내가 그 마녀의 비밀을 들었다니까?"

"술주정하지 말고 고기나 먹어."

강철이 진호의 입에 한입 가득 쌈을 구겨 넣으며 말했다. 진호는 쌈으로 가득 찬 입을 웅얼거리며 연신 뭐라고 중얼거렸다.

"뭐, 그럼, 그 마녀 좋아하기라도 해?"

불판 위의 고기 굽는 소리, 고깃집 안 사람들이 시끄럽게 떠드는 소리 너머로 강철의 그 한마디가 또렷이 들려왔다.

"…"

그는 차마 대답하지 못했다. 좋아하는 건가? 그냥 궁금함에 자꾸 신경 쓰이는 거라고 생각했는데, 어쩌면….

"좋아하지."

진호가 또 웅얼거리며 말했다.

"예쁘고, 돈도 많고, 또…."

"아, 그만 좀 먹어! 고기 또 너 혼자 다 먹냐?"

몰래 고기를 집어 먹던 강철에게 우찬이 발끈하며 소리쳤다.

"아, 그럼 너도 먹어!"

"네가 익기도 전에 다 집어 먹잖아!"

"빨리 집어 먹는 사람이 임자지!"

여전히 난장판인 이 시끄러운 와중에 은호는 혼자 생각에 잠겼다. 신경 쓰이는 이 마음이… 그저 호기심인 건지, 아니면 동정심이나 연민 같은 것인지, 그것도 아니면… 좋아하는 마음

선인장 꽃이 피었습니다

같은 것인지. 그도 알고 싶어졌다.

"지은호 씨?"

일요일 오전 한때, 다시 대저택을 찾은 그를 대저택 직원들이 반겨 주었다.

"오랜만이에요!"

"그러네요."

"근데… 여긴 또 어쩐 일로?"

다시 안 올 것 같던 그가 이번에도 찾아오자, 대저택 직원들이 눈을 반짝이며 물었다.

"아… 그냥요. 그냥 지나가다가 들렀어요."

"아… 지나다가요?"

한 직원이 반짝이는 눈으로 고개를 끄덕이며 물었다.

"이 산 구석을 지나다가 그냥, 들르셨다고요?"

"아, 네, 뭐…."

그가 생각해도 말이 되지 않는 소리였지만 뭐 대충 그렇게 둘러대고 지나가기로 했다. 직원들도 피식 웃음을 터뜨리며 그냥 넘어가 주는 듯 보였다.

"아, 근데 그 아가씨는?"

"누구요? 혜령 아가씨요?"

"네, 뭐…. 이름이 혜령이에요?"

선물

"네. 마혜령이요."

그는 말없이 고개를 끄덕였다.

"혜령 아가씨 보러 오신 거예요?"

갑작스럽게 훅 들어온 직원의 질문에 그는 당황하며 답했다.

"아니요. 뭐 꼭 그런 건 아니고… 그냥 왔는데 궁금해서요. 이 집 주인이시기도 하고 그러니까."

"아…."

직원은 이번에도 음흉한 눈웃음을 지으며 그냥 넘어가 주기로 했다.

"혜령 아가씨 방에 계세요. 뭐, 지은호 씨를 만나 줄지는 모르겠지만요."

"네…."

"올라가 보시겠어요?"

"아… 그냥, 뭐."

그가 뜸을 들이자, 직원은 그의 얼굴을 빤히 쳐다보았다.

"저는! 여기 혼자 있어도 되니까 바쁘실 텐데 가서 일 보세요."

그가 어색한 미소를 지으며 급하게 둘러댔다.

"네. 그러죠, 뭐."

직원이 웃으며 자리를 피해 주었다. 그는 안도의 한숨을 내쉬었다. 왠지 숨 막히는 순간이었다. 그는 사뿐히 대저택 안으로 걸어 들어갔다. 지난번에 왔을 때 보였던 그 방문이 그의 시

선인장 꽃이 피었습니다

선에 들어왔다. 오늘은 말을 걸어 볼까, 그렇게 생각하는 그였다. 그는 조용히 계단을 걸어 올라가 2층으로 향했다. 그러고는 곧 그녀의 방문 앞에 서서 지난번처럼 그녀의 방문을 조심스레 똑똑 두드려 보았다. 그리고 이번에도 역시 아무런 인기척조차 느껴지지 않았다.

"마혜령 씨? 안에… 계세요?"

그가 조심스럽게 그녀를 향해 말을 걸었다.

"안녕하세요. 지은호라고 합니다. 왜… 지난번에도 왔던 꽃집 하는 사람이요."

아주 작은 소리지만 이번에는 방 안에서 인기척이 느껴지는 것 같았다. 그는 더 말을 이어가 보기로 했다.

"어… 제가 어쩌다가 '로즈(Rose)'라는 베스트셀러 작가의 책을 읽게 됐는데요…."

그는 일단, 그녀의 흥미를 끌 수 있는 대화에서부터 시작했다.

"거기서 그러더라고요. 길고양이와 친해지려면 그 길고양이 혼자만의 공간과 시간을 이해해 줘야 한다고요."

그는 조심스럽고도 천천히 말을 이어 갔다.

"처음엔 멀리서 지켜보며 밥만 가져다 놓았다가, 점차 가까워지면 그때부터 길고양이와의 거리를 좁혀 가라고."

그는 한숨 고르고는 말을 이었다.

"그런데요, 마혜령 씨도 왠지 고양이 같아서요. 경계심 많고,

사람을 잘 믿고 의지하지 않으면서 자기 자신 스스로를 보호하기 위해 도망 다니는….”

그는 다시 방 안의 인기척을 살폈다. 큰 인기척은 느껴지지 않았지만, 왠지 가까이에 있는 듯도 했다.

“그래서 천천히 시간을 두고 다가가 보려고요. 마혜령 씨가 어떤 사람인지 알고 싶거든요.”

그리고 그는 그렇게 자신이 한 말을 지키기라도 하듯, 그 후로 몇 번이고 다시 대저택을 찾았다. 매번 그녀의 방문 앞에 서서 혼자 떠드는 것이 전부였지만 그는 그럼에도 지친 기색 하나 없이 포기하지 않고 대저택을 찾아가고 또 찾아갔다.

어느 날은 왕 집사가 혜령의 방으로 찾아와 말했다.

“아가씨.”

“왜.”

“지은호 씨가 오늘은 가시면서 대저택 안에 보물을 숨겨 두었으니 찾아보라고 하시더군요.”

“….”

그 남자, 참 성가시다. 혜령은 눈살을 찌푸렸다. 자기 멋대로 찾아와 방문 앞에서 미친 사람마냥 혼자 떠들다 가 놓고 그 후로도 몇 번이고 다시 찾아와 자신에게 말을 거는 남자. 혜령은 그런 그가 거슬렸다.

“지은호 씨가 다시 오실 때 보물을 찾았는지 확인하시겠다고 하셨습니다.”

선인장 꽃이 피었습니다

"그러든지 말든지 관심 없어."

혜령은 무신경하게 받아쳤다.

"…. 그럼 저는 이만."

왕 집사는 그런 그녀의 반응을 이미 예상했다는 듯 태연히 그녀의 방 안을 빠져나왔다. 똑똑똑. 이번엔 안나가 그녀의 방문을 두드리고 들어왔다.

"아가씨."

"왜."

"보물이요."

"…."

"안 찾으실 거예요?"

"몰라, 그런 거. 흥미 없어. 애도 아니고. 관심이 있으면 네가 찾아서 갖든지."

안나 역시 그런 그녀의 반응을 예상했다는 듯 옅은 웃음을 지으며 말했다.

"지은호 씨요."

"…."

"좋은 사람 같던데."

"이젠 왕 집사도 모자라서 너까지 그 소리야?"

혜령이 신경질적으로 받아쳤다.

"사람 편 잘 들어 주고, 잘 믿고, 그런 스타일은 아닌데… 그냥 왠지 지은호 씨는 진심인 것 같아서요."

안나는 미소 지으며 답했다.

"사람은 보이는 게 다가 아니야. 그렇게 쉽게 믿지 마. 그거 다 그냥 오지랖이야."

혜령이 쌀쌀맞게 대꾸했다.

"오지랖이든 뭐든, 매번 대꾸도 안 하는 사람한테 다가오는 건 진짜 진심인 거잖아요. 정성이고."

"미친 사람이겠지, 그냥."

"왜요? 저는 오지랖이라고 해도 좋을 것 같은데."

"그건 너고."

"…"

"고안나."

"?"

"세상에서 오지랖이 제일 무책임한 거야. 자기가 책임질 것도 아니면서 무턱대고 문을 두드려 대잖아."

"그래도 좋은 마음으로 문을 두드리는 거잖아요."

"너는 좋은 마음으로 시작하면 뭐든 다 좋은 거야? 과정이든, 결과든 상관없이?"

"그래도 먼저 다가온다는 건… 용기가 필요한 일이니까요."

안나는 덧붙여 말했다.

"더군다나 아무것도 다가오지 않는 것에 먼저 다가간다는 건… 그만큼 남들보다 그거에 마음을 쓴다는 거잖아요."

"…"

선인장 꽃이 피었습니다

"그래서 저는 그렇게 남들보다 더 마음 쓰고, 먼저 다가오는 것들에 그렇게 나쁘게 생각하고 싶지 않아요. 그래도 그렇게 마음을 열게 한 사람이 있다는 것에 감사한 거죠."

"그렇게 마음을 닫기도 하지."

혜령이 쌀쌀맞게 대꾸했다.

"결국, 또 다른 사람이 문을 다시 열게 하기도 하고요."

"…."

"그렇게 돌고 도는 거라고 생각해요."

안나의 말에 혜령은 말없이 창밖으로 시선을 돌렸다. 하늘은 맑고도 잔잔하고 푸르렀으며, 대저택의 앞마당은 뜨겁고도 드넓었다. 혜령은 그날부터 대저택 직원들 몰래 그가 숨겨 두고 갔다는 보물을 찾기 시작했다.

"아가씨? 거기서 뭐 하세요?"

"! 아무것도 아니야! 그냥 좀 보느라고!"

당황한 그녀는 잽싸게 둘러대며 조용히 혼잣말로 중얼거렸다.

"보물이 궁금하고 좋아서가 아니라, 그냥 거슬려서야! 거슬려서."

그녀는 그 후로도 며칠 동안 보물찾기에 열중했다. 대저택 안팎으로 낮이고 밤이고 보물이라는 것을 찾아다니며 그녀는 슬슬 지쳐 가고 있었다.

"도대체 보물이라는 게 애초에 있기는 한 거야?! 나 나오게 하려고 작정하고 거짓말한 거 아니야?!"

 그리고 그렇게 다시 며칠이 흘러 그녀는 드디어 대저택 뒷마당 화단에서 그가 숨겨 놓은 보물이라는 것을 찾을 수 있었다. 대저택 뒷마당 꽃을 심어놓은 정원에 평소에 보지 못했던 작은 선인장 화분 하나가 그녀의 눈에 띈 것이다. 그 작은 선인장 화분에는 예쁜 리본이 묶인 채 메시지 카드 하나가 꽂혀 있었다. 그녀는 그대로 쭈그려 앉아 작은 선인장 화분을 들어 올려 메시지 카드를 살며시 열어 보았다. 정성스럽게 쓴 손 글씨가 메시지 카드를 가득 메우고 있었다. 혜령은 천천히 그 글들을 읽어 나가기 시작했다.

> 이 험난한 세상 속에서도
> 쉽게 죽지 않는 선인장 같은 존재가 되기를 바랍니다.
> 그리고 당신이라는 선인장에도
> 그 누구보다 아름다운 꽃이 필 수 있기를 바랍니다.

 "…."

 그 별거 아닌 그의 메시지가 그녀의 마음속 깊은 곳을 울리고 있었다. 그녀는 왠지… 그가 보고 싶어졌다.

 오랜만에 그가 대저택을 찾아왔다. 보물을 숨겨 두고 간 뒤

선인장 꽃이 피었습니다

처음이었다. 그는 그녀가 자신이 숨겨 두고 간 보물을 찾았을지 궁금했다. 기대 반, 걱정 반으로 그는 대저택을 향해 성큼성큼 걸어갔다. 그리고 곧 그녀의 방 창문 너머로 자신이 숨겨 두고 갔던 작은 선인장 화분을 발견한 그의 표정에 환한 미소가 드리우기 시작했다.

똑똑똑. 그가 조심스럽게 그녀의 방문을 두드리고 말을 걸어왔다.

"마혜령 씨, 안에 있어요?"

"…."

또 저 남자다. 노트북으로 일을 하고 있던 혜령은 자리에서 조용히 일어나 사뿐히 방문 앞으로 향했다.

"내가 숨겨 두고 간 보물은 찾았어요?"

그가 물었다.

"…."

혜령은 대답하지 않았다.

"오늘은 대답 좀 안 해 줄래요?"

어림도 없다. 그녀는 앞으로도 그의 질문에 대답 같은 걸 해 줄 생각이 없으니까.

"난 마혜령 씨한테 궁금한 게 아주 많은데…."

"…."

"마혜령 씨는 뭐 좋아해요?"

"…."

그녀는 대꾸하지 않은 채 그저 방문 앞에 앉아 못마땅한 얼굴로 조용히 그의 말에 귀 기울이고 있을 뿐이었다.

"나는요, 꽃집을 하면서 많은 사람을 만나거든요."

이번에도 그가 혼잣말을 시작했다.

"꽃을 사는 사람들에게도 다 저마다의 사연이 있으니까요. 이런저런 사람들의 이야기를 참 많이 들어요. 마혜령 씨처럼."

"…."

"좋은 일로 꽃을 사시는 분들도 있고, 좋지 않은 일로 꽃을 사시는 분들도 있고, 기분이 좋아지기 위해 꽃을 사는 사람도 있고, 누군가의 위로가 되고 싶어서 꽃을 사는 사람도 있죠. 나는 그 사람들의 마음을 전해 주는 꽃을 다듬는 일을 해요."

"…."

"마혜령 씨는요? 마혜령 씨는 어떤 마음으로 어떤 사람들을 위로하고, 자신의 마음을 표현해요?"

"…."

늘 느끼는 거지만 그의 말은 항상 그녀를 참 많은 생각에 잠기게 했다.

"아니면 마혜령 씨한테 지금 필요한 거라든가. 뭐든 좋으니까 얘기해 봐요."

"…."

필요한 거, 필요한 거라…. 그녀는 여느 때와 달리 그와 말할 마음이 생겼다. 그리고 "무관심이요." 하고 대답해 버렸다.

선인장 꽃이 피었습니다

"네?"

처음 들려오는 그녀의 목소리에 당황한 그가 되물었다.

"그쪽의 무관심이요."

"…."

그는 당황한 듯, 아무런 말도 하지 못했다. 그녀의 계획대로였다. 잠시 후, 그가 물었다.

"왜… 무관심이 필요해요?"

그녀가 답했다.

"오지랖은 딱 질색이거든요. 그쪽처럼 아무것도 모른 채 안다는 듯 중얼거리는 것도, 해맑게 다가와서 흥미 없어지면 금방 떠나 버리는 것도, 다 최악이에요."

그녀의 말에 그는 이번에도 아무런 대답을 하지 않았다. 그녀의 계획대로 그는 이제 이곳에 발을 들이지 않겠지. 그렇게 생각한 그녀는 후련하면서도 왠지 마음 한편이 무거워지는 것을 느꼈다. 그리고 뒤이어 생각지도 못한 그의 대답이 돌아왔다.

"금방 떠날 오지랖이 아니라면요?"

"!"

"그럼… 마혜령 씨도 조금은 마음을 열어 줄 거예요?"

이건 예상치 못한 대답이었다. 생각보다 끈질긴 남자였다. 두 사람은 그녀의 방문 앞에 등을 기대어 앉은 채 서로를 느끼고 있었다. 그녀는 곧 조금은 자신의 이야기를 해야겠다 마음

먹었다.

"전에도 있었어요, 그쪽 같은 사람."

그는 묵묵히 그녀의 말에 귀를 기울였다.

"난 아무 말도 안 하는데. 아무 표정도 없이, 아무런 반응도 하지 않는데, 자꾸만 와서 말을 걸고 혼자 웃고, 혼자 떠들며 먹을 걸 주고 가더라고요."

"…."

"처음엔 경계했고, 다음엔 기대했고, 그다음엔… 기다리게 됐죠. 그리고 또 그다음엔… 찾게 됐어요. 그 사람이 안 보이면."

"…."

"나도 모르게 그렇게 스며들어 있었던 것 같아요."

"… 그래서, 무서워요? 또 그때처럼 될까 봐?"

그가 조심히 물어 왔다.

"그런데요, 그 사람에겐 그냥 아무것도 아닌 불쌍한 사람에게 베푸는 동정심 같은 거였어요."

"그건 어떻게 알아요?"

"들었거든요, 우연히 지나가다가 그 사람이 말하는걸."

"…."

"그 동정심이 나를 무너뜨렸고, 또 한 번 비참하게 만들었죠."

"…."

선인장 꽃이 피었습니다

"그래서 난 그런 쓸데없는 동정심, 자선 사업가가 베푸는 자비심 같은 거 필요 없어요."

그리고 그녀는 마지막으로 쐐기를 박았다.

"그러니까 지은호 씨도 이제 여기 그만 와요."

"…."

"나는 그쪽이랑 친해질 생각도, 그쪽한테 더 이상 내 이야기를 할 생각도 없으니까."

"동정심이… 아니라면요?"

"…."

"동정심이 아니라면 여기 계속 와도 돼요? 마혜령 씨도 조금은 마음을 열어 줄 거예요?"

"…."

그의 다정한 물음에 그녀는 하마터면 마음이 흔들릴 뻔했다. 아니, 어쩌면 이미 마음이 흔들리고 있었는지도 모르겠다.

"아니요."

그녀는 재빨리 선을 그었다.

"…."

그는 아무런 대답도 하지 않았다. 그리고 그 후로 더 이상 그의 기척이 느껴지지 않았다. 아마도 이제는 진짜 포기하고 돌아간 것이겠지 그녀는 그렇게 생각했다. 이제 됐다. 이제 진짜 끝났다. 그렇게 생각하고 마음을 다잡는데, 왠지 모르게 그녀의 마음 한편이 욱신거리고 아려 왔다.

한가로운 토요일 오전 한때, 그는 꽃집 카운터 앞에 앉아 읽던 로즈 작가의 그림책을 펼쳐 보았다. 책의 한 구절이 그의 눈에 들어왔다.

사람은 누구나
좋아하는 것을 볼 때 웃음이 난다.
그것이 기다려지고, 설레어 온다.
마음을 움직이는 것.
그것이 좋아하는 것이며
그것이 사랑이다.
무언가를 사랑하는 마음.
그 마음이 모두를 변하게 한다. 나조차도.

책을 읽는 그의 얼굴에 점차 잔잔히 환한 미소가 피어나고 마음은 따스해지며, 기분은 포근해졌다.

"지은호!"

"!"

언제 왔는지 몰랐던 진호가 큰 소리로 자신을 부르는 소리에 정신이 번쩍 들었다.

"뭐야, 아무도 없는 가게 안에서 왜 혼자 바보처럼 배시시 웃

선인장 꽃이 피었습니다

고 있어?"

"너야말로 갑자기 웬일이야?"

당황스러움에 그가 되물었다.

"그냥 왔지. 근데 그 책은 뭐야?"

진호가 물었다.

"아… 이거. 그냥."

그는 대충 대답을 얼버무렸다.

"뭐야… 그냥은…. 그리고 그 말을 얼버무리는 건 또 뭐야. 너! …. 너!"

"?"

"그거 로즈 작가 책이지?"

예리했다. 그리고 그다음. 진호가 "너 혹시?!" 하며 묻는 순간, 그의 심장은 빠르게 요동치고 죄지은 걸 들키기라도 하는 것처럼 입술이 바짝 말라 타들어 갔다.

"너 혹시!"

꿀꺽! 그가 침을 삼키는 순간, "로즈 작가 팬 됐지?!" 하며 진호가 너스레를 떨어 댔다.

"그럴 줄 알았다, 그럴 줄 알았어. 너 지난번에 그 고깃집 때부터 내가 그럴 줄 알았어. 신경 쓰인다고 할 때부터 알아봤다."

"…."

그런 건 아니지만 뭐 어쨌든 그런 쪽으로 넘어가는 듯하니

그냥 잠자코 지켜보기로 했다. 그런데 그다음 전개가 더 기가
막혔다.

"야, 괜찮아! 괜찮아. 나도 벌써 팬카페 가입했어."

"팬카페?"

"어. 나 정회원이잖아!"

"너… 로즈 작가 팬카페도 가입했어?"

"어! 그렇다니까? 회원 수도 꽤 많아!"

생각지도 못한 전개에 당황스러웠지만 어쨌든 침착하게 대
응하기로 했다.

"그건 그렇다 치고. 너 괜히 그 팬카페에서 쓸데없는 소리 하
고 다니는 거 아니지?"

"쓸데없는 소리라니?"

"뭐, 그 로즈 작가가 사실 대저택의 마녀라느니 어쩌느니 하
는 그런 말 같은 거 말이야."

"에이! 날 뭘로 보고! 나 그렇게 입 가벼운 사람 아니거든?"

발끈하는 진호에 그는 믿을 수 없다는 듯 잔뜩 의심스러운
눈초리로 쳐다보았다.

"근데 눈치 보니까 로즈 작가 정체 아는 사람이 나밖에 없어
보이긴 하더라?"

진호가 싱글벙글하며 말했다.

"쓸데없는 소리 하고 다니지 마라?"

"당연하지! 너나 아무도 없는 가게에서 혼자 있을 때 그 배시

선인장 꽃이 피었습니다

시 웃고 그런 거 하지 마. 진짜 미친놈처럼 보여. 꽃집 사장님
이 아니라 머리에 꽃을 꽂고 다녀야 할 것 같아."

"…."

내가 또 뭐, 언제 그렇게 배시시 웃었다고. 그는 괜히 머쓱
했다.

"그, 아무도 없을 때 혼자 웃고 그런 거는… 그거는 좋아하는
사람 생겼을 때나 그런 거지. 아니면 미친놈이거나."

진호는 무겁게 쐐기를 박아 주었다.

"…."

그는 태연한 척했지만, 진호의 말에 뒤통수라도 얻어맞은 듯
정신이 흐려졌다. 진호의 그 한마디가 그의 마음을 또렷하게
보이게 했다. 그는… 그녀가 보고 싶어졌다.

"며칠 날이 흐리더니 오늘은 그래도 맑게 갰네요?"

대저택 드넓은 앞마당에 나와 있던 직원 한 명이 웃으며 말
했다.

"그러게요. 좋은 일이라도 있으려나."

안나가 웃으며 대꾸했다.

"어?! 왕 집사님!"

대저택 직원들의 시선이 일제히 왕 집사에게로 쏠리고, 직원
들은 대저택 앞마당으로 걸어 나오는 왕 집사와 그 뒤의 혜령

을 바라보았다.

"아가씨도 나오셨어요?"

"다들 오늘따라 들떠 보이네."

혜령은 대저택 직원들을 향해 퉁명스러운 어조로 말했다.

"날이 좋으니까요."

안나가 옅은 웃음을 지으며 답했다.

"어? 저분… 지은호 씨 아니에요?"

한 직원의 말에 대저택 식구들의 시선이 일제히 대저택 앞마당 저 너머로 향했다.

"!"

지은호. 그 남자가 저 멀리서 성큼성큼 걸어오고 있었다.

"저 남자가 왜 또?"

혜령은 하얗게 질린 얼굴로 우두커니 그가 다가오는 것을 지켜보고 서 있었다.

"지은호 씨, 여긴 어쩐 일이세요?"

대저택 직원이 묻자, 그가 웃으며 인사했다.

"안녕하세요. 또 뵙네요."

"네. 근데 여긴 어쩐 일로?"

직원의 물음에 그는 혜령에게로 시선을 돌리며 진중하게 대답했다.

"마혜령 씨한테 볼일이 있어서요."

"…."

선인장 꽃이 피었습니다

혜령은 경직된 얼굴로 그를 바라보았다. 드넓고 푸르른 대저택 앞마당 잔디 위, 그와 그녀가 멀찌감치 떨어진 채 서로를 마주 보고 서 있었다.

"지은호 씨… 뭔가 되게 심각해 보이지 않아요?"

"뭔가 중대한 결심이라도 하고 오신 것 같은데…."

대저택 직원들은 조용히 숨죽여 지켜보았다. 그는 곧 착잡해 보이는 표정의 그녀에게로 성큼성큼 다가가기 시작했다. 그녀를 향하는 그의 발걸음엔 당찬 자신감이 묻어 있었고, 그의 눈빛엔 한 치의 흔들림도 없었다. 대저택 직원들은 이를 지켜보며 동요하기 시작했다.

"거기 있어요, 그냥."

성큼성큼 다가가는 자신을 보고 뒤로 한 걸음씩 물러나는 그녀를 향해 그가 말했다.

"나는 오늘 딱 이만큼만 갈게요."

그러고는 곧 그는 그녀와 꽤 떨어진 먼발치에서 자신의 발걸음을 멈춰 세웠다.

"좋아해요, 마혜령 씨."

"!"

진지하고도 무거운 그의 폭탄 발언에 혜령은 물론, 그 광경을 지켜보고 있던 대저택 식구들까지도 모두 그 자리에 얼어붙어 버리고 말았다.

"제가 지금 뭘 잘못 들은 거죠?"

선물

"그러니까 지금… 좋아한다고요? 맞아요?!"

"쉿! 조용히 좀 해 봐요!"

대저택 식구들은 더욱더 두 사람에게 몰입하기 시작했다. 꿀꺽! 침을 삼키고 숨죽여 두 사람을 지켜보았다.

"뭐라고요?"

혜령이 어이없다는 듯 코웃음을 치며 되물었다.

"좋아한다고요. 내가, 마혜령 씨를."

"…."

그녀는 기가 막혀 차마 말도 나오지 않았다.

"그러니까, 지금 날… 좋아한다고요? 지은호 씨가?"

"네."

너무나 갑작스럽고도 당당한 그의 고백에 그녀는 정신을 차릴 수가 없었다.

"그러니까 날… 몇 번이나 봤다고 좋아해요? 나에 대해 뭘 얼마나 안다고?"

그녀가 퉁명스럽게 물었다.

"몇 번이나 보고 얼마나 알아야 좋아해도 되는 건데요?"

"?"

"3초 만에 사랑에 빠지면 그건 사랑이 아니고, 3년 사랑하면 그건 진정한 사랑인 거예요?"

"이 봐요, 지은호 씨!"

"그래요, 나… 마혜령 씨 말대로 마혜령 씨에 대해 잘 몰라

선인장 꽃이 피었습니다

요. 그래도 지금 내 마음이 적어도 오지랖이나 쓸데없는 동정, 자선 사업가가 베푸는 자비심 같은 감정이 아니라는 건 알아요. 오지랖이나 쓸데없는 동정, 자선 사업가가 베푸는 자비심 같은 거 싫다면서요. 그래서 앞으로 좋아하는 마음으로 마혜령 씨에 대해 알아가 보려고요."

한 치의 물러섬도 없이 당당한 그의 태도에 그녀는 기가 막힌 듯 숨을 고르고 있었다. 그러고는 곧 입을 열었다.

"지은호 씨 되게 쉬운 사람인가 봐요? 얼마 안 본 사람 동정하고 오지랖 넓게 자비심 베풀다가 금방 사랑에 빠졌다고 착각할 만큼. 아니면, 그 정도로 가벼운 사람인 건가?"

비꼬는 듯한 그녀의 말투에 그가 진지하게 답했다.

"쉬운 사람 아니고요, 가벼운 사람도 아니에요. 쉽게 생각하고 별생각 없이 움직이는 사람도 아니고요."

그녀가 발끈하며 쏘아붙였다.

"근데 지금 그래 보여요! 지은호 씨 하는 행동과 말들이!"

"마혜령 씨 마음에 벽이 있어서 그런 건 아니고요?"

"!"

"나는 많이 고민하고 어렵게 뱉은 말들과 내 행동들이 왜 마혜령 씨한테는 쉽고 가볍게 보이는지 잘 모르겠지만 나는 그저 지금 이 순간에 그리고 내가 좋아하는 사람에게 내 최선을 다하고 있을 뿐이에요."

"…."

그는 굴하지 않고 말을 이었다.

"진심을 전한다고 다 닿지 않는다는 거 알아요. 그럼에도 나는 매 순간 후회 없도록 내 최선을 다해 살아가는 게 내 삶의 방식이고요. 그러니까, 지금도 그냥 그렇게 사는 거예요. 끝내 내 진심이 마혜령 씨한테 닿지 않는다고 해도 나는 여전히 후회 없이 내 최선을 다할 생각입니다."

그의 곧은 태도에 그녀가 코웃음을 치며 말했다.

"드라마나 영화를 너무 많이 본 거 아니에요? 그쪽 삶의 방식이야 모르겠고, 상대방이 싫다는데도 계속 다가가는 건 집착이고 병이에요. 스토커라고요!"

"그래서 마혜령 씨는 내가 싫어요?"

"!"

"상대방이 싫다는 데도 다가가고 질척이는 건 집착이고 병이겠죠. 그런데 적어도 내가 본 마혜령 씨의 마음은… 적어도 날 싫어한다고 생각하지는 않아요."

"뭘 보고요? 뭘 보고 그렇게 자신만만해요?"

"내가 준 선인장이요."

"!"

"내가 준 선인장 화분을 방에 고이 들여놨을 때는 적어도 내가 끔찍하고 싫은 존재는 아닌 거 아닌가?"

"…."

그녀는 차마 아무런 말도 하지 못했다.

선인장 꽃이 피었습니다

"그냥 좀 지켜봐요. 내가 뭘 하는지, 내 마음이 어느 정도의 깊이인지 가볍게 왔다가 바람처럼 사라질 사람인지 아니면 마혜령 씨의 어떤 계절도 함께할 사람인지."

"…."

그녀는 한참 만에 차갑게 입을 열었다.

"마음대로 해요."

그러고는 몸을 돌려 그대로 대저택 안으로 사라져 버렸다. 멀리서 그 광경을 지켜보고 있던 대저택 직원들은 곧 그의 얼굴로 환히 번지는 미소를 확인한 후에야 이내 안심한 듯 웃으며 환호성을 질렀다.

"아가씨?"

왕 집사가 혜령의 방으로 시원한 과일화채를 들고 들어왔다.

"무슨 생각을 그렇게 하십니까?"

왕 집사가 방안 창문으로 대저택 앞마당을 지그시 바라보고 있던 그녀에게 물었다.

"그냥… 좀 머리가 복잡해서."

그녀의 대답에 왕 집사는 옅은 웃음을 띠며 말했다.

"그냥 두시죠."

"?"

"지은호 씨 말입니다."

"…."

그녀는 잠시 뜸 들이다 왕 집사를 향해 말했다.

"왕 집사는 그 사람 좋아했지? 착하고, 보기 드문 경위 바른 청년이라고."

왕 집사는 대답 대신 그저 희미한 미소를 지어 보였다. 그녀는 옅은 한숨을 내뱉으며 서운한 듯 덧붙였다.

"내 편은 아무도 없구나. 다 그 사람만 좋아하고."

"다들 아가씨의 편이라서 그런 겁니다."

왕 집사가 웃으며 답했다.

"아가씨께서 그 누구보다 행복해지시길 바라니까요."

"난 지금도 행복해!"

"겉으로는 그래도 늘 그 긴 어둠 속에 갇혀 사시지 않으셨습니까?"

"…."

"그러니 이제는 그 어둠에서 나와 진정으로 행복해지셨으면 해서요."

"…."

"다른 또래 여자들처럼 맛있는 것도 먹고, 사고 싶은 것도 사고, 좋은 사람이 생기면 만나도 보고, 그러다 미래를 함께하고 싶은 사람이 생기면 미래도 그려 보고. 그렇게요."

"왕 집사는… 후회하지 않아? 그렇게 살던 날들?"

"…."

선인장 꽃이 피었습니다

왕 집사는 그녀의 물음에 슬픈 눈으로 미소 지으며 답했다.

"제가 후회하는 건, 그렇게 살지 못한 날들입니다."

"…."

"너무 치열하게만 살아서 뭐가 좋은 건지, 뭐가 소중한 건지 돌아볼 틈도 없이 살았어요."

"…."

"아가씨는… 그렇게 살지 않으셨으면 합니다."

왕 집사의 말에 그녀가 뒤돌아 창밖을 보며 아련히 말했다.

"세상으로 나가면… 누구나 다들 그렇게 살지 않을까? 악착같이, 치열하게."

"세상은 넓고 사람은 많으니까요. 그들의 인생도 다 각자 저마다 다르겠지요. 행복한 사람도 꼭 어딘가에는 있을 겁니다."

"…."

그녀는 창문 너머로 보이는 그의 모습을 바라보았다. 환히 웃는 얼굴, 세상 고생 한 번 안 해 봤을 것 같은 저 말끔한 사람. 그녀는 그가 두려웠다.

그는 대저택 안으로 걸어 들어와 대저택의 왼쪽 긴 복도를 쳐다보았다. 그곳은 아직 한 번도 가 보지 않은 곳이었다.

"…."

그는 호기심에 조심스럽게 그 복도를 향해 한 발 한 발 천천히 내딛기 시작했다. 어둡고 붉은 카펫이 바닥을 덮고 오래되고도 중후한 낡은 벽지가 복도를 가득 채우고 있었다. 그는 어둡고도 조용한 복도를 천천히 걸어 나갔다.

끼이이익. 복도 한편에 나 있는 낡고 오래된 문을 하나 열어 보니 그의 눈앞으로는 믿을 수 없는 광경이 펼쳐졌다. 아주 넓고 높은 벽면을 가득 둘러싸고 있는 빼곡한 책들, 조용히 앉아 책을 읽을 수 있는 공간, 그곳은… 대저택의 도서관이었다.

그는 휘둥그레진 눈으로 천천히 안으로 들어가 주변을 살펴보았다. 책꽂이 앞에는 올라설 수 있는 사다리도 놓여 있었다. 천장에는 샹들리에 조명이 은은하게 도서관을 밝혀 주고 있었다.

그는 빼곡히 채워진 책들을 찬찬히 바라보았다. 신기하게도 먼지 한 톨 없이 모두 깨끗했다. 누군가 부지런히 관리하고 보는 것처럼. 그는 눈에 들어오는 책들을 한 권씩 꺼내 보았다. 누군가의 인생을 적어 놓은 책도, 누군가의 여행 일대기를 담아 놓은 책도, 또 누군가의 성공 비법이나 요리 비책 등을 적어 놓은 책도 있었다. 전문적인 지식이나 역사 서적도 보였다. 장르 가릴 거 없이 다양한 책들이 도서관의 사방 벽면을 가득 채우고 있는 것을 보고 있자니 그는 감탄이 절로 나오지 않을 수 없었다. 이윽고, 그의 눈에 한 권의 책이 들어왔다. 제목이 굉장히 자극적인…『야한 여자』라는 책이었다. 이건 뭐지? 선정적인 소설 같은 건가? 이런 책도 여기 있나? 그는 호기심에 책

선인장 꽃이 피었습니다

을 꺼내 들었다.

"지은호 씨? 여기 계십니까?"

얼마쯤 지났을까, 책을 읽고 있던 그에게로 불쑥 왕 집사가
모습을 드러냈다.

"!"

왕 집사의 시선은 자연스럽게 그가 읽고 있던 책으로 향했
다. 제목이 『야한 여자』라는 그 책. 왕 집사는 이내 멋쩍은 듯
헛기침을 하며 "밖에 저녁 식사가 준비되었으니 식사하러 나오
시죠." 하고는 황급히 도서관을 나섰다.

"아…."

그는 퍽 난감했다. 아무래도 책의 제목만 보고 오해하신 것
같은데…. 이 책의 『야한 여자』는 '밤 야(夜)' 자를 써서 밤에만
돌아다닐 수 있는 여자의 애절하고도 슬픈 사랑 이야기를 그린
책이었다. 책의 주인공은 백색증으로 햇빛이 강한 낮에는 밖에
나가 생활을 할 수 없는 몸이었는데, 그 여자가 우연히 한 남자
와 사랑에 빠지며 겪게 되는 슬프고도 아픈 사랑 이야기였다.
남자는 결국 사랑하는 여자를 위해 자신의 삶도 포기한 채 언
제나 여자와 함께한다는 순애보적인 결말이었다.

그는 대저택에 스스로를 가둔 채 살아가는 혜령을 떠올렸다.
스스로의 의지이냐 아니냐의 차이가 있었지만, 어쨌든 어딘가
에 갇혀 산다는 것은 스스로의 의지든, 아니든 외롭고 고독하
며 힘든 일인 듯했다. 그리고 무엇보다 이 소설에서 묘사된 여

자의 집이 소름 돋을 정도로 이 대저택과 닮아 있었다. 그는 오묘하고도 소름 돋는 기분을 뒤로한 채 이내 책을 덮고 도서관을 나섰다.

"아가씨! 저녁은 바비큐 파티 할 건데 어떠세요?"

"바비큐 파티? 좋지."

혜령은 무미건조하게 대답했다.

"그럼 준비할 테니까 앞마당으로 나오세요!"

세경은 그렇게 말한 뒤 그녀의 방문을 닫고 앞마당으로 향했다.

"혹시 몰라서 캠핑 장비를 사 뒀었는데, 이게 이렇게 도움이 될 줄은 몰랐네요."

한 직원이 깔깔 웃으며 잔뜩 신이 난 듯 말했다.

"굿(good)! 너무 좋아요!"

세경이 엄지손가락을 치켜세우며 대답했다.

"이제 해도 저물어 가는데, 아가씨는 나오신대요?"

"네, 나오신대요."

"저기, 근데…."

한 직원이 슬쩍 눈치를 보며 세경에게 조용히 물었다.

"지은호 씨 아직 안 가신 건 얘기 안 했죠?"

"네…."

선인장 꽃이 피었습니다

"나오면 지은호 씨 보고 다시 들어가시지 않을까요? 아니면 노발대발하시거나."

"그러실 것 같아서 얘기 안 하기는 했는데…."

"그럼 어떡해요?"

"…."

고민 끝에 세경은 모르겠다는 듯 시원스럽게 답했다.

"아이! 뭐, 지은호 씨가 알아서 하시겠죠!"

"?"

고기 구울 준비를 하던 그가 얼핏 자신의 이름이 들리자, 세경과 직원을 쳐다보았다. 세경과 직원은 멋쩍은 눈웃음을 지으며 아무것도 아니라는 듯 고개를 저어 보였다.

"…."

곧 날이 저물고 오룡산에는 어느새 잔뜩 어둠이 내려앉았다. 키가 큰 몇 개의 스탠드(stand) 조명이 그들을 비추고, 바비큐 그릴 위에는 맛있는 고기들과 각종 채소, 꼬치들이 올려져 지글지글 구워지고 있었다.

"아가씨, 나오셨어요?"

"아가씨, 얼른 오세요!"

"고기 너무 맛있다!"

대저택 식구들은 모두 모여 앞마당에 놓인 테이블에 둘러앉아 맛있게 고기를 먹고 있었다.

"!"

그리고 때마침 걸어 나오던 혜령이 안나와 고기를 굽고 있던 은호를 발견하고는 화들짝 놀라며 조용히 물었다.

"저 사람이… 왜 여기 있어? 아직도 안 갔어?!"

날카로운 그녀의 목소리에 그가 그녀를 쳐다보며 태연히 말했다.

"마음대로 하라면서요? 저녁은 주고 보내야죠."

"!"

뻔뻔한 인간 같으니! 혜령은 부들부들 들끓는 분노를 꾹꾹 눌러 참으며 그대로 몸을 돌려 다시 들어가려던 찰나, 세경의 손에 붙잡히고 말았다.

"그냥 들어가시게요? 안 드시고?"

"됐어. 너 같으면 먹겠어? 왜 저 남자 안 간 거 말 안 했어?"

"말했으면 아가씨 내려오시지도 않으셨을 거잖아요."

"그래서, 나 어떻게든 저 남자랑 마주 앉아서 밥 먹여 보겠다고 일부러 얘기 안 한 거야?"

"아니요. 뭐 그런 건 아니지만…."

세경이 대답을 얼버무리는 사이, 저만치에서 고기를 굽고 있던 안나가 큰 소리로 외쳤다.

"이야, 이거 고기 노릇노릇하게 잘 구워지네!"

"저게 진짜!"

들으라는 듯이 말하는 안나에 혜령은 있는 힘껏 눈을 흘겼다.

"단체로 미쳤지, 아주? 산에서 불 피우다가 산불 나면 책임질

선인장 꽃이 피었습니다

거야?"

심술부리듯 엄포를 놓는 혜령의 말에 한 직원이 호들갑스럽게 반응했다.

"어휴! 아가씨? 무슨 그런 험한 말을! 자나 깨나 산불 조심! 꺼진 불도 다시 보자! 당연히 조용히 먹고 싹! 깨끗하게 치우죠! 여기 사람이 몇인데요?"

다른 직원이 사뭇 진지하게 거들었다.

"아가씨, 저희 오갈 곳 없어서 여기 사는 사람들이에요. 산불 나면 저희도 갈 곳 없는데 산불을 조심 안 하겠어요?"

"…."

혜령은 더 이상 아무런 대답도 하지 않았다.

"자, 자! 오랜만에 바비큐 파티인데, 분위기 축 처지지 말고! 다들 맛있게 먹고 기운 냅시다?"

"맞아요! 더운데 기력 보충이나 하자고요!"

"자 아가씨도 드시고요."

한 직원이 한 쌈 가득 혜령의 입에 넣어 주며 말했다. 혜령은 못마땅한 표정으로 우걱우걱 쌈을 씹으며 직원들을 흘겨보았다.

"건배!"

대저택 식구들은 모두 한마음 한뜻으로 잔을 들어 올렸다. 그렇게 은호와 함께하는 대저택 식구들의 바비큐 파티가 무르익고, 어느새 오룡산에는 깊은 어둠이 내려앉아 바비큐 파티가 끝나 갈 무렵, 안나가 왕 집사의 곁에 살며시 앉으며 오룡산의 밤하늘을 올려다보았다.

"참 오랜만에 느껴 보는 행복이네요."

"그러게요."

왕 집사가 미소 지으며 나지막이 답했다.

"행복이 뭐 별거 있나요. 이런 무탈하고 소소한 일상이 행복인 거죠. 소중한 사람들과 함께하고, 배불리 맛있는 거 먹고, 아픈 데 없고, 기분도 좋고, 발 뻗을 곳도 있으면 그게 천국이고 낙원인 거죠."

"그렇죠."

안나의 말에 왕 집사는 미소 지으며 고개를 끄덕였다.

"왕 집사님! 안나 씨!"

세경이 왕 집사와 안나에게로 다가와 밝게 물었다.

"다 드셨어요? 두 분은?"

안나가 답했다.

"네, 다 먹었어요. 너무 맛있게 먹어서 배가 부르네요."

"그렇죠? 저도요! 왕 집사님도 맛있게 드셨어요?"

"네. 정말 맛있었습니다."

세경은 신난 듯 해맑게 너스레를 떨어 댔다.

"저는요, 오늘 진짜 이래도 되나 싶을 만큼 너무 행복했어요! 앞으로 이런 날들만 가득했으면 좋겠다 싶을 만큼 너무 많이요! 근데 또 너무 행복해서 또 불행한 일이 찾아오면 어쩌나 싶

선인장 꽃이 피었습니다

기도 하지만요."

"…."

세경의 말에 안나도 말없이 슬픈 눈으로 미소 지었다. 왕 집사는 그런 두 사람을 향해 웃으며 나긋이 말했다.

"좋은 일이… 꼭 많이 올 겁니다, 앞으로도."

"그럴까요? 왕 집사님?"

세경이 물었다.

"그럼요."

왕 집사는 웃으며 고개를 끄덕였다.

"정말… 그랬으면 좋겠네요."

어느새 세경의 눈엔 그렁그렁 눈물이 맺혀 있었다.

"저는요, 아가씨랑 지은호 씨가 잘됐으면 좋겠어요."

"왜요?"

안나가 물었다.

"지은호 씨 좋은 사람이잖아요. 따뜻하고, 친절하고, 배려심 있고, 매너 있는."

"…."

"그리고요."

"?"

"따뜻하고도 강한 사람과 차갑고도 따뜻한 사람이 만나는 거잖아요. 다른 듯 보이지만 결국엔 같아요. 두 사람 다 따뜻한 사람들이라는 거."

선물

왕 집사와 안나는 묵묵히 세경의 말에 귀를 기울였다.

"좋은 사람들이라는 거요. 누군가에게, 그리고 서로에게, 서로가 힘을 주고 위안이 되어 줄 수 있는 사이라는 거."

세경은 눈물 맺힌 눈으로 밝게 웃으며 말을 마쳤다. 안나와 왕 집사는 그런 세경을 바라보다 이내 서로를 마주 보며 미소 지었다.

"그러네요. 정말 다른 듯 같네요, 두 사람은."

안나가 나지막이 말했다. 왕 집사는 웃으며 고개를 끄덕였다. 세 사람은 그 어느 때보다 행복한 얼굴로 환하게 웃으며 어두운 오룡산의 밤하늘을 올려다보았다. 찬란히 빛나는 무수한 별들이 어두운 오룡산의 밤하늘을 환히 비춰 주었다.

선인장 꽃이 피었습니다

다시 일어설 준비

"야, 지은호! 놀이터에 말뚝박기하러 가자! 우찬이랑 강철이랑 애들 다 모였대!"

"싫어."

"왜?"

"말뚝박기 재미없어. 난 책이나 읽을래."

"치! 맨날 책만 읽는 네가 더 재미없다, 뭐!"

진호는 씩씩대며 그렇게 은호네 집을 뛰쳐나갔다. 홀로 집에 남은 은호는 거실 마룻바닥에 앉아 조용히 책을 읽었다. 열어 놓은 현관문의 풍경 소리가 바람을 타고 이따금 울리고, 뜨거운 태양 아래 솔솔 부는 선풍기 바람만이 그와 함께해 주었다. 잠시 뒤, 책을 읽던 은호의 고사리 같은 작은 손이 옆에 있던 시원한 수박을 들어 올리고 오물쪼물한 입으로 작게 한 입 베어 물면, 그 시리고 달달한 수박이 입안 가득 사르르 녹아내렸다. 조용하고도 평화로운 여름이었다.

"야, 나도 할래. 나도 시켜 줘."

"아싸! 내가 이겼다!"

"아이, 씨! 야! 백진호! 다시 해! 다시!"

"싫어! 그런 게 어디 있어!"

"나도 할래!"

어느새 푸르던 잎사귀들은 붉고 노랗게 물들고, 따뜻하고도 무겁던 바람은 서늘한 바람이 될 무렵, 아이들은 문방구 앞 오락기 앞에 앉아 실랑이를 벌이고 있었다.

"다시 해! 나 다시 할 거야!"

강철이 버럭 화를 내자 진호가 받아쳤다.

"아, 싫어! 이겼으면 끝난 거지! 그런 게 어디 있냐?!"

"야, 백진호! 너 진짜 이러기야?! 너 진짜 나한테 한번 맞아 볼래?!"

"이, 씨! 깡패야! 박강철 깡패! 맨날 때려!"

진호가 소리쳤다.

"나도 할래…."

뒤에서 지켜보고 있던 우찬은 계속 끼워 달라며 조용히 투정을 부리고 있었다. 투덕거리는 강철과 진호, 하고 싶지만 끼지 못하는 우찬, 그걸 조용히 지켜보는 은호. 문방구 앞 네 명의 친구들은 그렇게 오늘도 왁자지껄하며 해는 어느덧 뉘엿뉘엿 저물어 가고 있었다.

선인장 꽃이 피었습니다

"준비물 사러 왔어?"

북적거리는 아침. 아무 말도 하지 못하는 아이를 향해 문방구 주인아주머니가 친근하게 물어왔다.

"네⋯."

"으응. 몇 학년?"

"3학년이요."

"응, 그럼 넌 이거."

문방구 주인아주머니가 아이를 향해 냉큼 받아쓰기 공책을 건네주었다.

"이거 맞아요?"

아이가 자신 없는 듯 묻자,

문방구 주인아주머니는 척척박사처럼 자신 있게 대답했다.

"응, 그거 맞아. 3학년은 받아쓰기 공책이야."

"네, 감사합니다⋯."

아이는 꾸벅 고개를 숙이고 그대로 문방구를 나섰다.

"응! 잘 가! 공부 열심히 하고!"

"아줌마! 서예 세트요!"

"이모! 이거 얼마예요?"

"어! 여기 있어! 그거? 삼백 냥! 너는 그거 안 살 거면 내려놓고! 너는 실내화 그거 맞아. 그거, 그거 사면 돼. 너 발 사이즈 몇이야?"

북적북적 정신없는 한때가 지나가고, 그렇게 문방구 주인

아주머니는 문방구 안 어질러진 물건들을 정리하며 한숨 돌리고 있었다. 이제 좀 쉬나 싶던 시간은 어느새 훌쩍 지나가 버리고 학교 앞 문방구는 다시 방과 후 학교가 끝난 아이들로 북적였다.

"아줌마! 저 떡볶이 주세요!"

"이모! 나 떡볶이!"

"어! 진호랑 강철이 왔어?"

학교가 끝난 후, 아이들은 배고픔에 간식거리를 사 먹기 위해 학교 앞 문방구로 몰려들었고, 덕분에 문방구 앞은 매번 금방 북새통이 되어 버렸다. 주인아주머니는 정신없이 아이들을 맞아 주시고, 바쁜 틈에 어느새 주인아주머니의 남편 되시는 분까지 나와 주인아주머니를 돕고 계신 듯했다.

"컵 떡볶이, 오백 냥!"

"감사합니다!"

"야! 강철이 너도 오백…"

"감사합니다!"

"아니지! 아니야! 강철이 너는 외상 달아 놓은 거 언제 갚을 거야!"

"우리 엄마가 갚을 거예요! 한꺼번에!"

강철은 장난기 가득한 웃음을 얼굴 가득 지으며 답했다.

"으이구! 아주, 너희 어머니가 그냥, 너 먹은 떡볶이 값 다 갚으시려면 등이 다 휘시겠다!"

선인장 꽃이 피었습니다

"헤헤."

강철은 주인아주머니의 말씀에 그저 배시시 웃어 보일 뿐이었다.

"작작 좀 먹어! 너는 그거 아주, 그 정도면 중독이야. 떡볶이 중독!"

"히히히. 괜찮아요, 괜찮아!"

"어휴! 저거 아주 그냥 뺀질뺀질해서! 우찬이랑 은호는 뭐 먹으러 왔어?"

"아니요."

"아이고! 이놈들아, 줄 서! 줄! 그거, 돈가스 먹을 거야? 너는?"

"아줌마! 슬러시 없어요? 슬러시?!"

"아이고! 너는 이제 찬 바람 부는데 무슨 슬러시를 찾아!"

"슬러시는 원래 찬 바람 불 때 이 시린 맛에 먹는 건데…."

북적북적하던 문방구에도 어느새 겨울이 찾아오고, 학교 앞 담장에는 함박눈이 내려 조금씩 쌓이기 시작했다.

"야, 근데 너희 그거 알아? 우리 학교에 12시만 되면… 하얀, 소복을 입은 귀신이 나온대!"

"아, 백진호! 넌 또 그 소리냐? 지겹지도 않아? 아, 진짜 한심하기는! 넌 그걸 진짜로 믿냐?"

강철이 진호를 나무라자, 진호가 소리쳤다.

"왜! 진짜 귀신이 있을 수도 있지! 박강철 넌, 안 믿냐?"

"아, 그걸 누가 믿어! 바보도 아니고!"

"칫! 너 무서워서 그러는 거지?"

"야, 내가 무서운 게 어디 있냐? 너 같은 겁쟁이들이나 무서워하는 거지."

"야, 그럼 가 볼래?"

진호가 물었다.

"그래! 가 보자, 가 봐!"

"휴…."

옆에서 티격태격하던 진호와 강철을 지켜보던 우찬이 깊은 한숨을 내쉬며 한심하다는 듯 고개를 저었다.

"은호야, 너 뭐 봐?"

"…."

"은호야, 은호야?"

"저기…."

우찬의 시선은 조용히 은호가 가리키는 곳으로 향했다. 키가 작고 덩치가 홀쭉한 아이 하나가 키가 크고 덩치가 좋은 형들 사이에 둘러싸여 있는 것이 보였다. 아마도 아이는 구석에서 형들에게 괴롭힘을 당하고 있는 듯했다. 우찬과 은호는 심각한 표정으로 그 모습을 지켜보고 있었다.

"무서워…."

우찬이 작게 중얼거렸다.

"…."

은호는 나서고 싶었지만, 차마 용기가 나지 않았다.

"은호야, 무슨 일 있었어?"

집에 온 후로 계속 표정이 어두운 은호에게 아버지가 걱정스러운 얼굴로 다정히 물어 왔다.

"무서운 형들이 어떤 아이 한 명을 괴롭히고 있는 걸 봤어요."

"그랬구나…."

아버지는 고개를 끄덕였다.

"네."

"그래서, 은호는 어떻게 했어?"

아버지가 나긋하게 물었다.

"아무것도… 못 했어요."

"그랬구나…."

숙연히 고개를 떨구던 아버지는 다시 고개를 들어 은호를 향해 부드럽게 물었다.

"그래서 우리 은호는 어떤 마음이 들었어?"

"…."

은호는 입술을 들썩거리다 말했다.

"미안… 하다."

아버지는 그런 어린 아들의 대답에 미소 지으며 고개를 끄덕였다.

"아빠."

은호가 조용히 아버지를 불렀다.

"웅?"

"왜 사람들은 다 사이좋게 지내지 않는 걸까요?"

"음…."

아버지는 곰곰이 생각하다 입을 열었다.

"우리 은호는 사람들이 다 사이좋게 지냈으면 좋겠어?"

"네."

아버지는 고개를 끄덕이며 말했다.

"그래…. 아빠도. 아빠도 그래."

"…."

"근데 사람들은 자기하고 다르고, 어렵고, 힘든 사람들을 이해해 주지 않는 사람들도 많아."

"왜요?"

"음… 글쎄? 내가 그렇게 살아 보지 않았으니까?"

"…."

"아니면, 내가 그렇게 살아 봐서 싫은 걸 수도 있고."

"…."

"뭐, 어쨌든 나하고 다르게 살아왔어도 그 사람도 사람인 거잖아, 그치?"

은호는 말없이 고개를 끄덕였다.

"그러니까 우리 은호만큼은 은호하고 달라도 이해해 주고, 배려해 주고, 사랑해 주면서 살아. 싸우지 말고, 알았지?"

은호는 다시 고개를 끄덕였다. 아버지는 그런 아들을 보며 말없이 함박웃음을 지어 보였다.

"아이고, 그래. 그래도 오늘 우리 아들이 큰 걸 배웠으니 됐다. 잘못한 걸 알고 반성할 줄 아는 것도 큰 용기고 배움이니까."

"…."

아버지는 웃으며 은호의 머리를 쓰다듬었다.

"아빠."

"응?"

"저 태권도 배워도 돼요?"

"응?"

"저 태권도 배울래요."

아들의 갑작스러운 말에 아버지는 호탕하게 웃으며 물었다.

"왜, 태권도 배워서 나쁜 사람들 혼내 주려고?"

은호는 고개를 끄덕이며 말했다.

"네. 그리고 착한 사람들 지켜 줄 거예요."

아버지는 아들의 말에 너털웃음을 지으며 답했다.

"그래, 우리 은호. 태권도 학원 보내 줘야겠네."

은호는 그제야 얼굴 가득 환한 웃음을 지어 보였다.

"근데 은호야."

"?"

"나쁜 사람들을 혼내 주는 거라고 해도, 사람을 때리고 해하는 건 좋지 않은 행동이야."

"…"

"그러니까 항상 네 힘이 정의를 위해 쓰였어도 자만하거나 우쭐해서는 안 돼. 알았니?"

은호는 말없이 고개를 끄덕였다.

"자랑스러운 영웅이 되어도 사람의 생명은 언제나 소중한 거란다."

은호는 다시 한번 무겁게 고개를 끄덕였다.

"마혜령 씨 안에 있어요?"

대저택 앞마당에서 바비큐 파티를 벌인 지도 벌써 일주일이 지나고, 오늘도 어김없이 그가 찾아와 조심스레 그녀의 방문을 두드렸다.

"있으면 대답 정도는 해 주지?"

"…"

오늘도 노트북 앞에 앉아 일하고 있던 혜령이 고개를 돌려 말없이 방문을 바라보았다. 나비 모양의 큰 집게 핀으로 반만 올려 묶은 머리, 크림색의 팔 통이 넓은 반팔 블라우스와 하늘거리는 노란색 롱스커트까지. 오늘은 평소와는 달리 한껏 차려입은 듯 보였다. 그녀는 새침하게 방문 앞으로 걸어갔다.

"왜요."

선인장 꽃이 피었습니다

그러고는 그를 향해 퉁명스럽게 대답했다.

"뭐 하고 있었어요? 일?"

"그럼, 일하고 있지 뭘 하겠어요."

쌀쌀맞은 그녀의 대답이었지만 그래도 처음보다는 제법 대꾸해 주는 그녀의 모습이 그를 웃음 짓게 했다.

"자꾸 그렇게 대답하면 나 갈 거예요?"

"그러시든가요."

"…."

그녀는 방문에 귀를 대고 방문 너머의 기척을 살폈다. 진짜… 갔나? 살짝 초조해진 그녀가 조심스레 방문을 열어 보았다. 그녀는 두 눈만 빼꼼 내민 채 방문 앞을 살펴보았다. 방문 앞에는 아무도 보이지 않았다.

"뭐야, 진짜 간 거야?"

그녀는 혼잣말로 조용히 중얼거렸다. 조금 서운한 마음으로 문을 닫으려던 찰나, 그의 발이 그녀의 방문 틈으로 치고 들어왔다.

"!"

"진짜 간 줄 알고, 좀 서운했죠?"

"아니거든요?"

그녀는 방문 틈새에 낀 그의 발을 아랑곳하지 않고 그대로 방문을 닫으려 있는 힘을 다했다.

"아! 아아… 진짜 닫을 거예요? 나 진짜 발, 부러져요?"

"그러든지 말든지."

그녀는 퉁명스럽게 대꾸했다.

"진짜 아픈데…."

그가 한껏 인상을 구기며 애원하듯 그녀를 쳐다보았다.

"…."

그녀는 못내 힘껏 잡고 있던 방문을 살며시 놓아주었다.

"아… 살았다. 진짜 발뼈 부러져서 집에도 못 가는 줄 알았어요."

그가 너스레를 떨어 대자, 그녀가 쌀쌀맞게 대답했다.

"그러게 왜 쓸데없는 짓은 해서…."

그가 배시시 웃으며 말했다.

"그래도 또 이렇게 얼굴 한번 봤잖아요?"

"…."

웃으며 빤히 바라보는 그의 시선에 그녀는 멋쩍은 듯 픽 고개를 돌렸다.

"근데 무슨 일 하고 있었어요? 그림 그리는 거? 아니면 상담?"

"그게 왜 궁금한데요."

"나야 뭐, 마혜령 씨에 대한 모든 게 궁금하니까요."

"…."

이번엔 그가 화제를 돌려 다시 질문했다.

"근데 마혜령 씨는… 원래 그렇게 방 안에서 일할 때도 차려

선인장 꽃이 피었습니다

입고 해요?"

"!"

"?"

"다, 당연하죠!"

당황한 혜령이 재빠르게 받아쳤다.

"그래도 일은 일인데, 잘 때하고 생활할 때 다 같은 옷만 입고 있으면, 안 그래도 방 안에서만 일하는데 구분이 되겠어요? 일할 때, 안 할 때 구분은 해야지."

그렇게 말하는 그녀의 목소리가 점점 기어들어 갔다.

"그렇긴 하죠."

그는 대수롭지 않게 받아넘겼다.

"…."

그녀는 안도하듯 마음을 가라앉혔다.

"여기서 마혜령 씨 일하는 거 구경해도 돼요?"

"아니요."

"왜 안 돼요?"

"지은호 씨는 누가 일하고 있는데 쳐다보면 좋아요?"

"난 다 쳐다보는데…. 직업상?"

"…."

그런가? 그녀는 할 말이 없었다.

"꽃다발 포장하고 있으면 대부분 다 쳐다봐요. 꽃다발 포장을 잘하나, 못하나. 뭐, 궁금해서 쳐다보기도 하고요."

"그, 그건 지은호 씨고요! 나는 혼자 일해야 하는 사람이라 누가 처다보고 그러면 일 못 해요!"

그가 고개를 끄덕이며 시원스럽게 대답했다.

"알겠어요."

"…."

"그럼, 여기서 책 보고 있을 테니까 방문만 좀 열어 주면 안 돼요?"

그녀가 쏘아보자, 그는 해명하듯 답했다.

"아니, 여기까지 왔는데… 마혜령 씨 얼굴 한번 잠깐 보고 돌아가기에는 좀 아깝잖아요."

"누가 여기까지 오래요?"

"마음대로 하라면서요. 가라고도 안 했잖아요."

"가지 말라고도 안 했죠."

"그럼 갈까요?"

"마음대로 해요."

"그럼 가지 말까요?"

"마음대로 해요."

"그럼… 다시는 여기 안 와도 돼요?"

"마…!"

그녀는 차마 말을 잇지 못하고 뜸 들였다. 그는 그런 그녀를 보고 나서야 씩 웃으며 말했다.

"방문만 좀 열어 줘요. 여기 얌전히 앉아서 책 보고 있을 테

선인장 꽃이 피었습니다

니까."

"…."

하여튼 정말 성가시다는 표정으로 그녀는 그를 쏘아보며 그대로 방 안으로 휙 들어가 버렸다.

"근데 마혜령 씨도 나 좋아하는 거 맞아요?"

능글맞은 그의 질문에 그녀가 발끈하며 답했다.

"누가 좋아한대요?!"

"아니… 사귀는 시점을 정해야 하니까."

"허! 그러니까 누가 지은호 씨 좋아한다고 했냐고요. 자기 혼자 좋다고 고백해 놓고 맨날 찾아오고 난리면서, 진짜 웃기지도 않아!"

그녀의 코웃음에 그가 씩 웃으며 답했다.

"아니면 말고요."

"…."

"일해요."

그의 말에 그녀는 휙 돌아앉아 다시 책상 위 노트북 모니터 화면에 열중하기 시작했다. 그리고 그는 그녀의 방문 앞에 앉아 가져온 책을 읽었다. 그렇게 한참이 지나 그녀가 움찔하는 기척에 그가 고개를 돌려 물었다.

"왜 그래요?"

"…."

그녀는 아무런 말도 하지 않은 채 그저 심각한 얼굴로 노트북 모니터 화면만을 쳐다볼 뿐이었다.

"마혜령 씨?"

그녀는 굳은 얼굴로 찬찬히 자신에게 온 장문의 메일을 눈으로 읽어 내려 갔다.

안녕하세요, 로즈 작가님.

저는 평소 작가님의 글에 위안을 받고,

작가님의 글과 함께 살아가던 평범하고 보잘것없는 한 사람입니다.

편지를 읽어 가는 그녀의 얼굴에는 점점 더 그늘이 드리우고, 그녀의 눈빛엔 떨림이 묻어 나오고 있었다.

…

저의 마지막을 작가님과 함께할 수 있어서 다행입니다.

저의 위안이자 저의 힘이었던 작가님이

누구보다 행복하실 수 있기를 바라며….

편지를 끝까지 다 읽은 그녀는 이내 깊은 고민에 잠기기 시작했다.

"마혜령 씨."

그의 목소리가 그녀의 정신을 뚫고 들어왔다. 그녀는 시선을

선인장 꽃이 피었습니다

돌려 그를 바라보았다.

"왜 그래요? 무슨 일 있어요?"

그가 걱정스러운 듯 물어왔다.

"…"

"무슨 일인데요."

그녀는 한참 만에야 무겁게 입을 열었다.

"자세히 말해 줄 수는 없지만… 오늘이 마지막이 될 사람의 메일을 받았어요."

"그게 무슨 말이에요?"

그는 영문을 알 수 없다는 표정으로 되물었다.

"자살이요."

"!"

무겁고도 굳게 대답하는 그녀의 말에 그는 한층 심각해진 표정으로 물었다.

"자살이라니 그게 무슨…"

"오늘 죽을 거래요. 나한테 메일을 보내왔어요. 자신의 위로이자 힘이었던 나에게, 아니, 로즈 작가에게 마지막 인사를 전한다고."

"그래서요?"

"?"

"그래서 지금 마혜령 씨는 무슨 생각을 하고 있냐고요."

그가 진지하게 물어왔다. 그녀 역시 진지하게 답했다.

"이 메일을 보낸 시각과 그 사람이 죽을 시각, 그 사람은 왜 어떤 의도로 나한테 저런 메일을 보내온 걸까, 하는 생각이요."

"그 사람이 자신의 계획에 관해서도 이야기해 주던가요?"

그녀는 말없이 고개를 끄덕였다.

"그 사람이 어디 있는지도 알아요?"

"확실한 건 아니지만… 아마도요."

"그럼 가야죠, 당장."

"?"

"그 사람 살리러요."

"왜요?"

그녀가 나지막이 물었다.

"왜냐니요?"

"내가 그리고 지은호 씨가 가면 뭘 할 수 있는데요? 그 사람을 일단, 살리면 그다음엔 뭘 할 거예요? 그냥 살려 놓고 보면 끝인 거예요?"

"그게 무슨 말이에요?"

"나도 지은호 씨도 결국 그 사람 인생 대신 책임져 줄 것도 아닌데 그렇게 함부로 끼어들면 안 된다는 뜻이에요."

"그럼 그냥 죽게 놔두자고요?"

"그 사람에게는 그게 최선일 수도 있으니까요."

"그런 말이 어디 있어요! 모든 생명은 다 소중한 거고 누구든 살아야 할 권리가 있다고요."

선인장 꽃이 피었습니다

"살아야 할 권리요?"

그녀가 나지막이 읊조렸다.

"죽어 마땅한 사람은 살고, 살아 마땅한 사람은 죽는데 살아야 할 권리가 있다고요? 그게 지은호 씨가 말하는 살아야 할 권리인 거예요?"

"…."

"그 사람에겐 지금이 그 누구보다 절망이자 지옥일 수 있다고요. 그런 상황에서 그 사람이 유일하게 할 수 있는 선택은 스스로의 죽음뿐이고요. 그런데 우리가 가서 말린다고 한들, 그 사람의 뭘 바꿀 수 있는데요? 뭐가 달라지게 할 수 있어요?"

그녀의 말에 그가 무겁게 입을 열었다.

"뭘 바꾸든, 뭐가 달라지게 하든, 일단 다 살아야 할 수 있는 것들이잖아요."

"그래서요."

"살아야 한다고요. 살려야 한다고요."

"그 사람에겐 그게 아무것도 뜻대로 되지 않는 세상 속에서 자신이 할 수 있는 유일한 선택인 걸 수도 있어요."

"그건 그냥 도망이고 회피죠. 아무것도 할 수 없는 상황 속에서 자책하고, 원망하고, 증오하다, 끝내 내린 결론. 그냥 도망치려는 것뿐이잖아요."

그녀는 언성을 높이며 말했다.

"지은호 씨 같은 사람은 그렇게 생각하겠죠!"

"……."

"자책하고, 원망하고, 증오하다, 결국 모든 걸 다 내려놓고 포기하고 혼자 훌쩍 떠나 버리는 사람의 이기심 정도로요. 나약해 빠진 사람의 무능함 정도로요."

"……."

"그런데요, 어둠 속에 있는 사람은 어둠밖에 못 봐요. 나의 어둠이 너무 깊고 슬퍼서 내 어둠밖에 안 보이거든요. 내 어둠은 늘 똑같이 반복되거든요. 밝은 곳에 있는 사람들의 위로와 조언? 그런 거 아무짝에도 쓸모없고 와닿지도 않아요. 애초에 그 사람들은 나와 있는 곳이 다르니까. 지은호 씨는 진짜 어둠이 왜 무서운지 알아요?"

"……."

"변하고 싶어도 변할 수 없고, 변수라는 건 존재하지 않는 게 그들의 세상이거든요. 그들의 암흑이자 어둠이고, 절망이거든요."

그는 묵묵히 그녀의 말에 귀를 기울였다.

"어둠 속에서 맨날 허우적대면서 내일은 오늘보다 조금 더 나아졌으면 좋겠다, 또 모래는 내일보다 조금 더 나아지겠지, 그렇게 하루하루를 작은 희망으로 버티는 사람들에게 세상은 뭘 주는지 알아요? 절망이요. 너한테는 그런 일이 일어나지 않을 거다, 너의 내일은 오늘보다 더 힘들 거다, 너의 희망은… 없다. 그런 절망으로 답하는 게 세상이라고요."

선인장 꽃이 피었습니다

"…."

"산전수전 고생 끝에 위기를 기회로 삼아 극복하는 영웅들이요? 사람들이 다 그런 영웅들 같지는 않아요. 인생이 노력한다고 해서 다 극복이 되는 건 아니니까요."

묵묵히 그녀의 말을 듣던 그가 한참 만에 입을 열었다.

"어둠 속에 있는 사람은 어둠밖에 못 본다면서요. 자신의 어둠이 너무 깊고 슬퍼서 자기 어둠 밖에 안 보인다면서요. 그럼, 빛을 볼 수 있는 사람이 그 사람의 곁에 있어 주면 되는 거잖아요. 절망뿐인 사람은 기다리고 있는 것도 절망이라면… 희망이 있는 사람이 그 사람의 곁으로 가면 되는 거잖아요."

"그럼, 희망이 절망으로 물들기밖에 더 하겠어요?"

"절망이 희망으로 물들 수도 있죠."

"…."

"사람이 사람 때문에 상처받고, 사람 때문에 아프고, 사람 때문에 절망하다가도 또 사람 때문에 살고, 사람 때문에 희망을 품게 되기도 하는 게… 그게 사람인 거잖아요."

그녀는 차갑게 대꾸했다.

"그래서요."

"내 인생에 유일하게 선택할 수 있는 게 나의 죽음뿐일 수도 있다고요? 아니요? 내 인생의 모든 선택은 다 내가 하는 거예요. 태어나서부터 소중하지 않은 생명은 없고 함부로 포기해도 되는 생명 같은 건 없어요. 내 인생의 한계 역시 내가 정하는 거고요. 내가 늦었다고 포기해 버리고 내가 안 된다고 스스로의 한계를 정해 버리면… 그게 진짜 자신의 한계가 되는 거예요."

"…."

"달라지는 게 없다고 달라질 수 없다고 단정 짓는 그 마음이, 스스로 한계를 정하는 그 마음이 아무것도 변하지 않게 하는 것뿐이에요."

"지은호 씨."

그녀가 나지막이 그를 불렀다.

"세상은 그렇게 간단하지만은 않아요."

그가 말했다.

"알아요, 나도. 세상이 그렇게 간단하지만은 않은 거, 잘 알아요."

"…."

"마혜령 씨 말대로 내가 하루에도 수십 명, 수백 명, 수천 명, 스스로 목숨을 끊는 사람들을 다 구할 수도, 그 사람들의 인생을 대신 다 살아 줄 수도 없겠죠. 그 사람들이 사는 세상을 바꿔 줄 수도 없고요."

"…."

"그렇지만 그 희망을 절망으로 답하는 세상에, 빛 한 줄기 보이지 않는 어둠에, 깊고 슬픈 아픔에, 내가 힘이 되어 주고 위로가 되어 줄 수는 있지 않겠어요? 함께 그 어둠을 살아 주고 대신 그 어둠을 살아 주지는 못해도, 스스로 그 어둠에서 빠져나올 수 있게 기다려 주고 손 내밀어 줄 수는 있지 않겠냐고요."

"…."

"꼭 뭔가 대단한 걸 하고 그 사람의 인생을 책임져 줘야만 도움을 주는 건 아니에요. 지금 내가 할 수 있는 걸 하는 게 그 사람을 도와주는 거지."

그녀는 허탈한 웃음을 지으며 말했다.

"지은호 씨 머릿속은 항상 뭐가 그렇게 꽃밭이에요? 나보다 더 오래 살아 놓고."

"내가 태권도를 배우게 된 이유가 뭔지 알아요?"

그가 아련히 물었다.

"…."

"아무것도 할 수 없는 나 자신이 너무 나약해 보여서요."

"…."

"너무 한심해 보여서요."

"…."

"어릴 때 괴롭힘당하고 있는 내 또래 아이를 봤어요."

그는 무거운 마음으로 말을 이어 갔다.

"키 크고 덩치 좋은 형들한테 둘러싸여 괴롭힘당하고 있었죠. 근데 난 아무것도 하지 못했어요. 무서웠거든요. 두려웠거든요."

"…"

"그래서 생각했어요. 강해져야겠다. 나쁜 사람으로부터 괴롭힘당하는 사람을 지켜 줘야겠다."

"…"

"지금도 가끔 그날을 떠올리면 그 아이는 어떻게 살고 있을까, 내가 그때 그 아이를 도와줬더라면 그 아이는 거기서 빠져나올 수 있지 않았을까 생각하고는 해요. 적어도 그 지옥에서 벗어날 수 있지 않았을까…."

그녀는 슬픈 눈의 그를 말없이 바라보았다.

"그러니까 우리는…."

그가 애써 덤덤히 말을 이었다.

"지금 우리가 할 수 있는 걸 해요. 우리가 할 수 있는 최선을 다하자고요."

"…"

그녀는 침묵을 지키던 끝에 나지막이 입을 열었다.

"지금 우리가 할 수 있는 최선이 뭔데요?"

"마혜령 씨 말대로 그 사람이 지금 할 수 있는 자신의 유일한 선택이 스스로 목숨을 끊는 거라면… 그냥 그 옆에라도 있어 주자고요. 혼자 너무 외롭지 않게."

"…"

"그 사람의 아픔과 슬픔을 들어 주는 것 정도는 할 수 있잖아요. 그 사람의 끝이든 새로운 시작이든, 같이 있어 주는 게 그

선인장 꽃이 피었습니다

사람의 마지막 인사를 들은 우리가 할 수 있는 일이에요. 우리의 최선이에요."

"…."

그녀는 글썽이는 눈으로 꾹꾹 눌러 눈물을 삼켰다.

해 질 무렵, 늦여름의 하늘은 짙고도 큰 구름으로 가득 차 있었다. 하늘은 붉게 물들어 가고 발아래의 세상은 새카맣고도 작은 사람들이 이리저리 돌아다니고 있었다.

"사람이 이렇게… 작은 거였나."

그는 씁쓸한 표정으로 허탈한 웃음을 지으며 혼잣말로 조용히 중얼거렸다. 그러고는 이내 차오른 눈물을 환자복 소매로 쓱쓱 닦은 뒤 숨을 한번 깊게 들이마시고는 천천히 내뱉은 뒤 차분히 마음을 가라앉히고 슬리퍼를 신은 한 발을 저 드넓은 허공을 향해 뻗어 보았다. 이제 정말 모든 것이 끝나는 순간이었다.

"죽으려는 거예요?!"

어디선가 낯선 여자의 목소리가 들려왔다. 그는 천천히 고개만 돌려 소리가 나는 쪽을 바라보았다.

"누구… 세요?"

"죽으려는 거냐고요!"

그녀가 소리쳤다. 점퍼에 달린 커다란 모자를 뒤집어쓴 채

하얀 마스크로 얼굴을 가리고, 숨이 찬 듯 헐떡이며 그를 향해 매섭게 바라보는 그 또렷한 눈빛이 그에게 강렬한 인상으로 다가왔다.

"…."

그는 아무런 대답도 하지 않았다. 잠시 뒤, 가쁜 숨을 고른 후 차분히 입을 연 그녀에게서는 뜻밖의 대답이 돌아왔다.

"죽어요, 그럼! 말리지 않을 테니까."

이상했다. 보통은 이럴 때 죽지 말라든가, 그래도 한 번쯤은 더 살아 봐야 하지 않겠냐든가, 아니면 그러지 말고 같이 살자든가, 그것도 아니면 조금만 더 있다 죽자든가 하는 대답이 돌아와야 하는데 그녀에게서는 그 어떤 대답도 아닌 그저 죽으라는 말이 돌아왔다. 그는 의아함에 그녀를 빤히 쳐다보았다. 그리고 곧 그녀가 말했다.

"죽고 싶으면 죽어요. 그게 당신이 할 수 있는 유일한 선택이라면, 그렇게 해요. 나는 당신 인생을 대신 살아 줄 수도 없고, 감히 당신 인생에 참견할 자격도 안 되니까."

"…."

"후회하지 않을 자신 있으면 가요."

"…."

그녀는 내 삶의 죽음조차도 존중해 주려는 걸까? 그는 슬픈 눈으로 그녀를 지그시 바라보며 나지막이 말했다.

"고마워요, 내 결정 존중해 줘서."

선인장 꽃이 피었습니다

"…."

그러고는 다시 고개를 돌려 살며시 눈을 감고 난간을 잡고 있던 두 손을 놓으려던 순간, 다시 다급하게 그녀의 목소리가 들려왔다.

"근데 그거 알아요?"

"…."

그는 살며시 눈을 뜨고 그녀의 목소리에 귀 기울였다.

"사람이 막상 죽음의 문턱 앞에 서면 이상하게 막, 살고 싶어지더라고요. 그렇게 죽고 싶었는데… 참 이상하고 간사하죠?"

"…."

그의 눈에는 어느새 서서히 눈물이 차오르기 시작했다.

"진짜 그 누구보다 열심히, 치열하게 살아왔다고 생각했는데, 더 열심히 살 걸 후회되고. 아무것도 하고 싶지 않았는데 뭐든 더 해 볼걸, 해 보고 싶은 거 하나라도 더 해 볼 걸, 할 수 있는 거 하나라도… 더 해 볼 걸, 후회되고, 하고 싶은 것도 없었는데 갑자기 막 하나둘씩 생기고 늘어나고."

"…."

"바람도, 기대도, 희망도 없던 절망뿐이던 삶이, 내가 할 수 있는 유일한 선택지는 그저 스스로 삶을 끝내는 것뿐이라고 생각했던 삶이, 막상 그렇게 죽으려니까 억울하다는 생각도 들고… 그렇더라고요."

그녀는 조용히 한마디를 덧붙였다.

"나는… 그렇더라고요."

그녀의 말에 그는 눈을 감은 채 조용히 눈물을 흘리고 있었다.

"근데 죽음의 문턱 앞에 서면, 그땐 이미 늦어요. 돌아오고 싶어도… 못 돌아와요."

"…"

"그러니까, 후회하지 않을 자신 있으면 가요."

꾹꾹 울음을 눌러 참으며 전해 오는 그녀의 말이 그의 심장을 뜨겁게 달구고 그는 두 뺨을 타고 쉴 새 없이 흐르는 눈물을 뚝뚝 떨어뜨리며 이내 난간을 잡고 있던 두 손을 놓고는 그렇게 병원 옥상 바닥으로 철퍼덕 쓰러져 버렸다. 그러고는 이내 흐느끼며 힘겹게 입을 열었다.

"삶을 견뎌 내는 게… 너무 버거워요."

"알아요, 힘든 거."

그녀가 말했다.

"그저 힘든 거잖아. 아무도 없는 컴컴한 곳에서 혼자 외롭고 쓸쓸하게 악착같이 버틴다는 거, 그게 너무 힘든 거잖아요."

그는 병원 옥상 바닥에 무릎 꿇고 앉은 채 통곡했다.

"너무 잘 견뎌 냈어요. 너무 잘 버텨 줬어요. 여기까지 와 준 것만으로… 너무 대견해요."

"…"

"그러니까 이제 당신 하고 싶은 대로 해요. 살고 싶으면 살고, 하고 싶은 거 있으면 하고, 먹고 싶은 거 있으면 먹고, 하고 싶은 말 있으면 하고, 당신 하고 싶은 대로 해요. 충분히 그럴 자격 있으니까."

"…."

그녀의 말에 그는 하염없이 울음을 터뜨렸다. 누구도 해 주지 않았던 그 말이, 처음 보는 이에게서 듣는 그 따뜻한 위로가, 악착같이 자신을 지켜 왔던 그 벽을, 홀로 외롭게 쓸쓸히 쌓아 올리던 자신의 세상을… 무너뜨리고 있었다. 모두 내려놓고 다 포기하고만 싶었던 그의 삶이… 조금은 다시 살아 보고 싶어졌다.

병원 옥상을 빠져나온 혜령은 그대로 힘없이 비상구 계단을 걸어 내려갔다. 한 걸음, 한 걸음. 그렇게 계단을 걸어 내려갈 때마다 그녀가 지나온 시간들이, 그녀가 버텨 온 삶들이 떠올랐다. 술주정으로 술병을 집어던지고 욕하며 엄마를 때리던 그 사람, 자신을 때리고 나무라며 늘 화를 내고 욕하던 엄마, 보잘것없는 초라한 그녀를 비웃고 손가락질하며 바라보던 시선들, 아무도 도와주는 이 하나 없던 그날들. 혜령은 그 절망 속에 홀로 놓인 채 아무것도 할 수 없던 어린 날의 자신을 돌이켜보고 있었다.

그렇게 한참을 걸어 계단을 다 내려왔을 때쯤, 그녀의 앞으로는 어느덧 병원의 출구가 보이기 시작했다. 컴컴한 어둠 속 작은 빛 한 줄기. 그녀는 천천히 그 불빛을 따라 걸어 나갔다. 어느덧 병원 밖엔 해가 저물어 얕은 어둠이 내리깔린 후였지만, 왠지 그날따라 그 어둠이 어둡고 쓸쓸해 보이지만은 않았다. 저 멀리 낯익은 그의 환한 미소가 보여서였을까? 그녀는 한 발 한 발 천천히 걸어 그에게로 다가가기 시작했다. 늘 그랬듯, 그는 옅고도 따스한 미소를 지으며 저 멀리서 그녀를 바라보고 서 있었다. 여전히 그녀를 기다려 주고 있었다. 한 발 한 발 천천히 그에게 가까워질수록, 그녀는 왠지 마음이 편안해졌다. 그리고 그런 그녀를 향해 그가 웃으며 따스히 말해 주었다.

"잘 왔어요."

그의 그 말이 왠지 그녀에게는 위로가 됐다. 죽어 가던 이를 살리고 온 자신에게도, 홀로 외로이 힘겹게 자신의 삶을 걸어온 스스로에게도. 따뜻했다. 그 순간, 그녀의 지난 삶이 주마등처럼 스쳐 지나가고 그녀는 스스로의 의지로 걸어 한 발 한 발 성큼성큼 앞으로 나아갔다. 그리고 곧 그의 품에 안겼다.

"!"

처음 안겨 보는 그의 품은 평온하고도 편안했다. 그 누구에게도 기댈 곳 하나 없던 차가운 세상에 그 낯선 따스함은 왠지 위로가 됐고, 마음이 놓였다. 놀라 굳어 있던 그 역시 이내 환히 웃으며 포근하고 따스히 그녀를 안아 주었다.

선인장 꽃이 피었습니다

"오늘은 웬일로 방문이 활짝 열려 있네요?"

오랜만에 다시 대저택을 찾은 은호가 혜령의 방문 너머로 인사를 건넸다.

"환기하려고요."

그녀는 무심하게 툭 던지듯 대답을 건넸다.

"아… 환기하려고요?"

그가 장난스러운 얼굴로 그녀를 바라보며 되물었다.

"왜 그런 표정으로 봐요?"

"아니에요."

그는 피식 웃으며 짧게 대답했다. 그녀는 께름칙한 눈초리로 그를 한 번 바라보고는 고개를 돌렸다. 이윽고 그의 시선에 방문 너머로 창문 앞에 놓여 있던 자신이 준 작은 선인장 화분이 보였다.

"내가 준 선인장 화분은 잘 키우고 있나 보네요?"

"저게 그쪽이 준 화분인지 어떻게 알아요? 원래 있던 걸 수도 있지."

그녀가 까칠하게 답했다.

"음… 그렇죠. 그럴 수도 있죠."

그가 지그시 웃으며 고개를 끄덕였다. 그는 방문 앞에 선 채 방문 너머로 보이는 그녀의 방 안을 찬찬히 살펴보았다. 어둡고 붉은 톤의 카펫과 창문 커튼, 방 안 가운데에 놓인 하얀 책상과 푹신해 보이는 베이지색의 책상 의자, 옅은 노란색 이불에 하얀 베개 그리고 침대 커버까지. 전체적으로 커튼 색상과 바닥 카펫 색을 제외하면 꽤 밝은 느낌이었다.

"뭘 보는 거예요?"

그녀가 퉁명스럽게 물었다.

"그냥 생각보다 방이 밝아 보여서요. 어두운 혜령 씨와는 다르게."

"…."

"어둡고, 날카롭고, 항상 날 서 있고, 그런 것과는 다르게 방은 꽤 밝고 예쁘구나… 싶어서요."

"…."

"혜령 씨 안에는 저렇게 밝고 예쁜 면도 있는 거겠죠?"

"오글거리게 무슨."

투덜거리듯 내뱉은 그녀의 말에 그가 활짝 웃으며 물었다.

"혜령 씨는 하루 중 제일 좋아하는 시간이 언제예요?"

"… 그건 왜 물어봐요?"

"그냥 궁금해서요. 거의 종일 이 방 안에 있을 텐데, 가장 좋아하는 시간이 언제인가 궁금해져서요."

그녀는 곰곰이 생각하다 나지막이 답했다.

"밤이요. 늦은 밤."

"왜요?"

그가 부드럽게 물었다.

선인장 꽃이 피었습니다

"어둠이 내려앉고, 모두가 잠든 조용하고도 고요한 시간이 내 생각을 온전히 정리하고 나만의 시간을 갖기 좋은 때거든 요."

"음…."

그는 천천히 고개를 끄덕이며 덧붙여 말했다.

"쉽게 감성적이어지고, 우울해질 수 있는 때이기도 하죠."

"…."

그녀는 잠시 가만 있다, 그에게 되물었다.

"그러는 지은호 씨는 하루 중 제일 좋아하는 시간이 언제인 데요?"

"나는… 동이 트는 새벽이요."

"왜요?"

"그때 내 하루가 시작되거든요. 꽃을 사러 가고, 하루를 시 작하고. 남들보다 이른 시간에 일어나 부지런히 몸을 움직이 는…. 그때가 제일 좋아요."

"진짜 안 맞네요, 나랑."

그가 웃으며 대답했다.

"그래요? 나는 꼭 맞지 않아도 괜찮다고 생각하는데."

"왜요?"

"각자 다 자신에게 맞는 생활 패턴이 있는 거잖아요?"

"생활 패턴이 다르면 함께하기에는 힘들겠죠."

"나랑 함께할 생각인가 보네요?"

"아니, 뭐! 꼭! 그렇다는 게 아니라! 내 말은…!"

발끈하며 둘러대는 그녀의 모습에 그가 피식 웃음을 터뜨렸다.

"그때요. 스스로 목숨을 끊겠다는 사람을 보러 갔을 때요."

이번엔 그가 진지한 얼굴로 입을 열었다.

"병원 옥상에서 그 사람에게 말하는 혜령 씨의 모습을 봤어요."

"…."

그의 말에 그녀는 그때를 떠올렸다. 병원 옥상에서 스스로 목숨을 끊으려던 그와 마주쳤던 순간, 그녀는 자신의 진심을 다해 그 사람에게 전했고, 그 사람은 옥상 바닥에 털썩 주저앉은 채 그간의 쌓아 온 고통을 쏟아 내고 있었다.

"막상 죽으려니까 살고 싶어지더라고 했잖아요?"

그가 조심스럽게 말을 이었다.

"혜령 씨는 그때 어떤 마음으로 그런 선택을 하려고 했어요?"

그녀가 아련히 답했다.

"이젠 제발 그 지긋지긋한 상황들이 다 끝났으면 하는 마음이요. 나의 내일이… 없었으면 하는 마음이요."

"…."

덤덤히 전하는 그녀의 마음에 그는 천천히 고개를 끄덕였다.

"그럼, 지금은 어때요?"

선인장 꽃이 피었습니다

"글쎄요…. 모든 걸 끝내고 싶지는 않지만, 아직도 그 지나온 시간들이 생생한 건 맞아요. 잊히지 않는 기억인 건… 여전해요."

"…."

그는 이번에도 말없이 고개를 끄덕였다.

"아버지라는 사람은 맨날 술에 찌들어 살고, 툭하면 물건을 부수고, 욕하고, 화내고. 어머니는 늘 나를 혼내거나 욕하고, 때리고 그게 일상이었죠. 어렸을 때부터 쭉."

그는 처음 듣는 그녀의 이야기에 묵묵히 귀를 기울였다.

"그래서 그 지긋지긋한 집에서 늘 도망치고 싶었어요. 아니, 모두가 날 비웃고, 손가락질하고, 욕하고, 도와주는 이 하나 없던 세상에서 도망치고 싶었어요."

"…."

"죽든 살든 오롯이 내가 나로서, 혼자 있고 싶다. 그렇게 생각했죠."

"…."

"그래서 무작정 고등학교를 졸업하자마자 집에서 도망쳐 나왔어요. 그리고 이 대저택에 들어오게 됐죠."

그는 말없이 그녀를 바라보았다.

"그땐 이 대저택에 아무도 없었거든요."

"…."

"버려진 처지가 나하고 비슷하다고 생각했어요. 허름하고 낡아 산속 깊숙한 외딴곳에 버려진 채 수명을 다하고 있는…
그 초라하고도 공허한 모습이.”

“….”

“그래서 계속 이곳에 머물렀어요. 어쩌다 보니 이곳의 주인
이 되었고, 대저택의 마녀가 된 거죠.”

“그랬군요.”

“근데… 지은호 씨를 만나고부터는, 죽어 가던 이를 살리고
온 그다음부터는, 왠지 그런 생각이 들어요.”

“?”

그녀가 아련한 눈빛으로 나지막이 말을 이었다.

“내가 그때 도망치지 않았더라면 지금쯤 달라졌을까. 그럼
난… 도망치지 말았어야 하는 게 맞는 걸까.”

“….”

묵묵히 듣고 있던 그가 조용히 입을 열었다.

“달라졌을 수 있겠죠. 하지만….”

“?”

그녀는 그를 바라보며 그의 다음 대답을 기다렸다.

“도망치는 게 꼭 나쁜 거라고만 생각하지는 않아요. 그땐 그
게 그 사람의 최선이었을 수도 있는 거니까.”

나지막이 말하는 그의 말이 왠지 모르게 그녀에게는 따스한
위로로 들려오는 듯했다.

“중요한 건 또 도망치지 않는 거죠.”

선인장 꽃이 피었습니다

"…"

그녀는 다시 그를 지그시 바라보았다. 그는 천천히 말을 이어 갔다.

"그땐 그게 최선이었을 수도 있지만, 지금은 나도, 상황도, 시간도… 모두 달라졌을 테니까요."

"…"

"자꾸 뒤를 돌아보게 될 땐 내가 그 시간을 잘 살아오지 못했다는 생각들 때문이니까, 앞을 걸어갈 땐 최소한 같은 선택은 하지 말아야 하지 않을까요?"

"…"

그의 말에 그녀도 천천히 고개를 끄덕였다. 그러고는 곧 달라진 눈빛으로 그를 바라보며 굳게 말했다.

"나도… 달라져 볼래요."

굳은 의지로 말했다.

"이젠 도망치지 않아 볼래요."

그는 그녀를 향해 환히 웃어 주며 고개를 끄덕였다.

"강해지고 단단해지려면 힘이 있어야 하니까, 지은호 씨가 좀 도와줄래요?"

그녀가 물었다.

"물론이죠."

그가 흔쾌히 대답했다. 그와 그녀는 서로를 마주 보며 환한 웃음으로 다시 세상에 나아가기 위한 마음을 다잡았다.

다시 일어설 준비

그로부터 얼마간, 다시 세상으로 나가기 위한 혜령의 특훈이 시작되었다.

"산속에 사는 사람이 그렇게 체력이 약해서야 쓰겠어요? 산 오르는 거 하나도 힘들어할 정도로."

"산속에 살아도 대저택 밖으로는 한 번도 나가 본 적이 없단 말이에요!"

"자랑이네요."

"씨!"

기초 체력 단련, 오룡산 등반부터 시작해서,

"그게 지금 세게 친 거예요?"

"세게 친 거 맞거든요?"

"이 정도 힘이면 진짜 어린애한테도 당할 힘이네…."

"아니 진짜!"

힘 강화 훈련,

"호신술은 자기 자신을 지키고 방어하는 기술이지 상대를 공격하고 이기는 기술이 아니에요."

"알아요, 나도. 그 정도는 알고 있다고요."

"그러니까 위험한 상황이 오면 재빨리 경찰에 신고부터 해요."

"신고해도 금방 안 오던데…. 와도 그냥 가고."

"그래도 신고부터 해요!"

"알겠어요, 알았다고요."

선인장 꽃이 피었습니다

호신술,

"늘 나한테 쏘아붙이듯이 나가서도 그렇게 목에 힘 빡! 주고, 기죽지 말고, 그렇게 당당하게 다녀요. 그러면 돼요. 할 수 있죠?"

"…"

"못 하겠어요?"

"아니요…. 할 수 있어요."

"대답은 크고 자신 있게!"

"할 수 있어요!"

정신력 수련 등 다시 세상으로 나가서도 쉽게 무너지지 않을 힘을 기르고 있었다. 넘어져도 꿋꿋하게 다시 일어나 걸을 힘을 길러 나갔다. 그렇게 얼마간, 그와 그녀의 혹독한 특훈이 끝나고 마침내 두 사람에게는 특훈의 마지막 날 밤이 찾아왔다.

"그동안 고생했어요."

두 사람은 대저택 앞마당 벤치에 나란히 앉아 오룡산의 밤하늘을 올려다보며 시원한 맥주 한 캔을 마시고 있었다.

"이제 제법 날도 선선하고. 가을이 왔네, 가을이 왔어."

맥주 캔을 든 그가 밤하늘을 올려다보며 나지막이 혼잣말로 중얼거렸다. 그녀 역시 나란히 오룡산의 밤하늘을 올려다보며 씩 웃었다.

"근데 진짜 오룡산 대저택 안에 발을 들인 사람은 내가 처음이에요?"

문득, 그가 물었다.

"음…."

골똘히 생각하던 그녀가 나지막이 답했다.

"발을 들인 사람이 처음은 아니고, 발을 들이고 오래 있었던 사람은 지은호 씨가 처음이죠."

"음…."

그는 고개를 끄덕이며 물었다.

"그럼, 그동안 그 많은 사람들이 혜령 씨가 진짜 마녀인 줄 알고 도망간 거예요?"

"그렇겠죠?"

"사람들하고는…. 어른이 돼서 무슨 마녀를 믿고, 겁을 먹고 도망을 가."

그는 도무지 이해할 수 없다는 듯 중얼거렸다.

"어른도 곧, 어린아이가 자라서 어른이 된 거예요. 흘러가는 시간에 지난 세월에 나이만 먹고 몸만 자랐지, 그 속은 아직도 여전히 그대로라고요."

그녀가 나지막이 받아쳤다.

"그래도 그렇지. 살다가 평지, 풍파 다 겪고 하다 보면 그런 게 무섭겠어요? 사람이 제일 무섭지!"

"뭐, 그건 그렇죠."

그녀도 고개를 끄덕이며 동의했다.

"혜령 씨는… 귀신 같은 거 안 무서워해요?"

선인장 꽃이 피었습니다

"다 큰 어른이 뭐 그런 걸 무서워하냐면서요."

"그래도 그 속은 그대로라면서요."

"…."

그녀는 뜸을 들이다 답했다.

"나는… 그런 거 안 무서워요. 내가 살아왔던 세상이 제일 무섭지. 귀신, 좀비, 벌레… 뭐 그런 건 별로."

그가 고개를 끄덕이며 말했다.

"세상에 귀신, 좀비 그런 게 어디 있어. 눈에 보이지도 않는데."

"왜요?"

그녀가 물었다.

"?"

"세상에 꼭 눈에 보이는 것만 있는 건 아니에요. 꼭 증명할 수 있는 것만 존재하는 건 아니라고요."

"그런 거 안 무섭다면서요. 있다고는 믿어요?"

그가 물었다.

"그럼요! 난 귀신 실제로 직접 본 적도 있는데?"

"에이…."

"진짜로요! 산에 살면 별걸 다 봐요. 지은호 씨는 살면서 한 번도 그런 거 본 적 없어요?"

"없어요, 전혀. 한 번도."

"단 한 번도?"

"네."

그가 단호히 답했다.

"음… 그렇구나. 역시 기가 센가 보네."

"칭찬이에요, 욕이에요?"

"칭찬도 욕도 아니에요. 그냥 별 뜻 없이 얘기한 거예요."

그가 미심쩍은 표정으로 그녀를 바라보았다.

"지은호 씨는 그럼 뭐 무서워하는 거 없어요?"

"아까 말했잖아요, 사람이 제일 무섭다고."

"사람 말고는 없어요?"

"글쎄요. 뭐, 딱히 별로…."

"네…."

그녀는 그런 그의 답변이 마음에 들지 않는지 비꼬며 말했다.

"하긴 그러시겠죠. 연쇄 살인범도 잡은 태권도 유단자씩이
나 되시는 분이 어련하시겠어."

"태권도 유단자도 사람이거든요?"

"알아요. 태권도 유단자도 사람이고, 무서운 건 무서운 거라
는 거."

티격태격하던 그녀와 그가 오룡산의 밤하늘을 올려다보고
짙고 넓은 오룡산의 밤하늘에 촘촘히 수놓은 작고 반짝이는 별
들을 보며 그녀가 나지막이 입을 열었다.

"전에… 내가 궁금하다고 했었죠?"

"?"

선인장 꽃이 피었습니다

"나에 대해서요."

"…."

"좀 많이 길고 어두운 얘기를 할 건데, 그래도 들을 거예요?"

"…."

그는 묵묵히 생각하다, 이윽고 그녀를 바라보며 천천히 고개를 끄덕였다.

"전에도 말했듯이, 내 아버지라는 사람은 내가 아주 어렸을 때부터 술주정뱅이에, 술에 찌들어 사는 알코올 중독자였어요."

그녀는 나지막이 자신의 이야기를 시작했다. 아주 길고도 어둡고 슬픈 이야기를.

"거기다 손버릇도 험해서 엄마도 때리고, 나한테도 못되게 했죠. 맨날 욕하고, 때리고, 술병 집어던지고. 그러고 나면 엄마는 또 나한테 못 살겠다고, 집 나간다고, 이혼하자고 난리였어요."

그는 묵묵히 그녀의 이야기에 귀를 기울였다.

"아빠가 번듯한 가장 노릇을 못 하니, 당연히 가장 노릇은 다 엄마의 몫이었죠. 새벽같이 집에서 나가 달이 뜨고 어둠이 내려앉으면 그때야 밤늦게 집으로 돌아왔어요. 단 몇 시간 자고 또 나가고. 그렇게 하루 벌어, 하루 먹고살고는 했죠."

"…."

"지금 생각해 보면 엄마가 이해 안 가는 건 아니에요. 엄마도 혼자 쓸쓸히, 외로이, 너무 고단하고 고통스러운 시간을 보냈을 테니까요."

"…."

"그래도 미웠어요. 너무 좋아했던 만큼, 누구보다 사랑받고 인정받고 싶었던 존재였던 만큼 더 밉고 더 아팠죠."

"…."

"엄마는 늘 아무짝에도 쓸모없고 도움 하나 되지 않는 날 욕하고, 때리고, 나무랐어요. 어느 날은 회초리를 들고, 어느 날은 뺨을 때리고, 또 어느 날은 머리채를 잡거나 발로 차기도 했어요. 또 심하면 어떤 날은… 칼을 들기도 했죠."

그녀는 슬픈 눈으로 덤덤히 말을 이어 갔다.

"그래서 늘 학교 갔다가 끝나면 집에 가기 싫어서 집 주변을 빙빙 몇 바퀴고 맴돌다 마지못해 들어가고는 했어요. 그러다가 학교가 끝날 시간이 한참 지났는데도 집에 돌아오지 않으면, 그땐 또 그때대로 욕을 먹고 혼나고는 했죠."

"…."

"학교에 가도 내 편이 없는 건 마찬가지였어요. 다들 날 보며 수군대고, 비웃고, 손가락질하고, 욕하고. 가까이 가면 썩는다며 어느 누구 하나 내 근처에 오는 애들도 없었죠."

"…."

"그저 어린애들의 철없는 장난이라기에는 가혹했고, 어른들은 이를 보고 늘 같은 이야기를 했어요. 네가 잘하면 된다. 너

선인장 꽃이 피었습니다

만 잘하면 애들이 널 괴롭히지 않을 거다. 그럴수록 네가 더 단단해져야 한다. 전부 내가 바뀌어야 한다는 말뿐이었죠."

그녀는 한숨 고르고는 말을 이어 갔다.

"사는 게 늘 살얼음판을 걷는 것 같았어요. 홀로 외롭고 쓸쓸히 불안에 떨며, 집에서 큰 소리가 나면 방에서 혼자 숨죽여 울고는 했죠. 나는 왜 이렇게 살까, 내 인생은 왜 이럴까, 나는 왜 이렇게 쓸모없는 인간인 걸까, 내가 재수가 없어서 나에게 이런 일들이 자꾸 일어나는 것일까. 늘 내 탓을 하고, 자책하곤 했죠."

그는 슬픈 눈으로 덤덤히 말을 이어 가는 그녀를 지그시 바라보았다.

"누군가에겐 좋았던 추억이자 풋풋했던 그 시절이 나한테는 그저 컴컴하고 숨 막히는, 절대 돌아가고 싶지 않은 지옥이었어요. 그 어둠에서, 지옥에서 벗어나기를 간절히 바라고 또 바랐죠. 눈을 감으면 그다음 날은 눈을 뜨지 않기를 바랐어요."

덤덤히 말을 이어 가던 그녀가 고개를 돌려 그를 바라보았다. 그러고는 그를 향해 슬픈 미소를 지으며 물었다.

"너무 어둡고, 무겁고, 칙칙한 이런 얘기, 지겹죠? 듣는 것도 힘들고."

그는 지그시 웃으며 나긋하게 말했다.

"아니요. 사람은 누구나 무겁고, 칙칙한 면이 다 있기 마련이잖아요. 겉으로 드러내지 않을 뿐. 누구나 숨기고 싶고, 드러내고 싶지 않은 그런 부분을… 나한테 보여 줘서 고마워요."

그의 따뜻한 위로에 그녀는 눈물이 글썽이는 눈으로 환히 웃어 보였다.

"그런 시간조차 잘 버텨 내 줘서 고맙고, 기댈 곳도, 의지할 곳도 없이 혼자 참아 내고 삭이느라 많이 힘들었을 텐데 그래도 잘 살아 내 줘서 고마워요."

"…."

"혜령 씨가 있는 그 어둠이, 아직도 빠져나오지 못한 채 여전히 살아가고 있는 그 어둠이, 얼마나 어둡고 깊으며 무거운지 나는 잘 알지 못하지만… 어둠을 함께 이겨 낼 수는 없어도, 함께 버텨 줄게요. 곁에서 홀로 외로이 쓸쓸하지 않게, 떠나지 않고 같이 버텨 줄게요."

어느새 글썽이던 그녀의 눈에서 흘러나오는 눈물은 그녀의 두 뺨을 타고 흘러내렸다. 그녀는 환하게 미소 지으며 그를 향해 고개를 끄덕였다.

"그러니까, 이제 도망가지 마요."

그가 나긋이 말했다. 그녀는 환한 미소로 다시 한번 고개를 끄덕였다.

선인장 꽃이 피었습니다

재회

    높이 우뚝 선 빌딩들, 숨 막히듯 길을 꽉 채우는 사람들, 도로 위를 울리는 자동차 소리. 그 도심 한복판에 그와 그녀가 서 있었다.

    "괜찮아요?"

    은호가 혜령을 향해 나긋이 물었다.

    "…"

    혜령은 잔뜩 긴장한 듯 말없이 살짝 고개를 끄덕였다.

    "그럼, 이제 모자랑 마스크 벗고 저 앞까지 걸어가 봐요. 다른 건 신경 쓰지 말고 그냥 앞만 보고 걸어요. 생각보다 사람들은 그렇게 혜령 씨한테 관심 없을 테니까."

    그녀는 무겁게 고개를 끄덕이며 살며시 커다란 점퍼에 달린 모자와 새하얀 마스크를 벗어 보았다.

    "이제 처음 자전거를 타듯이, 바닥에서 발 떼고 앞만 보고 달리는 거예요. 혜령 씨도 앞만 보고 꼿꼿이 걸어요. 당당하게, 자신 있게."

그녀는 그의 말대로 용기를 내어 당당하고 자신 있게 꼿꼿이 허리를 펴고, 고개를 들어 한 발 한 발 내딛기 시작했다.

"잘하고 있어요."

그는 뒤에서 그런 그녀를 응원해 주었다. 그녀는 걸으며 지나가는 사람들을 슬쩍 살펴보았다. 말끔한 정장 차림의 사람, 예쁜 치마를 입은 사람, 안경을 쓴 채 핸드폰으로 전화를 하는 사람, 저마다 수다를 떨며 길을 걸어가는 사람. 수많은 사람이 제각각 저마다의 길을 걸어가고 있었지만 아무도 그녀에게는 눈길 한번 주지 않았다.

"어때요? 생각보다 괜찮죠?"

천천히 뒤따라오며 묻는 그에, 그녀는 말없이 고개를 끄덕였다. 자신을 보며 비웃고 놀려 대던 시선들. 이제 이곳엔 그 누구도 그녀를 쳐다보며 비웃고 수군대는 이는 아무도 없었다.

"그렇게 걸어요. 저 많은 사람 중에 섞여 가는 그저 한 사람이다, 생각하고. 그렇게 걷다가 누군가 한 번씩 혜령 씨를 쳐다보거나 누군가 한 번쯤 혜령 씨를 보며 비웃고 수군거리며 욕해도 혜령 씨는 그냥 가던 대로 쭉 가면 돼요. 당당하게, 앞만 보고."

그녀는 무겁게 고개를 끄덕였다. 저 많은 사람 중에 섞여 가는 그저 한 사람이다, 생각하고. 그녀는 굳은 의지로 꼿꼿이 한

선인장 꽃이 피었습니다

발 한 발 걸어가기 시작했다. 아무도 자신을 쳐다보지 않는 세상 사람들과 누구도 자신을 욕하지 않는 이 길에, 그녀는 흔들림 없이 당당히 걸어갔다. 기분이 이상했다. 마음이 들끓고, 눈에는 서서히 눈물이 차올랐다. 7년간 등졌던 세상과 마주한 순간, 그녀는 그 넓은 세상에 당당히 맞서고 있었다. 그 누구의 도움도 없이 그저 스스로의 힘으로 걷고 있었다.

그 후로, 그녀는 그 없이 혼자 길을 걷기 시작했다. 정처 없이 그저 걷고 또 걸었다. 아주 오랜만에 걷는 긴 여정이었다. 얼마쯤 걸었을까, 그녀의 눈에 아주 작은 한 아이가 들어왔다. 바쁘게 지나가는 사람들 속 저 멀리 꾀죄죄한 몰골로 넋이 나간 듯 혼자 서서 지나가는 사람들을 멍하니 바라보고 있는 그 아이는… 아주 작고 여린 아이였다.

그녀는 그 작고 여린 아이를 향해 한 발 한 발 천천히 조심스럽게 다가가기 시작했다. 그리고 아이와 가까워질수록 아이의 얼굴에 새겨진 눈물 자국이 선명히 드러났다. 그녀는 아이의 앞에 멈춰 서서 그대로 몸을 숙인 채 찬찬히 아이를 살펴보았다. 잘 보이지는 않았지만, 아이의 몸 이곳저곳에 멍 자국이 보이는 듯했다. 그녀는 곧 아이와 눈을 맞추고 차분히 물었다.

"왜 여기 이러고 있어? 부모님은 같이 안 오셨어?"

"…."

아이는 넋이 나간 얼굴로 아무런 대답도 하지 않았다. 그녀는 아이의 멍 자국을 보며 조용히 중얼거렸다.

"많이 아팠겠다."

그러고는 이어 아이를 향해 슬픈 눈으로 나긋이 물었다.

"한 번만 안아 봐도 될까?"

"…."

아이는 아무 말 없이 그저 흐린 눈으로 그녀를 쳐다보다, 한참이 지난 후에야 살짝 고개를 끄덕였다. 그녀는 환하게 웃으며 대답했다.

"고마워."

그러고는 이내 조심스럽게 아이를 따스히 안아 주었다.

"그래도… 너는 너무 미워하지 마. 네 잘못이 아니니까."

그녀는 아이를 살포시 끌어안은 채 조심스럽게 아이의 등을 토닥여 주었다. 지옥을 살았던 자신의 어린 날처럼, 그 아이의 미래 또한 절망만이 기다리고 있지 않기를. 그 작고 여린 아이가 자신처럼 스스로를 너무 미워하며 가둬 두지 않기를, 그녀는 간절히 바랐다.

"마혜령?"

아주 오랜만에 들어보는 목소리였다. 정처 없이 어디론가 걷고 있던 그녀의 귀에 반갑지 않은 누군가의 목소리가 들려왔다. 그녀는 떨리는 마음으로 천천히 뒤를 돌아보았다. 철테 안경에 날카로운 얼굴, 각 잡힌 정장. 시간이 흘렀어도 그의 얼굴

선인장 꽃이 피었습니다

은 여전히 남아 있었다. 생생한 그 목소리까지도.

"너 마혜령 맞지?"

그가 반가운 표정으로 물었다.

"…."

"야, 진짜 몰라보겠네!"

그는 너스레를 떨며 말했다.

"나 너랑 같은 학교 나왔는데, 기억 안 나?"

"…."

"아… 너무 오래돼서 기억이 안 나나?"

"…."

"야, 근데 너 진짜 용 됐다. 어렸을 땐 진짜 꼬질꼬질하고 거지 같았는데."

그는 여전해 보였다.

"어디 살아? 이 동네 살아? 좀 사나 보네, 이제는?"

"…."

"야, 말 좀 해 봐. 혼자 머쓱하잖아."

슬픔과 분노에 가득 찬 눈으로 들끓는 마음을 애써 꾹꾹 눌러 담으며 그녀가 덤덤히 답했다.

"아… 너 기억난다."

"그치? 기억나지?"

환하게 웃는 그의 얼굴을 보며 그녀는 쓴웃음을 지어 보였다.

"어. 너 기억 나, 아주 생생하고 또렷하게."

"허, 뭐 그렇게까지."

그가 멋쩍은 웃음을 지었다.

"예전에 네가 계단 옆에서 내 멱살 잡고 네 친구 좋아하면 죽여 버린다고 협박했었잖아. 아주 무서운 얼굴로."

"뭐?"

그녀는 덤덤하고도 태연하게 말을 이어 갔다.

"기억 안 나? 나는 너무 기억 잘 나는데."

"아… 내가 그랬나?"

그는 조금 당황한 듯 보였다.

"어렸을 때라 철없어서 그랬나 보지. 그리고 네가 좀 꼬질꼬질했냐. 솔직히 내 친구한테는, 어휴… 완전 아니긴 했지."

그녀가 나지막이 말했다.

"그치. 지금도 그렇게 생각할 거 아니야."

"아니? 그때는 어렸을 때잖아. 너도, 나도 지금은 많이 바뀌었고. 야, 그리고 설마 내가 뭐 너 진짜 죽이기야 했겠냐? 그냥 겁주려고 장난 좀 친 거겠지."

"장난?"

그녀는 장난이라는 말에 조용히 발끈했다.

"그래! 장난. 뭐, 어렸을 때야 무슨 장난인들 못 치겠냐, 한창 그럴 나이인데. 너야말로 뭐 어렸을 때 일을 아직도 기억하고 그러냐? 너도 참 소심하고 좀스럽네."

그녀는 허탈한 웃음을 내뱉었다.

선인장 꽃이 피었습니다

"그랬구나…."

그러고는 곧 살벌한 눈빛으로 그를 쳐다보며 조용히 말했다.

"난 또 그때 네가 하도 살벌한 눈빛으로 계단 옆에서 나 벽에 밀어붙이면서 내 멱살 잡고 나 죽여 버린다고 하길래, 진짜 나 죽여 버릴 건 줄 알고 완전 쫄아 있었잖아? 무서워서!"

그녀는 곧 미친 사람처럼 기괴한 미소를 얼굴 가득 지으며 덧붙여 말했다.

"너 그때 진짜 무서웠는데…."

"…."

살짝 기세 눌린 그가 너스레를 떨며 대꾸했다.

"야, 뭘 또 그렇게 다 지난 얘기를 세세하게 기억해. 너도 참 너다. 너 평소에 성격 좀 예민하지? 그런 거 막, 다 기억하고 그런 사람들 보면 좀 감정이 여리고 예민하더라고. 이 험한 세상은 어떻게 살아가나 몰라."

그녀는 말없이 그를 쏘아보았다.

"야, 아무튼, 다 지난 얘기는 그만하고. 나는 그래도 같은 학교 동창이라고 오랜만에 얼굴 보이길래 반가워서 인사한 건데 네가 또 그렇게 예민하게 나올 줄은 몰랐네. 뭐, 알은체해서 불편했다면 미안하다."

"아니?"

"?"

"네가 미안해야 할 건… 알은체해서 날 불편하게 한 게 아니라 그날 네가 나한테 했던 행동에 대해서지."

그녀는 곧 독기 가득한 눈으로 웃으며 쏘아붙였다.

"예민? 그래. 사람들이 꼭 자기가 안 당해 보면 예민하다고 그러더라. 막상 자기가 당해 보면 그렇게 쿨하게 받아들이지도 못할 거면서. 쿨하게 받아들여도 그래, 장난은 받아들이는 사람도 장난이어야 장난인 거잖아? 언제부터 장난이, 나만 재미있는 게 장난이 됐을까?"

"야, 마혜령, 그만해라?"

그가 정색하며 살벌한 표정을 지어 보이자, 그녀가 웃으며 말했다.

"그래, 그 표정. 바로 그 표정이었어. 날 벽에 밀치며 내 멱살을 잡고 날 협박하던 때의 그 살벌한 표정이… 바로 그 표정이었다고."

"그래서 뭐."

그가 코웃음 치며 말했다.

"그래서 뭐 어쩌라고, 이제 와서. 뭐, 사과라도 하라고? 아니면 뭐, 지금 여기서 무릎 꿇고 빌기라도 할까?"

"아니. 사과하지 마."

그녀가 정색하며 말했다.

"너 어차피 이제 와서 다 지난 일에 대해 진심으로 사과 같은 거 할 생각조차 없잖아. 그러니까 사과하지 마."

"그럼 뭐 어쩌라고!"

선인장 꽃이 피었습니다

그는 그녀를 향해 욕을 하며 화를 냈다. 그리고 그녀는 이에 지지 않고 꿋꿋하게 받아쳤다.

"지금 기분 되게 더럽지? 그냥 그렇게 살아! 그 마음 쭉 가지고. 내 마음속에 네가 그런 기분이었던 것처럼, 너도 그렇게 살아. 그리고 다시는 오며 가며 마주쳐도 서로 인사하는 일 없게."

"…."

"네가 날 싫어했듯 내가 널 싫어하고, 내가 널 싫어하듯 네가 여전히 날 싫어하도록. 그렇게 서로 용서하지 말고 평생 가슴에 묻고 미워하며 살자고."

그는 기가 막힌 듯 코웃음을 쳤다.

"야."

그리고 그녀는 그런 그를 아랑곳하지 않은 채 그대로 꿋꿋이 그를 지나쳐 갔다.

"야! 마혜령!"

그래도 그렇게 마음속에 있던 말을 털어놓고 나니 조금은 마음이 풀리는 듯했다. 오래 묵은 무거운 짐 덩어리를 마음속에서 던져 내 버린 것만 같았다. 오랫동안 나오지 못했던 그 속에서 이젠 스스로의 힘으로 걸어 나오고 있었다. 스스로의 의지로 꿋꿋이, 묵묵히 제 갈 길을 걸어가고 있었다.

"야, 오룡산 그 새끼 간 지 벌써 몇 달이지?"

"오룡산? 누구?"

"아, 왜 그 있잖아. 일곱 번 넘어져도 여덟 번 일어나는 오뚝이."

"아아, 걔?"

좁고 어두운 골목 아래 남학생들은 무리 지어 수군대고 있었다.

"그러게. 걔 간 지 벌써 몇 달이 지났냐? 야, 시간 참 빠르다."

"아련하다. 추억 돋네!"

"야, 그래도 그 새끼 우리 덕분에 뉴스도 탔잖아."

그들 중 한 남학생이 깔깔대고 웃으며 뉴스 앵커 흉내를 내기 시작했다.

"어젯밤 늦은 시각, 오룡산에 갔던 한 10대 A모 군이 또다시 실종되며…"

"야, 그래도 그 새끼 우리 덕에 죽어서나마 뉴스 탄 거지, 뭐. 평생 뉴스 탈 일이 있겠냐?"

남학생들은 공감하며 일제히 웃음을 터뜨렸다.

"야, 그래도 나 그때 진짜 무서웠잖아."

한 남학생이 말했다.

"왜, 학교에 걔네 엄마 찾아오고, 울고불고 난리 쳤을 때. 혹시나 우리가 그 새끼 오룡산으로 보낸 거 알려지면 어쩌나 하고."

선인장 꽃이 피었습니다

다른 남학생이 별거 아니라는 듯 받아쳤다.

"야, 알려져 봤자 어쩔 거야. 우리가 뭐, 걔 직접 죽인 것도 아니고, 오룡산도 제 발로 걸어갔는데."

"그래도… 우리가 등 떠민 건 맞잖아. 죽으라고."

한 남학생이 소심하게 대꾸했다.

"아휴! 이 간땡이 주먹만한 새끼. 야, 그때 우리가 오룡산 갈 거냐고 했을 때 그 새끼 지가 간다고 했고, 그때 교실 안에서 보고 있던 새끼들도 아무도 안 말렸으니까 따지고 보면 다 공범인 건데, 그걸 누가 불겠냐? 그걸 누가 입 털겠어? 어떤 정신 나간 새끼가."

"야, 그리고 폭로해 봤자야. 우리 아빠 변호사라니까?"

"아, 그러네! 맞네! 쟤네 아빠 잘나가는 변호사잖아. 무슨 대형 로펌이랬나?"

남학생들은 또 한 번 박장대소하며 웃음바다가 되었다.

"너희들이었어?"

"?"

컴컴한 어둠 속, 그들의 뒤에서 한 여자의 목소리가 들려왔다. 커다란 점퍼의 모자를 눌러 쓴 작은 체구의 여자.

"뭐야, 저건 또."

남학생 무리 중 우두머리인 듯 보이는 한 남학생이 정색하며 중얼거렸다.

"그때 뉴스에 나온 오룡산에서 실종된 학생, 너희들이 한 짓이었냐고."

여자는 아랑곳하지 않고 남학생들을 향해 날카로운 눈빛으로 되물었다.

"그런데요, 뭐. 학생인지 아줌마인지, 가던 길이나 가세요."

남학생이 코웃음 치며 말하자, 뒤에 있던 다른 남학생들도 수군대며 그녀를 비웃기 시작했다.

"가라고. 괜히 끼어들지 말고."

남학생이 살벌한 얼굴로 그녀를 향해 경고했다.

"지금이야 무서운 거 하나 없이 그저 재미있지?"

그녀가 깔깔대고 웃는 남학생들을 향해 조용히 물었다.

"보내 줄 때 가라?"

남학생이 살벌한 표정으로 경고했다.

"그런데 말이야⋯."

그녀는 남학생들을 쏘아보며 마치 저주라도 걸듯 살벌하게 말했다.

"30년 후에 네가 갑자기 시한부 판정을 받아서 죽을 수도 있고, 10년 후에 네가 몰던 외제 차가 덤프트럭에 받혀 죽을 수도 있고, 아니면 재수 없게 내일 당장 길 가다 넘어져서 뇌진탕에 걸려 죽을 수도 있어. 그것도 아니면⋯ 재수 없게 길 가다 묻지 마 살인범한테 칼을 맞아 죽을 수도 있겠지."

"뭐라는 거야, 이 미친년이."

그녀는 남학생들을 한 명 한 명 쳐다보며 말했다.

선인장 꽃이 피었습니다

"그때도 너희들이 무서운 게 하나도 없을 것 같아?"

"…."

"목숨 앞에 인간은 다 하찮은 거야. 그러니까 너도 잘살든 못살든, 어느 날 아주 갑자기… 고통스럽게 죽어. 죽음 앞에 무력한 인간답게. 그게 네가 받을 수 있는 천벌이자, 최고의 벌이겠지."

"이… 씨! 진짜!"

"남의 목숨을 소중히 여기지 않은 네 죗값은 최대한 처참히 죽는 거야. 이번 생이 아니라면 다음 생에, 다음 생이 아니라면 그다음 생에. 지금 너는 행복해도 너의 그 모든 것들이 다 행복할 수는 없을 거야. 네가 무심하게 짓밟아 버린 것들이 언젠가는 너의 모든 것들을 무너뜨려 버릴 테니까."

그녀는 마지막까지 살벌하게 경고한 뒤, 그대로 유유히 걸어 골목을 빠져나가고 있었다.

"뭐라는 거야, 저 미친년은."

"재수 없게, 진짜."

"휴가다!"

혜령의 승낙으로 대저택 식구들은 7년 만에 첫 휴가를 떠나게 되었고, 7년 만에 처음으로 오룡산을 벗어나 도심으로 나온 직원들은 잔뜩 들떠 있었다.

"멀리 떠나자!"

"완전! 신나요!"

높은 건물이 빼곡히 들어차 있는 도심 속 풍경과 멋들어지는 한옥, 옛 궁궐도 보고 맛있는 음식들도 먹으며 대저택 식구들은 모두 즐거운 휴가를 보내고 있었다.

"와! 숙소 끝내준다!"

"이게 진짜 호텔이구나!"

나무로 된 원목풍의 호텔 로비와 엘리베이터, 회색빛이 도는 체크무늬 카펫의 복도와 도심 속 풍경이 한눈에 들여다보이는 방 안의 커다란 통창까지. 모든 것이 완벽하고 멋있었다.

"와, 가을의 낭만!"

"이래서 사람들이 호캉스, 호캉스 하나 봐요!"

"세상에, 이 TV 좀 봐요! 벽걸이에 화면이 엄청 커!"

"와, 여기 화장실 봐요!"

"침대는 또 왜 이렇게 좋아?"

"옆방도 이렇게 되어 있으려나? 옆방도 놀러 가 볼래요?!"

대저택 직원들은 모두 한껏 들뜸에 좀처럼 쉽게 사그라들 줄을 몰랐다. 혜령은 숙소 자신의 방에 짐을 푼 뒤 방을 한 번 둘러본 다음 창밖을 바라보았다. 높고 드넓은 푸른 하늘 아래 낮고 높은 건물들이 빼곡히 들어차고, 붉고 노란 잎들이 건물 사이사이를 메우고 있는 도심 속 풍경이 그녀의 눈에 들어왔다.

"돈이 좋긴 좋네….'

그녀가 나지막이 중얼거렸다.

오룡산 대저택 식구들이 저녁 식사를 마치고 모두 각자 저마다의 시간을 보내고 있을 무렵, 왕 집사는 홀로 호텔 주변의 산책길을 걸었다. 오색찬란하게 물든 단풍잎들이 하나둘 길 위로 떨어지고, 왕 집사는 쌀쌀한 날씨에 옷깃을 여민 채 천천히 길을 걸어 나가고 있었다. 그렇게 얼마쯤 걸었을까, 저 멀리 그녀의 눈앞으로 낯익은 한 중년 남성의 얼굴이 어렴풋이 보였다.

"!"

그를 본 왕 집사의 낯빛이 창백해지고 마침 그녀와 눈이 마주친 그도 멈칫 그 자리에 발걸음을 멈춰 세웠다. 두 사람은 그렇게 서로를 마주 보며 한참을 말없이 그곳에 서 있었다.

"오랜만이야. 잘… 지냈어?"

한참 후, 중년 남성이 얼굴에 흐릿한 미소를 지으며 부드럽게 물었다. 이제는 제법 세어 버린 2 대 8 가르마의 머리, 수심이 가득해 보이는 그늘진 얼굴, 수더분한 차림의 복장까지. 7년 만에 보는 얼굴이었다.

"…"

왕 집사는 복잡한 마음으로 한동안 말없이 멀찍이 떨어져 있는 그를 바라보았다. 그리고 이내 한 걸음 한 걸음 천천히 그를 향해 다가갔다.

"당신도… 잘 지냈어?"

왕 집사는 슬픈 눈빛으로 아련히 그를 향해 물었다.

"나야… 뭐."

그가 흐릿한 너털웃음을 지으며 대답했다.

"당신은 좋아 보이네."

그가 왕 집사를 향해 말했다.

"…."

"다행이야, 좋아 보여서. 이젠 당신이 좀 괜찮아졌길 바랐거든."

"…."

"우리 민서 그렇게 가고 나서 당신이 무너지고, 슬퍼하고, 절망하는 거 볼 때마다 나도 참 힘들었으니까."

"…."

'민서'. 오랜만에 듣는 그 이름에 그녀는 마음이 욱신거리고 아파 왔다. 눈에는 크고도 또렷한 눈물이 차오르고, 한없이 그립고도 사무쳤던 감정이 다시금 밀려오고 있었다.

"엄마, 나 학교 안 가면 안 돼?"

"그게 무슨 소리야, 뚱딴지같이?"

아침부터 정신없이 바쁜 와중에 딸아이까지 말 같지도 않은 소리를 해 오니 그녀는 짜증이 치밀어 올랐다.

"나 학교 가기 싫어…."

조심스럽게 말하는 딸아이에, 그녀는 단호하게 딸의 이름을

선인장 꽃이 피었습니다

불렀다.

"김민서!"

잔뜩 주눅 든 채 입도 쩍 떼지 못하는 딸아이를 향해 그녀는 차갑게 되물었다.

"그게 무슨 말이야, 도대체, 학교를 왜 가기 싫다는 건데."

딸아이는 울먹이며 힘겹게 말을 꺼냈다.

"나… 힘들어, 엄마."

그녀는 깊은 한숨을 내쉬며 차갑게 말했다.

"어디 뭐, 너만 힘드니? 우리나라 고등학생들 다 힘들어! 세상에 안 힘든 일이 어디 있어! 뭐, 학교 안 다니는 사람들은 안 힘들 것 같아? 그 사람들도 다 힘들어! 세상 사는 사람들 다 힘들다고!"

"엄마, 나…"

"너 그런 약해 빠진 정신 상태로 뭐 해 먹고살려고 그래? 앞으로 이 험한 세상 어떻게 살아갈 거냐고!"

"…."

그녀는 깊은 한숨을 내뱉으며 다시 차분히 물었다.

"그래서, 학교 다니기 싫어서 학교를 안 다니면, 도대체 뭘 할 건데."

"검정고시 보면 되잖아."

딸아이의 대답에 그녀는 기가 막힌 듯 되물었다.

"뭐?"

"대학은… 수능 보고 가도 되고."

"김민서!"

엄마는 한층 더 단호하게 쏘아붙였다.

"너 뭐, 검정고시로 졸업장 따고 수능 봐서 대학 가는 건 쉬운 줄 아니? 그렇게 대학 갔다 쳐! 졸업하면 뭐, 사회생활 하면서 차별 같은 거 없을 것 같아? 아니? 천만에! 검정고시로 그냥 저냥 졸업장 딴 거랑 치열하게 학교생활 하면서 졸업장 딴 거랑은 또 다르다고! 너 그것도 사회 나가서 얼마나 무시당하는 줄 알아?!"

그녀는 쉴 새 없이 잔소리를 이어 갔다.

"최종 학력? 최종 학교 성적? 중요하지! 다 중요해! 근데 너 그렇게 잘할 수 있어? 지금 학교도 다니기 싫다고 때려치우겠다는 마당에 그렇게 잘 해낼 수 있겠냐고! 그렇게 썩어 빠진 정신머리로!"

"…."

딸아이는 고개를 떨군 채 숨죽여 울고 있었다.

"봐! 너 지금 또 내가 하는 말에 상처받아서 그렇게 우는 마당에 참 걱정이다, 너도. 앞으로 이 험한 세상 어떻게 살아가려고 그러는지."

"엄마, 나 그럼 전학 가면 안 돼? 나 진짜 이 학교는 다니기 싫어."

"왜. 도대체 왜 그렇게 학교가 다니기 싫다는 건데!"

선인장 꽃이 피었습니다

"애들이 나 괴롭혀…."

"민서야."

그녀는 깊은 한숨을 내쉬며 말했다.

"그거 다 한때야! 철없고 생각 짧은 애들이나 그런 거지! 너 사회생활 하면 괴롭히는 사람 없을 것 같지? 안 그래! 사회생활 해도 똑같아! 어딜 가나 괴롭히는 사람 한 명쯤은 꼭! 있다고! 그럼, 그때마다 또 그 회사 관둘 거야?"

"…."

"너는 네 할 일이나 열심히 해. 그러면 돼. 그럼 애들이 너 못 괴롭혀. 아니? 안 괴롭혀! 묵묵히 네 할 일이나 열심히 하는데 애들이 괴롭힐 일이 뭐가 있겠어!"

"…."

"공부만 잘해도 애들이 너 만만히 못 봐. 애들이 너 건드리지도 못한다고!"

"…."

"엄마 출근해야 해. 나중에 얘기해."

그녀는 그렇게 말하고는 출근을 서둘렀다. 그리고 그것이 그녀가 본 딸아이의 마지막 모습이었다. 그날. 그녀에게는 두 통의 전화가 걸려 왔다. 한 통은 딸아이가 학교에 오지 않았다는 전화, 그리고 다른 한 통은… 딸아이가 응급실로 실려 왔다는 전화였다.

그녀는 전화를 받은 뒤 반쯤 정신이 나간 상태로 부랴부랴

응급실로 향했다. 그리고 그런 그녀를 기다리고 있던 것은 하얀 천에 덮인 딸아이의 창백한 모습이었다.

"민서야. 민서야!"

그녀는 울부짖으며 그대로 실려 나가는 딸아이를 쫓아갔지만, 그녀가 할 수 있는 것은 이제… 아무것도 없었다.

"어머니, 안녕하세요. 저 민서 상담 선생님인데요, 혹시… 모르셨어요? 민서가 그동안 학교에서 아이들한테 쭉 심한 괴롭힘을 당해 왔나 보더라고요. 꽤 오래 이어져 온 걸로 아는데, 민서가 집에서는 티를 안 냈나 보네요."

"저 집 딸이 베란다에서 뛰어내렸대, 글쎄."

"어머! 어머! 세상에나!"

"아줌마, 우리가 했다는 증거 있어요? 왜 생사람을 잡고 난리야."

"아줌마, 아줌마도 어차피 몰랐잖아?! 우리도 몰랐어! 걔가 그렇게 될 줄. 정말이라니까?"

"담임으로서 정말 죄송합니다. 민서가 그런 줄도 모르고… 참 부끄럽습니다. 뭐라 드릴 말씀이 없네요."

"담임이 그래요? 담임도 알고 모른 척한 건데…. 민서한테 좋은 대학 가고 싶으면 조용히 입 다물고 있으라고 했대요."

하나뿐인 딸의 죽음으로 혼란스러운 그녀에게 세상이 남겨 준 것은… 절망뿐이었다.

"민서 어머니, 민서 죽음에 대해서는 저희도 정말 유감스럽게 생각하고 있습니다. 민서 학생, 참 똑똑하고 학교에서도 성실하고 바른 학생이었죠."

"하시고 싶은 말씀이 뭔가요."

"근데 이제 학생들도 분위기 잘 추스르고 공부에 전념해야 할 때고… 중요한 모의고사도 코앞에 두고 있어서. 민서 어머니께서도 심란하시겠지마는 잘 추스르시고 마무리하시는 게…."

"그렇겠네요. 학교 입장에서는 학생이 학교 폭력으로 자살한 게 괜히 시끄럽게 오래 입에 오르내려서 좋은 게 없을 테니까요."

"아니, 민서 어머니, 또 무슨 말씀을 그렇게…. 저는 그저 이 학교 교장으로서 학교 학생들을 또 걱정해야 하는 위치이다 보니… 그렇게 말씀드린 건데, 서운하게 들리셨다면 죄송합니다."

"…."

"모쪼록 잘 마무리하시고…."

"이제 알겠네요."

"네?"

"민서가 이 학교를 왜 그렇게 다니기 싫어했는지."

"…."

그녀는 그렇게 교장실을 박차고 나왔다. 그녀는 그 후로도 꽤 오랜 시간 동안 홀로 외롭고도 혹독한 싸움을 해야만 했다.

"내가 지금 내 딸아이 팔아서 돈 받자고 이러는 줄 알아요? 사람이 죽었다고요, 사람이! 사람 목숨이 아무렴 돈보다 중요하겠어? 당신도 자식 키우는 부모잖아! 부모 입장이면 알 거 아니야. 자식보다 돈이 더 중요해? 자식보다 돈이 더 중하냐고! 자식 가진 부모가 자식 목숨 가지고 그러는 거 아니야. 그러는 거 아니라고!"

그녀는 울부짖었다. 기나긴 그녀의 싸움. 그 끝에 달라지는 것은 망가진 그녀와 그녀의 가족들뿐이었다. 모든 걸 잃고 딸의 죽음마저 쓸쓸히 묻혀 갈 무렵, 어느 날, 그녀의 남편이 그녀에게 말했다.

"여보… 우리 이제 그만하자."

"…."

"우리가 아무리 애를 쓰고 발버둥 쳐도 달라지는 게 없잖아. 잃는 건 그들이 아니라 우리뿐이라고. 아무도 우리 얘기를 들어 주려 하지도 않고, 죽은 우리 애만 점점 더 비참해질 뿐이잖아."

"…."

"그러니까 여보, 우리 이제 그만하고, 다 내려놓고 그냥 저기 어디 섬이라도 들어가서 둘이 조용하게 살자, 그냥. 응?"

"어떻게 다 내려놔."

그녀가 울먹이며 말했다.

"어떻게 다 그만해!"

선인장 꽃이 피었습니다

그녀가 울부짖었다.

"힘들다는 애한테 내가 어떻게 했는지 알아?! 학교 가기 싫다는 애한테! 내가 어떻게 했는지 아냐고!"

"…"

"우리 딸, 마지막으로 본 모습이!"

그녀는 끝내 차마 말을 잇지 못한 채 어둠 속에서 조용히 홀로 흐느껴 울었다. 그녀의 남편이 그런 그녀를 끌어안으며 차오르는 감정을 애써 꾹꾹 눌러 담은 채 슬픔 속에 그녀를 보듬어 주었다.

그렇게 모질고 길었던 시간이 흐르고 그녀와 그녀의 남편은 서로를 놓아준 채 각자의 길을 걷게 되었다.

"여보, 나는…"

중년 남성이 나지막이 입을 열었다.

"당신도, 우리 민서도 늘 행복했으면 좋겠어."

"…"

"우리 세 사람이 행복했던 때로 돌아갈 수는 없겠지만, 우리는 떨어져 있어도, 시간이 흘러도 가족이잖아. 그치?"

왕 집사는 조용히 눈물을 삼켰다.

"한 번 가족은 영원한 가족이고, 가족은 늘 한배를 타고 가는 동지인 거니까. 세상에서 유일한 서로의 편이고."

"…."

"그래서 나는 이제 우리 민서도, 당신도, 늘 어디에 있든 행복했으면 좋겠어."

"…."

"이젠 그 죄책감 좀 내려놓고 웃을 땐 웃고, 행복할 땐 행복하고, 그렇게 살아. 나도… 그렇게 살게."

굵은 눈물방울이 왕 집사의 뺨을 타고 쉴 새 없이 흘러내리고 왕 집사는 이내 손으로 눈물을 훔치며 숨을 고르고는 그를 향해 애써 미소 지으며 말했다.

"당신도, 행복해."

그는 옅은 미소를 지으며 말없이 무거운 고개를 끄덕였다.

시간이 지나, 호텔로 돌아온 왕 집사는 호텔 로비에 심각한 표정으로 앉아 있던 혜령의 모습을 발견하고는 그녀를 향해 말을 걸었다.

"아가씨, 무슨 일 있으십니까?"

혜령은 아련한 표정으로 덤덤히 대답했다.

"엄마가… 몇 년 전에 돌아가셨대."

"!"

왕 집사는 놀란 얼굴로 조용히 물었다.

"그런데 그걸 어떻게?"

선인장 꽃이 피었습니다

"지은호 씨가 알려 줬어. 엄마의 행방을 찾아봤었나 봐."

"…. 그랬군요."

혜령은 복잡한 심경이 담긴 얼굴로 나지막이 말했다.

"어떻게 해야 할지 모르겠어."

"그래도 한 번은… 가 봐야 하지 않을까요?"

"…. 그래야 할까?"

혜령은 슬픈 눈으로 왕 집사를 올려다보았다. 왕 집사는 말 없이 고개를 끄덕였다.

"왕 집사도 같이 가 줄래?"

그녀의 물음에 왕 집사는 이번에도 말없이 고개를 끄덕였다.

혜령과 왕 집사는 그 길로 곧장 호텔을 나와 택시를 타고 혜령의 어머니가 계신 곳으로 향했다. 가을비는 추적추적 내리고, 택시는 북적북적한 도심을 지나 어느 한적한 공원묘지로 향했다.

공원묘지 앞에 도착한 혜령과 왕 집사는 택시에서 내려 함께 우산을 쓰고 혜령 어머니의 묘가 있는 곳으로 나란히 걸어갔다. 저벅저벅 두 사람이 나란히 걸어 혜령 어머니의 묘 앞에 도착했을 때, 두 사람을 기다리고 있던 것은 이미 젖어 버린 묘와 빗물이 타고 흐르는 묘 앞의 비석이었다. 혜령은 어머니의 묘 앞에 서서 정중히 인사를 올렸다. 그러고는 그대로 살며시 주저앉아 어머니의 묘를 찬찬히 살폈다.

"참 이상해."

말없이 슬픈 눈으로 어머니의 묘를 찬찬히 살피던 혜령이 입을 열었다.

"뭐가요?"

"옛날에 집 앞마당에서 엄마랑 비눗방울 놀이를 한 적이 있어. 엄마가 부쳐 주는 전을 먹은 적도 있고, 엄마랑 함께 웃으며 놀았던 적도 있고. 그렇게 미워하고 그렇게 원망하던 엄마였는데… 막상 이렇게 이런 모습으로 마주하니까 그 몇 안 되는 예쁘고 좋았던 기억들만 떠올라. 그때는 그런 건 하나도 기억 안 났는데."

"…"

"오랜 시간 슬프고, 아프고, 원망스러웠던 시간들로 가득했는데 여기 오니까 그게 다 부질없는 것 같아."

그녀는 글썽이는 눈으로 덧붙여 말했다.

"어둠 속에 살았던 그 절망 속의 오랜 날들이… 먼지가 되어 다 흩어져 가는 것만 같아. 이 빗물에 다 씻겨 내려가는 것만 같아."

"…"

"부질없기도 하고, 허탈하기도 하고 그래."

곁에 서서 묵묵히 듣고 있던 왕 집사가 나지막이 말했다.

"좋아했던 만큼 미워했고, 미워했던 만큼 그리워서겠죠."

"…"

그렇게 한참을 쭈그려 앉아 조용히 눈물을 흘리던 그녀가 이

선인장 꽃이 피었습니다

내 천천히 일어서며 왕 집사를 나지막이 불렀다.

"왕 집사."

"네."

그러고는 슬픈 눈으로 왕 집사를 지그시 바라보며 미소 지었다.

"왕 집사도 가 봐."

"…."

왕 집사는 그녀의 슬픈 눈을 마주 보며 그녀가 뭘 이야기하는지 어렴풋이 짐작했다.

"오랜 시간 못 봤잖아, 아프게 간 딸."

"…."

"엄마를 많이 기다리고 있을지도 몰라."

"엄마를 많이… 원망하고 있겠죠."

"엄마를 많이 원망하든, 미워하든, 그리워하든, 한 번쯤은 꼭 보고 싶을 거야."

왕 집사는 슬픔이 가득한 눈으로 그녀를 바라보았다.

"가서 원망이라도 들어 줘. 푸념을 늘어놓거든 푸념을 들어주고, 그동안의 안부를 전하거든 그 안부를 들어 줘."

"…."

"그리고 미안했다고, 많이 사랑했고 또 많이 사랑한다고, 그것도 다 하나도 빠짐없이 얘기해 줘."

왕 집사는 눈물 맺힌 눈으로 미소 지으며 고개를 끄덕였다.

혜령은 그렇게 왕 집사를 뒤로한 채 천천히 빗속을 우산도 없이 홀로 걸어 나왔다. 그리고는 한참을 힘없이 걸어 어머니의 묘를 빠져나온 그곳에서 그와 마주쳤다.

"!"

그는 늘 그랬듯, 여전히 묵묵히 우산을 쓴 채 그녀를 기다리고 서 있었다. 그녀는 그런 그를 향해 슬픈 눈으로 씁쓸히 웃으며 물었다.

"형편없는 내 모습, 꼴 좋다 싶어 보러 온 거예요?"

"아니요."

그리고 또 늘 그랬듯, 그는 부드럽고도 따뜻한 목소리로 그녀를 향해 답해 주었다.

"원망하던 마음이 다 부질없다는 것을 깨닫게 된 당신이… 형편없는 사람이 아니라는 걸 말해 주러 온 겁니다."

그의 대답에 그녀는 곧 꾹꾹 누르고 있던 눈물을 터뜨리며 그대로 빗속에 주저앉아 버렸다. 그는 말없이 그런 그녀에게로 다가와 우산을 씌워 주고, 묵묵히 한참이나 말없이 그녀의 곁을 지켜 주었다.

"나는 커서 아빠랑 결혼할 거야!"

"아이고, 그래? 우리 안나는 커서 아빠랑 결혼할 거야?"

"응!"

선인장 꽃이 피었습니다

"허허허. 아이고, 이거 아빠 기분 너무 좋은걸?"

"나는 아빠가 세상에서 제일 좋아!"

"그래. 세상에 우리 둘뿐인데 우리 둘이 서로 의지하고 그러고 살자."

"응!"

"그래 놓고 너 나중에 혼자 시집가 버리고 아빠 버리기 없기다?"

"히히, 안 그래!"

안나는 서서히 눈을 떴다. 아직 해가 뜨기도 전, 어두운 새벽녘 무렵이었다. 안나는 고개를 돌려 주위를 둘러보았다. 큰 창문 너머로 보이는 높은 건물 사이 자동차 불빛들만이 수놓은 어둑어둑한 세상. 푹신한 소파와 큰 화면의 벽걸이 TV, 그 앞에 놓인 원형 테이블 그리고 자신의 옆 침대에 아직 잠들어 있는 왕 집사님의 모습이 보였다. 안나는 조용히 몸을 일으켜 왕 집사님의 얼굴을 한 번 지그시 바라보다, 곧 작은 쪽지 하나를 적어 두고는 그대로 채비를 한 뒤 호텔 방을 나섰다.

"아가씨!"

대저택의 한 직원이 혜령의 호텔 방 문을 두드려 왔다.

"무슨 일이야? 이른 아침부터?"

"안나 씨가… 이런 쪽지만 남겨 놓고 새벽부터 사라지셨대요!"

직원으로부터 건네받은 쪽지에는 '금방 돌아올게요. 걱정하지 마세요.'라는 메모만 남겨져 있었다.

"어쩜 좋아. 아가씨는 뭐 짐작 가는 거 없으세요? 대저택 직원들의 사연을 다 아는 건 아가씨밖에 없으시잖아요."

"…"

그녀는 골똘히 생각에 잠겼다.

"왕 집사는?"

"지금 여기저기 수소문해서 찾아보시겠다고 바쁘게 움직이고 계세요."

잠시 무언가 생각하던 그녀는 곧 직원에게 다급히 말했다.

"왕 집사 내 방으로 오라고 좀 해 줘. 준비하고 있을 테니까, 가 볼 데가 있다고 전해."

"네!"

"아, 저 그리고! 혹시 안나가 호텔로 돌아올지도 모르니까 다른 직원들은 호텔에서 좀 기다려 줘."

"네!"

직원은 서둘러 왕 집사를 부르러 가고, 그녀는 다시 방 안으로 들어와 서둘러 밖으로 나갈 채비를 했다. 그러고는 잠시 후, 혜령과 왕 집사는 택시를 타고 서둘러 곧장 어디론가 향했다.

"아가씨, 근데 어디로 가시는 겁니까?"

택시로 이동하는 동안 왕 집사가 혜령을 향해 물었다.

선인장 꽃이 피었습니다

"고안나 집."

"안나 씨 집이요?"

"응."

"안나 씨 집이라면?"

"혹시 모르니까 우리가 오래도록 돌아오지 않으면 경찰에 신고하라고 직원들한테 얘기해 뒀지?"

"네. 근데 무슨?"

"얘기가 좀 길어. 고안나가 대저택으로 들어오기 전 사연이거든."

"…"

혜령은 안나가 대저택으로 들어오기 전의 이야기를 왕 집사에게 천천히 전하기 시작했다.

"그러니까… 안나 씨가 혈혈단신 아버지와 둘이 어렵게 살고 있었는데, 집에 빚이 많아지면서 빚쟁이들이 집으로 찾아와 못 살게 굴다가 아버지가 먼저 돌아가시고 나서 안나 씨는 고등학교를 졸업하자마자 대저택으로 도망치듯 왔다는 거군요?"

"응."

"7년이나 봤는데도, 안나 씨한테 그런 사연이 있었는지 몰랐네요."

왕 집사가 안타까운 얼굴로 중얼거렸다.

"안나 아버지께서 하시던 옛날 공업사를 알아. 지금 그리로 가는 중이고."

"⋯."

"시간이 많이 지났지만, 혹시 빚쟁이들이 또 찾아올지도 모르니까 직원들한테 우리가 오래도록 돌아오지 않으면 경찰에 신고하라고 말해 둔 거야."

"⋯."

"그러니까 왕 집사도 마음 단단히 먹어."

"네⋯."

"혹시, 무슨 일이 일어날지도 모르니까."

혜령이 어두운 표정으로 굳게 말했다. 그렇게 두 사람이 탄 택시는 옛날 안나가 살던 곳에 도착하고, 혜령과 왕 집사는 잔뜩 긴장한 얼굴로 택시에서 내려 주변을 살펴보았다. 넓은 공터에 매캐한 냄새가 풍겨 오고, 주변에는 낡고 허름한 차들이 놓여 있었다. 공터에는 다 쓰러져 가는 허물어진 건물 하나가 보였고 건물의 간판에는 먼지가 잔뜩 쌓인 채 알 수 없는 글자들이 삐뚤빼뚤 쓰여 있었다.

"여기가⋯ 안나 씨와 안나 씨의 아버지가 살던 곳인가요?"

왕 집사가 물었다.

"응."

왕 집사는 간판을 유심히 바라보며 중얼거렸다.

"안나 씨의 손재주는 아버지에게서 물려받은 거였네요."

혜령은 용기 내어 먼저 오래된 낡고 허름한 건물 안으로 들어섰다. 어두컴컴한 건물 안. 낡은 곰팡이 냄새 같은 것들이 코

선인장 꽃이 피었습니다

를 찌르고, 바닥에는 온갖 철물 부품들이 나뒹굴고 있었다.

"누구셔?"

"!"

컴컴한 어둠 속. 낮고 굵직한 사내의 목소리가 들려왔다. 그리고 이내 건물 안으로 살짝 드는 빛에 의해 우락부락한 한 덩치 좋은 그 사내의 모습이 드러나기 시작했다.

"누구냐고."

남자는 굵고 낮은 목소리로 매섭게 물었다. 꿀꺽. 혜령은 긴장감에 침을 삼켰다. 혜령의 뒤로 따라 들어왔던 왕 집사 역시 우락부락한 사내의 모습을 보며 긴장했다.

"저… 고안나 씨, 여기 있나요?"

왕 집사가 먼저 차분히 물었다.

"누구?"

"고안나요."

"아… 그 여자."

우락부락한 사내가 왕 집사와 혜령을 한 번 훑어보더니 물었다.

"그 여자는 왜."

"집을! 나갔는데 안 들어와서요."

혜령이 황급히 대답했다.

"그 여자, 그 여자는 집에 못 들어가. 그러니까 댁들이나 돌아가슈."

"왜죠?"

이번엔 왕 집사가 물었다.

"그건 알 거 없고, 좋은 말로 할 때 돌아가요?"

우락부락한 사내가 무섭게 경고했다.

"고안나 찾으러 왔어요! 같이 가야 해요. 같이 갈 거예요!"

혜령이 소리쳤다.

"휴… 좋은 말로 할 때 그냥 돌아가라니까."

그때 우락부락한 사내의 뒤로 몇 명의 덩치 좋은 남자들이 더 걸어 나오는 것이 보였다.

"야, 뭔 일이야?"

"!"

혜령과 왕 집사는 잔뜩 긴장하고 경계한 상태로 그들을 바라보고 서 있었다. 어둠 속에서 무거운 긴장감만이 맴돌고 말없이 서로 신경전을 벌이며 대치하고 있었다.

"딱 한 번만 더 말합니다? 가요? 어?"

먼저 서 있던 우락부락한 사내가 겁을 주며 말했다.

"고안나 보내 주면 갈게요, 고안나 보내 줘요."

혜령은 떨리는 눈빛으로 단호하게 말했다.

"아, 글쎄, 안 된다니까, 진짜… 말로 해서 안 되겠네!"

사내는 뒤에 있던 남자들에게 고갯짓하며 말했다.

"야."

남자들은 서서히 혜령과 왕 집사에게로 다가왔다.

"당신들 이거 불법인 거 몰라?!"

왕 집사가 소리쳤다.

"돈 안 갚는 건 합법이고?"

한 남자가 대꾸했다.

"이런 식으로 빚 받는 거 불법이라고!"

왕 집사의 큰소리에 한 남자가 능글맞은 말투로 답했다.

"그럼 빚을 갚아야지! 뭐 물려받을 게 없어서 빚만 잔뜩 물려받았으면 진즉에 상속 포기라도 하든가. 쥐뿔 하나 아는 것도 없으니까 가만히 앉아서 멍청하게 있다가 당하는 거 아니냐고. 어떻게 상속받을 게 없어서 빚을 상속받냐고."

옆에 있던 다른 사내가 거들며 말했다.

"그러니까, 애비라도 잘 만났으면 이 고생 안 하잖아. 아니, 세상에 물려줄 게 없어서 제 눈에 넣어도 안 아픈 하나밖에 없는 딸 빚을 물려줘서 고생이나 바가지로 시키냐고, 죽어서도."

"…"

묵묵히 굳은 표정으로 있던 혜령이 조용히 물었다.

"그 빚이 다 얼만데요."

"빚?"

사내들이 코웃음 치며 대답했다.

"…"

그리고 그를 들은 혜령이 그들을 매섭게 쏘아보며 나지막이 물었다.

"그 빚 다 갚아 주면, 더 이상 안 나타날 거예요?"

"아가씨!"

왕 집사가 혜령을 말렸다. 그녀는 아랑곳하지 않고 우락부락한 사내들을 향해 다시 물었다.

"그 빚 다 갚아 주면, 더 이상 안 나타날 거냐고요."

가장 처음에 봤던 사내가 피식 웃음을 터뜨리며 답했다.

"그거야 당연하지. 받을 빚이 없으면 굳이 볼 일이 있겠어? 그쪽이나 나나, 그 여자나. 서로 보고 싶은 얼굴들도 아닐 텐데 말이야."

"그 말… 지킬 수 있어요?"

사내가 무겁게 대답했다.

"물론."

"난 사람을 잘 못 믿어요. 물론, 그쪽들도 마찬가지겠지만."

"그래서 뭐, 지장이라도 찍고 각서라도 써 줘?"

"물론이죠. 채무 계약서도 가져와요. 아, 그리고 고안나가 무사한지부터 봐야겠어요. 채무자가 무사한지 알아야 채무를 대신 갚아 주든 말든 할 거 아니에요."

혜령은 끝까지 무게를 잡으며 진중하게 말했다. 사내는 가소롭다는 듯 피식 웃음을 터뜨리며 다른 사내들에게 시켜 필요한 것들을 가져오도록 지시했다.

"아가씨, 진짜로 안나 씨의 채무를 다 갚아 주실 생각이십니까?"

선인장 꽃이 피었습니다

곁에 있던 왕 집사가 걱정스러운 얼굴로 그녀를 향해 조용히 물었다.

"고안나가 7년 동안 대저택에 있으면서 했던 일에 대한 보상이라고 생각하지, 뭐. 나도 그 정도 능력 있고, 우리는 다 무탈하게 돌아갈 거니까 너무 걱정하지 마."

그녀의 흔들리지 않는 군건한 태도에 왕 집사는 일단 잠자코 지켜보기로 했다. 잠시 후, 우락부락한 사내 두 명이 기절해 있는 안나를 데리고 나오고, 안나가 살아 있음을 확인시켜 주고는 혜령의 앞에 채무 이행 계약서와 각서를 들이밀었다.

"자, 됐지? 이러면?"

우락부락한 사내가 물었다. 혜령은 채무 이행 계약서를 들어 계약서를 꼼꼼히 살펴보기 시작했다. 채무 이행자와 채무 금액, 채무 조건 등을 꼼꼼히 살펴본 뒤 그녀는 나지막이 말했다.

"좋아요. 이 돈, 내가 갚죠."

우락부락한 사내들의 얼굴에 곧 시커먼 미소가 번졌다.

"당신들은 정말 인간도 아니야!"

왕 집사가 사내들을 보며 중얼거렸다.

"빚 받아 내겠다고 어떻게든 악착같이 쫓아다니면서 사람 괴롭히고, 피 말리고! 납치까지 하면서 협박이나 하고!"

왕 집사의 말을 들은 한 사내가 너스레를 떨며 반박했다.

"아, 납치라니! 저 여자가 제 발로 걸어 들어왔더구먼. 돈 떼먹은 사람이 나쁜 사람이지, 떼먹힌 돈 달라는 사람이 나쁜 사람인가? 그럼, 뭐 돈 떼인 우리는 '제발 떼 간 저희 돈 좀 주세요.' 하고 싹싹 빌면서 받아야 해?"

"…."

왕 집사는 분노에 찬 눈으로 사내를 쏘아보았다.

"아가씨! 왕 집사님!"

호텔로 돌아온 혜령과 왕 집사 그리고 안나를 본 대저택 직원들이 호텔 로비에서 그들을 맞아 주었다.

"안나 씨 좀 방에 눕혀야겠네요. 좀 도와주시겠어요?"

왕 집사가 등에 업고 있던 안나를 가리키며 대저택 직원들에게 도움을 요청했다.

"네! 왕 집사님 방으로 가면 될까요?"

"네."

그렇게 왕 집사는 몇몇 대저택 직원들과 함께 방으로 향하고, 호텔 로비에 남겨진 혜령과 다른 직원들은 한숨 돌리고 있었다.

"아가씨, 괜찮으세요? 아무 문제 없는 거죠?"

그녀는 금방이라도 기절할 듯 풀린 눈으로 말없이 고개만 끄덕였다.

"혜령 씨!"

은호였다. 그가 부르는 소리에 그녀는 서서히 일어나 그를 빤히 바라보았다. 긴장이 풀린 뒤의 안도감, 그를 보자 뭉클해 오는 마음까지. 만감이 교차하는 듯했다.

"혜령 씨, 괜찮아요? 어디 안 다쳤어요?"

그녀는 행복한 표정으로 그를 바라보며 말없이 고개를 끄덕였다.

"걱정했잖아요. 왕 집사님이랑 같이 안나 씨 찾으러 갔다는 얘기는 들었는데 어디로 간 건지, 언제 돌아오는 건지… 별일은 없는 건지."

그녀는 지그시 웃으며 대답했다.

"별일이 없진 않았는데, 지은호 씨 덕분에 무사히 잘 끝내고 돌아왔어요."

"?"

그는 동그란 눈으로 그녀를 바라보았다. 그녀의 웃는 얼굴엔 진심이 보였다. 그리고 그는 나지막이 말했다.

"내가 전에 딱히 무서워하는 거 없다고 했었죠?"

"?"

그녀는 말없이 고개를 끄덕였다.

"근데 혜령 씨가 없어지고 나니까 알겠더라고요."

그녀는 묵묵히 그의 말에 귀 기울였다.

"소중한 사람이 다치고 사랑하는 사람을 잃고… 그게 제일 무서운 일이라는 거."

"…"

"그래서 이번에도… 그게 제일 무서웠어요. 혜령 씨가 잘못
될까 봐."

혜령은 '그랬어요?' 하는 얼굴로 그를 애틋하게 바라보았다.

"그러니까 이제는 말없이 없어지고, 어디 멀리 가고, 위험한
데 가고 그러지 마요. 알았죠?"

그녀는 말없이 활짝 웃으며 고개를 끄덕였다. 숨죽인 채 곁
에서 이 광경을 모두 지켜보고 있던 대저택 직원들은 자기들끼
리 낯부끄러워하며 조용히 야단법석을 떨어 댔다.

대저택 직원들의 휴가 마지막 밤이 찾아오고, 그들은 한 치
킨집에서 모여 파티를 벌이고 있었다.

"드디어 마지막 밤이네요."

"짧았던 휴가, 다사다난했지만 참 재미있었다!"

대저택 직원들은 모두 뭉클한 마음으로 한마디씩 늘어놓았
다. 잠시 후, 치킨집 테이블 위에는 먹음직스러운 치킨들이 놓
이고, 직원들은 투명하고도 긴 잔에 하얗고 몽글몽글한 거품이
앉아 있는 황금빛의 투명한 맥주가 담긴 술잔과 탄산음료가 담
긴 잔을 부딪치며 즐거운 시간을 보내고 있었다.

"자, 다들 오늘 하루도 고생 많으셨습니다!"

대저택 직원들이 모두 즐거운 시간을 보내고 있는 가운데,
어두운 표정의 안나를 보며 혜령이 눈치를 주었다.

"고안나!"

"네?!"

"표정 좀 풀어. 좋은 날, 좋은 자리에."

"…. 네."

안나는 왕 집사로부터 혜령이 자신의 빚을 갚아 주었다는 이야기를 들은 뒤로 줄곧 내내 마음이 불편했다. 오갈 곳 없는 자신을 받아 준 것만으로도 고마운 그녀에게 더 큰 신세를 지게 된 것만 같아 마음이 무거웠다.

안나의 옆에 앉아 있던 혜령은 대저택 직원들을 바라보며 씩 웃어 보였다. 혜령은 대저택 식구들의 얼굴들을 하나하나 천천히 살펴보며 지난 7년 동안의 시간들을 되짚어 보았다. 7년 동안 함께 동고동락하며 많은 시간을 함께했던 대저택 식구들이 늘 고맙고 든든했다. 항상 자신의 성질을 받아 주면서 누구보다 자신을 위해 주고 자신을 웃게 해 주었던 그들이 혜령은 고맙고도 마음이 놓였다. 누구보다 그들이 잘 되고 행복해지길 바라고 바라 왔다.

"어?"

때마침, 한 대저택 직원의 목소리와 함께 치킨집 문이 열리며 네 명의 남자가 런웨이(run way)를 하듯, 당당히 치킨집 안으로 걸어 들어왔다.

"문이 열리네요. 그대가 들어오죠."

다른 한 직원이 취한 듯 네 사람을 보고는 방긋 웃으며 노래를 흥얼거렸다.

"?!"

대저택 식구들, 모두가 놀란 얼굴로 네 명의 남자들을 바라보는 가운데, 혜령이 한 남자를 쏘아보며 입 모양으로 물었다.

"이게 어떻게 된 거예요, 지은호 씨?!"

그는 혜령을 보며 입 모양으로 답했다.

"나도 이렇게 줄줄이 달고 올 생각은 없었는데… 미안해요. 진짜 미안해요!"

혜령은 한 번 더 그를 쏘아보았다.

"…."

그는 그녀의 눈치를 보며 가만히 그 자리에 서 있었다.

"이야, 여기서 이렇게 다 뵙네요?"

그사이 진호가 너스레를 떨며 말을 걸어왔다. 마치 의도적이지만 우연스럽게 만난 것처럼.

"안녕하세요? 백진호 씨?"

근처에 있던 한 직원이 진호를 향해 인사했다.

"아이고, 네. 저를 다 기억하고 계셨네요?"

"그럼요. 개성 강한 캐릭터이시니까요."

"이야, 칭찬인가?"

"글쎄요?"

"아! 은호랑 저는 보셨고, 여기는 보시다시피 저희 친구들입니다!"

진호가 대저택 식구들에게 친구들을 소개해 주었다.

"이쪽은 김우찬. 재수 없는 친구고요."

"안녕하세요."

"이쪽은 박강철. 역시 재수 없는 친구죠."

"안녕하세요! 처음 뵙겠습니다! 말씀은 꽤 들었어요."

대저택 식구들은 얼떨결에 두 사람과 인사를 나누게 되었다.

"그리고 여기 혹시… 치킨은 누가 사시는 걸까요?"

진호가 능글맞게 물었다.

"어… 저희 아가씨요."

"그렇죠? 역시 저 영 앤 리치 앤 프리티(young and rich and pretty) 아가씨가 사시는 거겠죠? 그럼 자연스럽게 저희도 합석해 볼까요?"

"야, 야."

"아, 진짜. 백진호 저 자식은 창피함을 모르냐?"

"휴…."

세 사람이 진호를 말려 보았지만 어림도 없었다. 진호는 너스레를 떨며 자연스럽게 대저택 식구들 사이에 끼어 앉았다. 혜령이 은호에게 눈치를 줘 보았지만, 은호도 어찌할 도리가 없었다.

"미안해요. 나도 이럴 생각은 아니었어요, 진짜로."

그가 살며시 그녀의 옆에 앉으며 조용히 속삭였다. 그녀는 매서운 눈으로 말없이 진호를 쏘아보았다. 잠시 후 뒤늦게 합

류한 네 사람과 대저택 식구들 사이의 분위기가 무르익고, 밤은 깊어져 가고 있었다.

"우찬 씨도 은호 씨랑 동갑이죠?"

왕 집사가 벌겋게 달아오른 얼굴로 우찬을 향해 물었다.

"네."

왕 집사는 슬픈 미소로 중얼거렸다.

"내 딸도 살아 있었다면… 여기 있는 사람들과 비슷한 또래였을 텐데."

"따님이 있으셨어요?"

우찬이 조심스레 물었다.

"네, 있었죠."

왕 집사는 아련히 답했다.

"아주 귀하고 소중하고 예쁜 딸."

"그랬구나…. 근데 지금은?"

"먼저 떠났어요, 세상을."

"아…."

"못난 엄마 만나서 고생만 하다가 갔죠."

"…."

"학교에서 심하게 괴롭힘당하던 딸을 내가 모르고 그저 몰아붙이고 타박만 하다가 결국 그렇게 보내 버렸어요."

"…."

"학교 가기 싫다고, 힘들다고 말하는데도… 그저 세상 물정

선인장 꽃이 피었습니다

모르는 어린 애가 떼를 쓰는 걸로만 생각했죠."

"그랬군요…."

"참 못났죠? 덜 힘들고, 더 힘들 것 없이 그 아이는 또 그 아이만의 세상을 치열하게 살아 내고 있었을 텐데. 나는 그저 내 세상만 보고, 내 세상만 치열했어요."

"…."

"혼자 많이 외롭고… 쓸쓸했을 텐데. 엄마가 돼서, 부모가 돼서 자식 힘들고 외롭게 사는 것도 모르고, 그렇게 약해 빠져서 어디다 쓸 거냐고 타박만 했죠."

"…."

"힘들다는 애한테 뭐가 그렇게 힘드냐고 말을 턱 막아 버렸으니…. 말 다 했죠, 뭐. 나는 참… 나쁜 엄마예요."

왕 집사가 쓸쓸한 웃음을 지으며 한탄하듯 말했다.

"내가 제대로 봐 줬으면 그런 일은 없었을 텐데…. 내가 내 딸을 죽인 거나 마찬가지죠. 아무도 없이 홀로 고독하게 싸우고 있던 내 딸을… 내가 그 숨통을 더 옥죄었으니까."

옆에서 묵묵히 듣고 있던 우찬에게 왕 집사가 멋쩍은 웃음을 지으며 말했다.

"미안해요. 주책이네. 취해서 내가 별소리를 다 했죠?"

"아니요. 원래 취하면… 옛날 생각이 더 많이 나잖아요. 후회되는 날들이나 지나간 날들에 대한."

왕 집사는 미소 지으며 말했다.

"못난 엄마라, 끝까지 할 수 있는 게 아무것도 없이 그저 자식이 부모 곁을 먼저 떠나는 걸 지켜보는 것밖에 하지 못했어요. 아직도 날… 많이 미워하고, 원망하고 있겠죠?"

"잘은 모르겠지만, 저라면…."

우찬이 조심스레 입을 열었다.

"원망스러운 마음보다는 슬프고, 미안한 마음이 더 클지도 모르겠어요."

왕 집사는 말없이 우찬의 얼굴을 바라보았다.

"너무 힘들어서 떠났는데, 내가 힘들어했던 것처럼 이젠 엄마가 나 때문에 그렇게 힘들어하고 있으니까요. 미안하고, 안쓰럽고, 마음 아프고. 그럴지도 몰라요. 저라면… 그럴 것 같거든요."

웃으며 왕 집사를 위로하는 우찬의 말에 왕 집사는 곧 따스한 미소를 지으며 눈물을 글썽였다.

"그러니까."

우찬은 덧붙여 말했다.

"이제는 엄마가 그만 아파하고, 그만 힘들어하길 바랄 거예요. 그동안 많이 힘들고, 슬프고, 아팠으니까."

"고마워요, 그렇게 말해 줘서."

왕 집사는 글썽이는 눈으로 웃으며 답했다.

"짠! 마셔! 마셔!"

한편, 다른 쪽 테이블에서는 안나와 강철의 술 내기가 한판 벌어지고 있었다.

"오오오!"

지켜보는 대저택 직원들이 반응하고, 안나를 응원하는 쪽과 강철을 응원하는 쪽으로 나뉘어 술 내기는 한껏 열띤 응원 속에 무르익어 가고 있었다.

"그래서 내가 전 여친을!"

또 다른 한편에서는 술에 잔뜩 취한 진호가 술주정을 부리고 있었다.

"에이, 그건 사랑이 아니죠!"

진호의 앞에 앉아 있던 한 대저택 직원이 대꾸해 주었다.

"아니야! 내가 얼마나 노력했는데! 내가, 내가! 전 여친을 위해 얼마나 노력했는데! 그 나쁜 여자는 '그래, 고오오오맙다!' 하고 가 버리더라니까는! 나쁜 여자…."

진호는 울먹이며 중얼거렸다.

"그거는! 진호 씨가 노력했다고 생색을 내니까는…."

"아니, 내가 무슨 생색을 냈다고 그래요?! 그렇게라도 말 안 하면 진짜 난 아무것도 안 한 줄 안다니까요?"

"에이, 그래도 기껏 노력해 놓고 그렇게 생색내면 나 같아도 재수 없어 보이겠다."

"뭐?! 재수?! 재수가 없어 보여?! 진짜 말이 너무 심한 거 아니에요?!"

"아니, 그리고… 사랑은 노력하는 게 아니지! 사랑은 자연스럽게 하는 거지, 자연스럽게! 물 흐르듯이. 사랑이 노력이 되는 순간? 그거는 이제 의무가 되고 책임이 되는 거라니까요? 그거는 사랑이 아니야."

"됐어! 네가 뭘 알아! 노력도 사랑이야. 노력도 사랑하는 마음이 있으니까 하는 거라고!"

진호와 그의 앞에 앉아 있던 대저택 직원은 그 후로도 한참을 술주정으로 입씨름을 벌이고 있었다. 술 내기를 하는 안나와 강철, 그들을 응원하는 대저택 직원들, 술주정으로 입씨름을 벌이는 진호와 한 대저택 직원, 왕 집사를 위로해 주는 우찬까지. 혜령과 은호는 이 난장판인 광경을 지켜보며 나란히 고개를 저었다.

"진짜 창피함을 모르는구나."

"민폐다, 민폐."

두 사람은 곧 일제히 깊은 한숨을 내쉬었다.

선인장 꽃이 피었습니다

아픔 뒤에 또 다른 아픔이 올지라도

　대저택 식구들의 길고도 짧았던 휴가가 끝나고, 대저택으로 돌아온 식구들은 각자의 자리로 돌아가 제각기 할 일을 하고 있었다.

　"아가씨."

　날씨가 화창한 가을의 어느 날, 안나가 혜령을 찾아왔다.

　"무슨 일이야?"

　"드릴 말씀이 있어서요."

　왠지 평소의 안나답지 않게 우물쭈물 잔뜩 주눅이 든 채 말을 망설이고 있었다. 혜령은 그런 그녀를 빤히 바라보았다. 아마도 휴가 갔을 때 있었던 그 일 때문인 듯했다.

　"그러니까… 그날이요. 제 빚 갚아 주신 거…."

　"됐어!"

　"네?"

자신의 빚을 대신 갚아 준 일로 안나가 주눅 드는 것을 보고
싶지 않았던 혜령은 안나의 말을 먼저 단호히 잘라 버렸다.

"됐다고, 그 일은. 잘 끝났으니까 된 거잖아, 안 그래?"

"…."

"나 바쁘니까 그만 나가 봐."

혜령은 그렇게 말하고는 다시 보고 있던 노트북에 집중했다.

"제 빚을 왜 아가씨가 갚아 주셨어요?"

안나의 말에 혜령은 뒤를 돌아보았다. 따지듯 묻는 안나의
눈엔 무능한 자신을 자책하는 듯한 자책감과 혜령에 대한 미안
함이 보였다. 혜령은 곰곰이 생각하다 입을 열었다.

"너 열심히 일했잖아, 그동안 여기서. 그 빚은… 표면적으로
는 내가 갚아 준 거지만, 네가 열심히 일해서 갚은 빚이나 다름
없어, 고안나."

"…."

"그러니까 너무 자책하고 나한테 미안한 마음 가질 필요 없
다고."

"그래도 그건! 엄연한 아가씨 돈이잖아요."

"뭐, 정 껄끄러우면 내 돈을 갚든가."

"그럴게요."

안나가 굳건히 대답했다.

"아가씨 돈, 꼭 갚을게요!"

"근데 난 돈을 돈으로 받겠다고 한 적은 없는데."

선인장 꽃이 피었습니다

"네?"

혜령이 나지막이 답했다.

"난 돈으로 받는 거 싫어. 네가 빚진 건 돈이지만, 내가 받고 싶은 건 돈이 아니니까."

"그게 무슨?"

영문을 알 수 없는 안나의 표정에 혜령은 따스히 답했다.

"난 돈 대신 네 행복을 받고 싶어."

"…."

"이제 네가 살고 싶은 삶을 살아. 빚도 다 갚았고, 자유로워 졌겠다. 네가 행복한 삶을 살아."

혜령은 안나를 지그시 바라보며 진심을 담아 진중히 말했다.

"난 그거면 충분해."

"그래도 어떻게!"

"난 여기 와서 너무 편안하고 평안했어. 평화롭고 행복했고. 그건 모두 여기 있는 대저택 사람들의 노력이자 공이었겠지. 이젠 거기에 좀 보답하고 싶어. 물질적인 거 아니어도 너희들 이 이곳을 나가서 행복한 삶을 살 수 있다면, 난 자유롭게 보내 주고 싶어."

"…."

"지금부터 천천히 생각해 봐. 그동안은 빚쟁이들한테 쫓기 느라 나가고 싶어도 못 나간 거지만, 이젠 세상에 널 쫓아올 사 람이 없잖아. 네가 쫓길 이유도 없고."

"…."

"나는 언제 어디서든 너의 삶을 응원해, 고안나."

"…."

안나는 글썽이는 눈으로 시선을 떨어뜨리고는 침묵을 지켰다. 혜령은 그런 안나를 향해 마지막으로 덧붙여 말했다.

"네가 행복하게 사는 모습을 보여 주는 게 나한테 빚 갚는 길이야."

"책 읽는 거예요?"

오랜만에 대저택을 찾아온 그가 대저택 안 도서관에서 조용히 책을 읽고 있던 그녀에게 물었다.

"네."

"무슨 책 읽어요?"

"사람들의 삶과 죽음에 관한 책이요."

"음…."

그가 조용히 고개를 끄덕였다.

"혜령 씨는 평소에 상담 메일 많이 받잖아요 그럼, 주로 어떤 내용의 메일을 많이 받아요?"

"갑자기 그건 왜요?"

"그냥 궁금해서요. 어떤 사람들이 어떤 고민 상담을 해 오는지."

선인장 꽃이 피었습니다

"…."

그녀는 잠시 생각하다 답했다.

"그냥, 뉴스에 나오는 것처럼 끊임없는 사건 사고를 당한 사람들의 메일이나, 평범한 사람들의 사소한 이야기, 고민과 걱정이 많은 이들의 사연… 뭐 그런 거요."

"그 사람들의 삶은 어때요?"

"글쎄요. 보통은… 행복한 사람이 고민 상담을 보내오는 경우는 별로 없죠. 너무 행복해서 고민이라거나, 뭐 그런 경우요. 드물게 있기도 하지만."

"…."

"대부분은 사는 게 지옥인 사람들이 메일을 보내오고는 해요. 나에게는 일어날 것 같지 않던 일을 겪거나, 늘 벗어날 수 없는 같은 일이 계속되거나, 또는 홀로 외롭고 고독하고 치열한 싸움에도 그 누구도 응답해 주지 않거나."

"그럼 혜령 씨는 그런 사람들에게 뭐라고 답해 줘요?"

"사람마다 다 다르죠. 문제도, 고민도, 처한 상황도, 사람도. 다 다르니까요."

그는 말없이 고개를 끄덕였다.

"그래도 말해 보자면…."

"?"

"잘해 왔고, 지금도 여전히 잘하고 있다고요."

"…."

"지독하게 힘든 자신의 삶을 잘 버텨 내 주고 있는 거잖아요, 그 사람들."

"…."

"은호 씨는요?"

이번엔 그녀가 물었다.

"은호 씨도 꽃집을 하고 있으니까 이런저런 사람들을 많이 만날 거 아니에요. 은호 씨는 주로 어떤 사람을 만나요?"

"음… 꽃을 사러 오는 사람들이요."

그의 태연하고도 당연한 대답에 그녀는 흘깃 그를 한 번 째려보았다. 그런 그녀를 본 그가 피식 웃음을 터뜨리며 다시 진중하게 답했다.

"나도 그래요. 다양한 사연을 가진 사람들이 많이 오죠. 누군가를 축하하거나, 누군가를 기쁘게 해 주고 싶거나, 누군가를 위로해 주거나, 또는… 누군가의 죽음에 함께하거나."

숙연해진 그녀가 조심스럽게 물어왔다.

"그럴 땐 어떤 마음이 들어요?"

"음… 사람은 누구나 태어나서 죽음에 이르는 존재니까 어찌보면 죽음을 맞이하는 건 어쩔 수 없는 당연한 일이라는 생각이 들면서도 또 그 죽음에 무뎌지고, 담담해지는 건 힘든 일인 것 같아요. 누구나 죽음은 슬프고, 아프고, 힘들고, 그립기 마련이니까요."

"그럼, 은호 씨는 자신의 죽음이나 누군가의 죽음에 대해 생

선인장 꽃이 피었습니다

각해 본 적 있어요?"

"글쎄요…. 딱히 그런 걸 생각하면서 사는 편은 아니지만, 누군가의 죽음이 눈앞에 보일 때는 한 번쯤 생각해 보게 되기도 하죠. 결국, 나도, 누군가도 언젠가는 저렇게 죽겠구나… 하고."

"은호 씨는 나보다 먼저 세상을 떠나지는 마요."

그녀의 말에 그가 웃으며 답했다.

"그건 내가 해야 할 말 아니에요? 혜령 씨는 늘 언제 세상을 떠나도 이상할 것 같지 않아 보이니까."

그녀가 피식 웃으며 답했다.

"걱정하지 마요. 난 겁이 많아서 그렇게 쉽게 죽지도 못해요. 걱정도 많고, 겁도 많은 사람은 죽는 것도 쉽게 못 죽거든요. 한 번에 죽어야 하는데, 아무한테도 피해 주지 않고 죽었으면 좋겠는데. 이렇게 해서 안 죽으면 어쩌나, 저렇게 해서 안 죽으면 어쩌나. 죽을 때도 생각이 많거든요."

그는 피식 허탈한 웃음을 터뜨렸다.

"그리고 지금은…."

그녀가 덧붙여 말했다.

"은호 씨보다 먼저 세상 떠나고 싶다는 생각, 안 들어요."

그는 지그시 그녀를 쳐다보았다. 그녀는 웃으며 말했다.

"오래… 함께하고 싶으니까."

두 사람은 미소 지으며 서로를 마주 보았다.

쌀쌀한 바람이 코끝을 스치고 나뭇가지의 잎들은 어느새 다 떨어져 앙상한 가지만을 남겨 놓은 채 모든 것들이 다 겨울을 준비하고 있을 무렵, 그와 그녀도 새로운 만남을 위해 마음을 다잡고 있었다. 잘 차려 맞춰 입은 정갈한 코트와 손에는 예쁜 꽃다발과 과일 바구니를 든 채 그와 그녀는 그의 집으로 향했다.

"어서 와요, 어서 와."

처음 그들을 맞이해 준 것은 그의 아버지였다. 그와 닮은 가느다란 눈과 오똑한 코, 인자해 보이는 얼굴까지. 처음 본 그의 아버지의 인상은 친절하고도 따뜻했다.

"어서 와요!"

그다음으로 본 그의 어머니는 무척이나 쾌활하고 밝아 보였다. 단정하게 묶어 올린 머리에 예쁜 원피스, 크고도 동그란 눈에 시원스러운 키와 호리호리한 체형까지. 꽤 세련된 여성의 모습이었다.

"안녕하세요, 처음 뵙겠습니다. 마혜령이라고 합니다."

그녀는 떨리는 마음으로 그의 부모님께 인사를 올렸다.

"반가워요! 우리 은호한테 얘기 많이 들었어요."

그의 어머니가 너스레를 떨며 말했다.

"앉아요, 앉아! 뭐, 커피 줄까요? 아니면 차?"

선인장 꽃이 피었습니다

"아, 저는 다 괜찮습니다…."

그녀는 잔뜩 긴장한 듯 바짝 얼어 있었다.

"긴장하지 말고 편하게 앉아요."

그의 아버지도 그녀를 따스히 대해 주었다.

"네."

그와 그녀가 그의 아버지와 나란히 거실 소파에 앉고 그의 어머니가 차를 준비하는 사이, 세 사람 사이에는 잠시 어색한 정적만이 흐르고 있었다. 그녀는 소파에 앉아 집을 찬찬히 살펴보았다. 깔끔한 집안, 많지 않은 가구들과 단조로운 색들로 채워져 있었다.

"집에 뭐 딱히 볼 건 없죠?"

그의 아버지가 머쓱한 듯 너털웃음으로 물었다.

"아, 아니에요! 집이 되게 깔끔하고 예뻐요."

그녀가 쑥스럽게 대답했다.

"혜령 씨, 괜찮아요?"

곁에 있던 그가 그녀의 안색을 살피며 물었다.

"네."

그녀가 조용히 답했다.

"자, 차 들어요!"

곧 그의 어머니가 환하게 웃으며 차를 내오고 그의 아버지와 그와 그녀에게 건네주었다.

"감사합니다."

그녀는 어색하게 앉아 정중히 인사했다. 그의 어머니는 곧 차를 다 내주고 나서야 그의 아버지 옆에 나란히 앉으셨다.

"그래, 혜령 씨라고요?"

그의 어머니가 물었다.

"네."

"어어, 아주 예쁘게 생겼네! 작은 얼굴에 큰 눈이랑 작은 코, 입이 오목조목하게 다 들어가서는."

"감사합니다."

그녀는 어색한 듯 웃음을 지으며 조용히 답했다.

"나이가… 어떻게 돼요?"

"아, 스물일곱입니다."

"어어, 나이도 아주 딱 좋네! 우리 은호랑 네 살 차이고. 왜, 옛말에는 네 살 차이는 궁합도 안 본다잖아!"

그의 어머니가 웃으며 너스레를 떨었다.

"뭐, 은호한테 대충 듣기로는 직업이 그림 그리는 작가라던데, 맞아요?"

"네, 맞습니다."

"어… 근데 그거 잘돼야 돈 많이 벌고 그러지 않나?"

그의 어머니가 조심스럽게 물었다.

"네… 뭐."

"엄마, 첫 만남에 무슨 그런 실례되는 말을!"

옆에 있던 그가 어머니를 제지하고 나섰다.

선인장 꽃이 피었습니다

"아니, 뭐, 첫 만남이니까 이것저것 궁금해서 물어보기도 하고 그런 거지, 얘는….."

그의 어머니는 머쓱한 듯 대답을 얼버무렸다.

"그래, 여보. 첫 만남인데 거, 좀 편하게 있다 가게 해 줍시다."

"아이고, 알았네요, 알았어!"

그의 아버지도 한마디 거들자, 그의 어머니가 입을 삐죽 내밀며 대꾸했다.

"아, 근데 부모님은 뭐 하세요?"

"아….."

"엄마!"

"왜! 부모님 어떤 분이신지도 못 물어봐?"

그가 눈치를 주자, 그의 어머니는 발끈하며 조용히 대꾸했다.

"괜찮아요."

옆에 있던 그녀가 애써 웃으며 그를 안심시키고는 그의 어머니를 향해 애써 덤덤하게 답했다.

"어머니는 몇 년 전에 돌아가셨고, 아버지는… 연락 안 하고 지낸 지 오래됐습니다."

"연락 안 하고 지내요? 왜요?"

"엄마!"

"왜! 넌 좀 가만히 있어! 너 옆에서 그렇게 설치는 게 더 점수 깎아 먹는 거야!"

"…"

티격태격하는 모자지간 사이에서 그녀가 어렵게 입을 열었다.

"아버지는… 술을 너무 좋아하시고 손버릇도 있으셔서요. 그래서 연락 끊고 지낸 지 오래됐습니다. 어머니도, 저도."

"아아…."

그녀는 그의 부모님의 안색을 살폈다. 역시나 그녀의 예상대로 두 분의 낯빛은 많이 어두워지신 듯 보였다.

"아이고, 그래도 많이 힘들었을 텐데 어려운 환경에서 참 반듯하게 잘 자라 줬네요."

그래도 그의 아버지는 그렇게 따스히 말씀해 주셨다.

"아닙니다."

그녀가 옅은 웃음을 지으며 조용히 대답했다. 그 후로도 그녀는 그의 부모님과 함께 시간을 가진 뒤 그렇게 그의 부모님과의 첫 만남은 마무리되었다. 길고 길었던 하루가 그렇게 저물고, 그녀는 대저택으로 돌아갔다.

"지은호!"

본가로 돌아온 그를 기다리고 있던 것은 잔뜩 성이 나 있는 어머니의 모습이었다.

"!"

"너 진짜 혜령 씨 계속 만날 거야?"

따지듯 물어오는 어머니의 말에 그는 어느 정도 예상했다는

선인장 꽃이 피었습니다

듯 당당히 대답했다.

"네."

"뭐?"

어머니는 기가 막힌 듯 그에게 되물었다.

"계속 만날 거라고?"

"네."

"내가 너 안 본다고 해도?"

"!"

"내가 너 안 본다고 해도 계속 만날 거냐고."

"어머니!"

"분명히 말해 두지만 난 혜령 씨 반대야."

"엄마."

"집안이 좋기를 해, 학벌이 좋기를 해, 직업이 안정적이기를 해? 뭐 하나 나은 게 없잖아!"

"사람이 괜찮잖아요."

"사람이 괜찮으면 뭐해! 너 잠깐 만나다 헤어질 거야? 그럴 거면 몰라도 결혼은 아니지!"

"결혼은 왜 안 되는데요."

"결혼이 애들 장난이니? 집안과 집안과의 결합이야. 다른 건 몰라도 그 술주정뱅이 아버지를 사돈으로 맞으라고? 내가 너 그러려고 고생해서 남부럽지 않게 키운 줄 아니?"

"어머니!"

"학벌도 안 돼, 직장도 안정적이지 않아, 거기다가 집안까지 형편없어! 내가 그런 집에 너를 장가를 보내야겠어?"

"…."

"술주정뱅이에 손버릇 있는 아버지랑 연락 끊은 지 오래됐다고? 너 그 버릇이 어디 가는 줄 아니? 뭐, 연락 끊었다고 죽을 때까지 진짜로 볼 일 없을 것 같아? 아니?! 천만에! 그 아버지 어떻게든 또 찾아낸다니까? 그런 인간들이 원래 아주 지독하고 악독해! 사람 안 고쳐진다고!"

"…."

"너 잘 다니던 회사 그만두고 갑자기 동네 꽃집 차릴 때도 내가 너 그렇게 말렸잖아, 그냥 다니던 회사나 잘 다니라고. 그때도 너 내 말 들었니? 안 들었지! 그러니까 이번엔 네가 양보해. 이번엔 내 눈에 흙이 들어가도 절대로 안 되니까!"

어머니는 그렇게 말하고는 그대로 방으로 들어가 홀연히 사라져 버렸다. 그러고는 곧 이를 지켜보던 그의 아버지가 그에게로 다가와 나지막이 말했다.

"은호야. 아빠랑 잠깐 얘기 좀 할까?"

"…."

그는 아버지와 집 뒷마당 테라스에 나란히 앉아 차분히 이야기를 나누었다.

"아버지도… 반대세요? 혜령 씨?"

"…."

선인장 꽃이 피었습니다

아버지는 한참을 말없이 앉아 있다, 어렵게 입을 열었다.

"아빠도 혜령 씨는 참 좋지. 어려운 환경에서도 반듯하고 예쁘게 잘 자라 주었으니까. 근데 두 사람을 놓고 보면 조금 걱정이긴 하구나."

"아버지…."

"뭐, 젊은 사람들 교제하다가 헤어지기도 하고 그럴 수 있지. 근데 길게 진지하게 만날 거라면 조금 신중해야 하지 않나 싶다."

"…."

"결혼이라는 건 아무래도 두 사람의 사랑만으로 할 수 없는 현실적인 부분이니까."

"…."

"뭐, 경제적인 거야 두 사람이 어련히 알아서 잘 헤쳐 나가겠지만, 혹시라도 혜령 씨 아버지께서 어느 날 두 사람 앞에 나타난다고 하면… 그땐 두 사람이 잘 감당할 수 있을지 그게 걱정이 되는구나. 혜령 씨랑 혜령 씨 어머니도 못 견디고 도망쳐 나온 사람을 두 사람이 잘 헤쳐 나갈 수 있겠냐는 말이야."

아버지는 조곤조곤 천천히 조심스럽게 말을 이어 나갔다.

"네 엄마 말대로 사람 인연이고 사람 인생이라는 게 말이다, 평생 안 볼 것 같던 사람도 결국엔 살다가 한 번쯤은 언제 어디서라도 만나게 되는 법이니까. 특히 가족, 천륜은 더. 내가 연 끊으면 그게 진짜 끝인 것 같아도, 또 결국엔 그 천륜이라는 게

아픔 뒤에 또 다른 아픔이 올지라도

내 발목을 붙잡을 때가 있어."

"…."

"더군다나 혜령 씨 같은 깊고 어두운 아픔을 가진 사람을 네가 지치지 않고 몇 번이고 다시 일으켜 세워 줄 수 있겠니? 네가 무너지지 않고 중심을 잘 잡아 줄 수 있겠어? 어렸을 때부터 다투고 싸우는 걸 싫어하던 네가 앞으로 계속 다투고 싸워야 할 수도 있는데, 그래도 계속 네 사람을 그리고 너를, 다투고 싸워서 지킬 수 있겠냐는 말이야."

"…."

"때론 네가 더 지치고, 네가 더 힘들 수도 있어. 포기하고 싶고, 내려놓고 싶고, 도망치고 싶은 날이 많아질 수도 있어. 그래도 기어코 그 길을 가겠니? 그래도 네가 그 길을 가겠다고 한다면 아버지는 그때 다시 생각해 보마."

아버지는 그렇게 자리를 떠나고, 그는 컴컴한 어둠 속에 홀로 남겨진 채 깊은 생각에 잠겼다. 그날 밤은 왠지 더 차갑고 쓸쓸한 밤이었다.

"미안해요. 그때 내가 제대로 나서 주지도 못하고."

며칠 후, 그의 꽃집 앞에서 만난 그와 그녀가 서로 이야기를 나누고 있었다.

"아니에요. 내가 미안하죠. 나 때문에 부모님하고 사이도 서

먹서먹해지게 만들고."

미안한 마음으로 그를 바라보는 그녀에, 그가 슬픈 눈으로 애써 덤덤히 말했다.

"그만두고 싶으면… 언제든 얘기해요."

"은호 씨는요? 은호 씨는… 나랑 그만두고 싶어요?"

"아니요."

"그럼 됐어요. 그거면 돼요."

그녀가 웃으며 답했다. 두 사람은 서로를 마주 보며 활짝 미소를 지어 보였다.

"지은호!"

그때 마침 그의 어머니가 꽃집을 찾아오고, 두 사람을 발견한 그의 어머니는 어두워진 표정으로 두 사람을 향해 성큼성큼 다가왔다.

"어머니."

"안녕하세요…."

"아, 혜령 씨도 있었네요."

"네…."

그의 어머니는 쌀쌀맞은 투로 그녀를 대했다.

"미안한데 나 은호랑 할 말이 있어서 그러는데 혜령 씨가 자리 좀 비켜 줄래요?"

"네."

"무슨 일이신데요?"

아픔 뒤에 또 다른 아픔이 올지라도 _____ 323

그가 어머니를 향해 조용히 물었다.

"그런 게 있어. 넌 따라 들어오고."

"…."

그가 어머니의 눈치를 살피며 그녀에게로 시선을 돌렸다. 그녀는 괜찮으니 얼른 가 보라는 듯 웃으며 그를 바라봐 주었다.

"…."

그가 미안한 마음으로 어머니를 따라 꽃집 안으로 들어가려던 찰나, 누군가 그녀의 이름을 부르는 목소리가 들려왔다.

"마혜령!"

"?"

그녀와 그, 그리고 그의 어머니는 일제히 소리가 나는 쪽으로 고개를 돌려 보았다.

"마혜령이… 너 마혜령이, 맞지?"

하얗게 거의 다 새어 버린 덥수룩한 머리에 옅은 회색 점퍼, 통이 넓고 길이가 긴 바지, 몸에 잔뜩 밴 술 냄새와 술에 달아오른 듯 벌건 얼굴. 그녀의 아버지였다.

"너… 마혜령이, 맞잖아!"

그녀의 아버지는 잔뜩 술에 취한 듯 비틀거리며 그녀를 향해 삿대질하며 소리쳤다.

"아주, 지 애비를 보고도 못 알아보나. 뭘 그렇게 멀뚱히 서서 처보고 있어!"

그녀는 까무러치게 놀랄 듯, 새하얗게 질린 낯빛으로 그 사

선인장 꽃이 피었습니다

람을 쳐다보고 있었다. 몸은 부들부들 떨리고 머리는 돌덩이로
맞은 것처럼 정신이 멍했다. 그녀는 아무런 말도 나오지 않았
다. 그저 멀뚱히 서서 그 광경을 지켜보는 것밖에 아무것도 할
수가 없었다.

"아버지… 라고?"

문득, 그녀의 정신을 깨운 건 그의 어머니였다. 그녀는 두려
움에 가득 찬 얼굴로 천천히 고개를 돌려 그의 어머니를 바라
보았다.

"저 사람이 혜령 씨 아버지야?"

그의 어머니 또한 놀란 건 마찬가지인 듯했다.

"…"

그녀는 아무런 대답도 하지 못했다.

"저… 일단, 어머니, 안으로 들어가세요."

그가 놀란 어머니를 진정시키며 꽃집 안으로 모시고 들어
갔다.

"마혜령이!"

정신이 번쩍 든 그녀가 그녀의 아버지를 향해 부들부들 떨리
는 몸으로 달려갔다.

"가요."

그녀는 아버지라는 사람을 밀치며 몰아붙였다.

"가라고요!"

"이 싸가지 없는 년. 오랜만에 만난 지 애비를 말이야, 어디

버릇없이 밀치고….”

아버지라는 사람이 잔뜩 취한 듯 중얼거렸다. 그녀는 거칠게 아버지를 끌고는 어디론가 향했다.

“너는 애미, 애비도 없고 위아래도 없어?!”

한참을 가, 인적도 드문 막다른 골목에 다다른 그녀는 아버지라는 사람을 밀치듯 몰아세우고는 독기 가득한 눈으로 쏘아보며 말했다.

“당신이 왜 여기 있어.”

“저 눈 좀 봐…. 저 부라린 눈, 아주 집 나간 지 애미하고 똑 닮아 가지고는.”

술에 취해 중얼거리는 아버지라는 사람을 향해 그녀가 소리쳤다.

“당신이 왜 여기 있냐고!”

“이게 어디다 대고 애비한테 큰소리야, 큰소리는! 내가 너 그렇게 가르쳤어? 아니면 집 나간 네 애미가 그렇게 가르치든?”

그녀는 슬픔에 가득 찬 눈으로 기가 막힌 듯 헛웃음을 터뜨리며 말했다.

“당신이 언제 날 가르쳤어. 내 아버지라는 사람이랍시고 당신이 나한테 언제 한 번이라도 아버지 노릇 해 준 적 있어?”

그녀의 말대꾸에 아버지라는 사람 역시 지지 않고 받아쳤다.

“그러는 너는, 너는 자식이 돼서 딸 노릇 한 게 뭐가 있어. 맨날 허구한 날 처울어 대기나 하고 말이야, 지 애미 닮아 가지고

선인장 꽃이 피었습니다

집이나 기어나갈 줄 알았지. 네가 딸년이 돼서 자식 노릇 한 게
뭐가 있냐고!"

"그러게, 잘했어야지!"

"뭐?!"

"아버지라는 사람이 아버지랍시고, 남편이랍시고 자기 역할
하나 제대로 못해서 딸이고 아내고 집 나가게 해 놓고, 아버지
로서 남편으로서 대우는 받길 바란 거야? 자기 역할은 하나도
한 게 없으면서?"

"이년이 아주, 뚫린 입이라고 막 지껄이는구먼. 그래! 너 잘
났다! 너 혼자 아주 잘났어! 이년아!"

그녀는 글썽이는 눈에 힘을 주며 대꾸했다.

"열 달 배 아파 날 낳은 것도 엄마였고, 그 지옥 속에서 혼자
날 키운 것도 엄마였어. 엄마는 나 때리고 욕하고, 못살게 굴
었어도 적어도 최소한 엄마로서의 노력은 했다고! 근데 당신
은, 당신은 뭘 했어? 도대체 당신은 한 게 뭐가 있냐고! 맨날 술
에 찌들어 살고, 술병이나 깨면서 엄마 때리고, 나한테 윽박지
르고 욕하고! 엄마한테 단 한 번이라도 제대로 된 남편 노릇 해
본 적 있어? 나한테 단 한 번이라도! 제대로 된 아버지 노릇 해
본 적 있냐고."

"저년이 아주, 집을 나가더니 싸가지만 어디다 팔아먹고 와
서는!"

아버지라는 사람이 잔뜩 화가 나 그녀를 때리려 손을 들어

올리는 순간, 그녀는 힘 있게 그 팔을 잡아 저지했다. 그러고는 눈물 맺힌 독기 가득한 눈으로 아버지라는 사람을 향해 조용히 말했다.

"나 이제 어렸을 때 그 당하기만 하던 약한 딸 아니야. 어릴 때 그 마혜령 아니라고."

"이… 이!"

"그 정도 했으면 사람이 좀 달라질 법도 하잖아. 엄마도 나도, 당신 두고 도망갔으면 정신은 못 차릴지언정, 생각은 좀 할 법도 하잖아! 왜 당신 혼자 두고 그렇게 다 나가 버렸는지!"

"그래. 니들 잘났다. 아주, 나 두고 나가서 지들 잘 살겠다고 팔자 고쳐서 번지르르하게 먹고, 입고. 아주, 팔자 늘어졌지? 그렇게 사니까 아주, 눈에 뵈는 게 없지?!"

그녀는 쉴 새 없이 흘러내리는 눈물을 훔치며 한탄하듯 말했다.

"학교에서 학예회 할 때, 운동회 할 때, 부모님들 오시는 애들이 얼마나 부러웠는지 알아? 아빠 손 잡고 소풍 가고, 놀이동산 가고, 걷다가 힘들면 아빠 등에 업히고. 그런 애들이 얼마나 부러웠는지 아냐고. 아버지가 나한테 그렇게 해 본 적이 한 번이라도 있어? 내가 적어도! 추억 안고 살게끔 해 준 게 하나라도 있냐고!"

"미친년…."

"나도 아버지 좋아하고 싶었어. 나도 아버지 사랑하고 싶었

선인장 꽃이 피었습니다

다고. 크면 아빠랑 결혼할 거라던 애들이… 난 세상에서 제일 부러웠어. 가장 존경하는 인물로 부모님을 꼽던 애들이! 난 제일 부러웠다고!"

"그런 년이 이따위로 커서 눈을 부릅뜨고 애비한테 바락바락 대들어?"

그녀는 낮은 목소리로 나지막이 말했다.

"지금 당신은 나한테 아버지도 아니니까."

"뭐?"

"나한테 늘 당신은 부끄럽고 도망치고 싶은 존재였으니까."

"그래, 이년아. 니 애비가 돼서 부끄럽고 도망치고 싶은 존재여서 미안하다, 이년아."

그녀는 마지막으로 눈물을 훔쳐내며 독하게 쏘아붙였다.

"처음이자 마지막으로 부탁 하나만 할게. 제발 내 앞에 다시는 나타나지 마. 아버지 노릇 한 거 없고, 사람 구실 못해도 좋으니까 제발 내 앞길에 방해만 되지 마. 제발, 이렇게 부탁할게."

그녀는 그렇게 말한 뒤 차갑게 돌아서서 조용하고 어두운 골목길을 걸어 나왔다. 돌아 나오는 그녀의 등 뒤로 아버지가 욕을 하는 소리가 들려왔다.

"너 제정신이야?! 저 꼴을 보고도 혜령 씨랑 계속 만나겠다는 소리가 나와?!"

"모르고 만난 것도 아니잖아요."

"뭐?"

"···."

"연락 끊었다며. 연락 끊은 지 오래됐다며! 근데 봐. 저렇게 눈앞에 번듯이 나타나서는. 대낮부터 술에 찌든 저 꼴로, 저렇게 멀쩡히 돌아다니잖아."

"···."

"지은호! 내가 저런 사람을 사돈으로 받아들이고 봐야겠니? 내가 구태여 그 꼴을 봐야겠어? 내가 그 꼴 보려고 너 이렇게 번듯이 키운 줄 알아?"

"엄마, 한 번만 봐주면 안 돼요? 엄마 마음도 이해하는데··· 그냥 한 번만 믿고 지켜봐 주면 안 돼요?"

"뭘, 뭘 믿고 지켜봐! 지켜보기는! 저 꼴을 믿고 지켜보라고? 지금 저렇게 한 번 보인 거, 한 번 보이고 끝일 것 같아? 앞으로 두 번이고 세 번이고 또 쫓아온다고! 돈 달라고 쫓아올지 어떻게 아니? 내가 그 꼴을 봐야 한다고? 앞으로도 계속?! 난 그렇게 못 해. 절대 못 해! 아니? 안 해!"

그의 어머니는 그렇게 소리치고는 그대로 꽃집을 나섰다.

"!"

꽃집을 나서던 그의 어머니는 마침 꽃집 앞에 서 있던 그녀와 마주치고, 말없이 정중히 고개 숙인 그녀의 앞에 그의 어머

선인장 꽃이 피었습니다

니는 그대로 차갑게 꽃집 안을 걸어 나갔다. 그의 어머니가 꽃집을 나가신 후, 그녀가 면목 없다는 듯 그에게 말했다.

"미안해요, 나 때문에…."

"아니에요, 혜령 씨 때문."

그가 나긋하게 말해 주었다.

"아버님은… 어떻게 됐어요?"

"그냥, 뭐…."

그녀는 천천히 그가 앉아 있는 카운터로 걸어왔다.

"내가… 다시는 보지 말자고 했어요. 다시는 찾아오지 말라고."

"…."

그는 숙연히 고개를 떨구며 나지막이 말했다.

"혜령 씨도 참 힘들겠네요."

"…."

"우리 서두르지 말고 천천히 해요. 천천히 하나씩."

"…."

그의 말에 그녀가 묵묵히 슬픈 눈으로 고개를 끄덕였다.

앙상했던 나뭇가지에는 하얗고 뽀얀 눈이 내려 어느새 눈송이들이 자리를 잡고, 대저택은 하얀 눈으로 뒤덮여 눈의 나라가 되었다.

"안나 씨! 수도 또 얼었나 봐요!"

"네! 지금 갈게요!"

"왕 집사님! 눈이 너무 많이 와서 오늘은 산에서 못 나갈 것 같은데요? 배달도 못 올 것 같고요."

"걱정이네요…. 다른 방법을 찾아보죠."

대저택 식구들은 제각기 겨울을 나기 위해 저마다의 싸움을 벌이고 있었다.

"아가씨, 출판사하고 미팅 잡을까요?"

"응."

"이번엔 아가씨께서 직접 가실 거죠?"

"응."

혜령은 방 안 책상 앞에 앉아 노트북으로 일을 하고 있었다. 적막한 방안에는 노트북을 타닥타닥 두드리는 소리만이 가득 울리고, 혜령은 지난가을의 어느 날을 떠올렸다.

"혜령 씨."

"네."

"난 돌려 말하는 거 못해서 솔직하게 말할게요."

"네."

"우리 은호하고 헤어져 줘요."

"…."

"이쯤에서 그만 만나요."

"…."

선인장 꽃이 피었습니다

"두 사람, 혜령 씨는 그렇다 쳐도 우리 은호는 이제 어린 나이도 아니잖아요. 혜령 씨야 능력도 있고, 만나다 헤어져도 그만이지만 우리 은호는 이제 만나면 결혼을 생각해야 할 나이이니까."

"네…."

"내 말 무슨 뜻인지 알죠?"

"네…."

"그래요. 혜령 씨 똑똑한 사람인 거 같으니까 내가 이렇게 부탁할게요. 우리 은호… 이제 그만 놔줘요."

"…."

그녀는 그날 아무런 대답도 하지 못한 채 그저 그렇게 그의 어머니가 카페 안을 나갈 때까지 지켜보고 있을 수밖에 없었다.

일에 열중하던 그녀는 집중력이 흐트러진 듯 답답함에 자리에서 벌떡 일어나 창문 앞으로 향했다. 창문 너머로는 대저택 앞마당의 눈을 쓸고 있는 몇몇 직원들의 모습이 보였다. 그녀는 '허….' 하며 창문에 입김을 불어넣어 보았다. 투명하던 창문은 금세 입김 자국이 나며 뽀얗게 흐려지고, 그녀는 그 위로 살며시 그의 이름 석 자를 적어 보았다. 그러고는 창문 앞에 놓여 있던 그가 준 작은 선인장 화분을 바라보았다.

"넌 여전히 잘 크고 있구나. 바깥엔 겨울이 왔는데도."

그녀는 아련히 혼잣말을 중얼거렸다.

한편, 밑에서는 제각기 바쁜 대저택 식구들이 발을 동동 구르며 각자 일에 열중하고 있었다.

"근데… 지은호 씨, 대저택에 안 온 지도 벌써 꽤 되지 않았어요?"

"그러니까요."

"두 사람은… 헤어진 건가?"

"부모님의 반대에 별수 있겠어요?"

"두 사람, 진짜 보기 좋았는데…."

대저택 직원들이 잠시 속닥거리며 떠들고 있던 사이, 대저택에는 반가운 얼굴들이 찾아왔다.

"야, 여기는 완전 겨울왕국이 따로 없네요!"

"어떻게, 배경 음악 좀 깔아 줘?"

"제가 좀 도와 드릴까요?"

강철과 진호, 우찬이었다.

"어머! 세 분 오랜만이네요? 그동안 잘 지내셨어요?"

"그럼요!"

"눈이 많이 와서 차 다니기도 힘들 텐데 어떻게 오셨어요?"

"마음과 의지만 있다면 어디든 가죠!"

진호가 너스레를 떠는 사이, 왕 집사가 그들을 맞아 주었다.

"세 분 오랜만입니다."

"안녕하세요."

"오랜만입니다. 잘 지내셨습니까, 왕 집사님."

우찬과 강철이 왕 집사에게 인사하고, 진호 또한 말없이 고

선인장 꽃이 피었습니다

개를 꾸벅 숙여 정중히 인사했다.

"잘 지냈죠."

왕 집사는 웃으며 특유의 차분한 어조로 말했다.

"세 분 식사는 하셨습니까?"

"네!"

"어… 뭐 간단히 먹고 오기는 했는데…."

"아니요?"

여전히 개성 넘치는 세 사람의 대답에 왕 집사는 피식 웃음을 터뜨렸다.

"그럼 다들 주방으로 오셔서 식사나 디저트 드시죠."

"아이, 먹고 오긴 했는데… 또 왕 집사님께서 그렇게 권하신다면야."

"오늘 메뉴는 뭐예요? 아침부터 아무것도 안 먹어서 완전 배고프거든요."

한결같이 뻔뻔한 강철과 진호의 태도에 우찬은 고개를 저으며 깊은 한숨을 내쉬었다. 잠시 후, 식사를 마친 강철이 주방을 걸어 나와 대저택 안을 기웃거렸다.

"뭐 찾으세요?"

한 대저택 직원이 묻자, 강철은 화들짝 놀라며 말을 버벅거렸다.

"아니요? 찾긴요. 그냥 둘러보는 거예요. 이야! 집이 진짜 크네요!"

"네? 처음 오신 거 아니잖아요?"

"아, 처음 온 건 아니지만….""

"?"

직원이 그를 이상하게 쳐다보자, 그가 화제를 돌려 본심을 꺼내기 시작했다.

"근데… 뭐, 한 분이 안 보이시네?"

"누구요?"

"아니 뭐… 고안나 씨라든가."

기어들어 가는 그의 목소리에 무언가를 눈치챈 직원이 씩 웃으며 물었다.

"안나 씨요? 안나 씨 찾으세요?"

"아니, 뭐, 찾는 게 아니고… 그냥 안 보인다고요."

"그러니까 그게 찾는 거잖아요."

"아니, 뭐! 없으면 말죠, 뭐!"

괜히 머쓱한 그가 버럭 해 보았다. 직원은 미소 지으며 말했다.

"저기 오시네요?"

"!"

마침, 이쪽으로 걸어오는 안나를 발견한 강철이 화색을 띠었다.

"박강철 씨?"

그를 알아본 안나가 먼저 입을 열었다.

　　　　　　　　　　　　　선인장 꽃이 피었습니다

"아… 네, 뭐. 오랜만이네요?"

"여긴 어쩐 일로?"

"그냥 뭐, 지나가다가…."

"이 날씨에 여기를 지나가다가 들렀다고요?"

안나가 이상한 눈으로 그를 바라보자, 당황한 강철이 되레 큰소리쳤다.

"아니, 뭐! 지나가다가 이 근처에 볼일이 있어서 올 수도 있고, 뭐… 그런 거죠!"

"…."

"아니 뭐, 뭐. 왜요, 왜!"

"…."

강철을 유심히 지켜보던 안나가 태연히 말했다.

"그래요. 그럼, 잘 계시다 가세요."

그렇게 말하고는 발걸음을 돌리려던 찰나, 강철이 다시 말을 걸어왔다.

"아, 그… 바빠요? 안 바쁘면 언제 술이나 한잔…."

안나는 뒤돌아 그를 바라보았다.

"…."

잠시 뜸 들이던 안나는 이내 단호하게 대답했다.

"바빠요."

"네?"

"바쁘다고요."

"바쁘다고요? 뭐 하는데요?"

"내가 그거까지 박강철 씨한테 얘기해야 해요?"

"아니요. 그런 건 아닌데…."

할 말을 잃은 강철을 뒤로한 채 안나는 다시 돌아서서 성큼 성큼 걸어갔다. 그렇게 한 발 한 발 멀어져 가던 안나는 곧 다시 뒤돌아보며 강철을 향해 무심한 듯 능글스럽게 말했다.

"나중에 나가면… 술 한잔해요. 뭐, 그때 못다 했던 내기 해도 좋고요. 어차피 또 내가 이기겠지만."

그리고는 유유히 가던 길을 다시 걸어갔다. 한참을 멍하니 그녀의 뒷모습만 바라보던 강철은 뒤늦게 말뜻을 알아듣고는 얼굴에 환한 미소를 보이며 그녀의 뒷모습에 대고 소리쳤다.

"다음엔 꼭 내가 이겨요! 아니, 그때도 사실 져 준 거예요!"

어렴풋이 저 너머로 강철의 말을 들은 안나는 피식 웃으며 돌아보지 않은 채 알겠다는 듯 손만 흔들어 주었다.

끼이익! 갈색으로 녹이 슨 낡은 대문이 열리고, 눈이 쌓인 마당 안으로 살며시 그가 걸어 들어왔다.

"계세요?"

그는 조심스럽게 외쳐 보았다. 집 안에서는 인기척이 느껴지지 않는 듯했다. 그는 천천히 집 가까이 한 발 한 발 다가가 보았다.

선인장 꽃이 피었습니다

"안에 아무도 안 계세요?"

잠시 후, 안에서 "누구요!" 하는 술에 잔뜩 취한 중년 남성의 목소리가 들려왔다.

"안녕하세요! 지은호라고 합니다!"

그가 정중히 집안을 향해 인사했다. "누구?" 하며 집안에서 속옷 차림의 중년 남성이 비틀비틀 술에 취한 듯 걸어 나왔다.

"안녕하세요. 지은호라고 합니다. 혜령 씨하고 만나는 사람입니다, 아버님. 처음 뵙겠습니다."

그는 정중히 허리 숙여 그녀의 아버지를 향해 인사했다.

"…"

그녀의 아버지는 한참이나 말없이 그대로 서 있다, 그를 향해 쌀쌀맞게 대꾸했다.

"그런데요."

"… 아버님께 인사드리러 왔습니다."

"인사는 무슨 인사. 딸년은 다시는 제 눈앞에 나타나지 말라고 고래고래 소리를 치고 갔는데."

그녀의 아버지는 점점 언성을 높이며 말했다.

"뭐, 그쪽도 눈앞에 제발 좀 나타나지 말라고 애걸복걸하러 왔어?"

"아니요."

그는 조용히 대답했다.

"그래도 한 번은… 인사드려야 할 것 같아서요."

"…."

"들어가도… 될까요?"

그가 조심스럽게 물었다.

"…."

한참을 구부정하게 서 있던 그녀의 아버지는 곧 "그러든가." 하며 쌀쌀맞은 투로 대답하고는 집 안으로 걸어 들어갔다. 그는 그런 그녀 아버지의 뒤를 따랐다. 오래되고 낡은 집. 어두운 톤의 원목 벽, 누런 옛날 장판. 아마도 그녀와 그녀의 어머니가 살던 옛날 그 모습 그대로인 듯했다. 그는 가져온 술과 과일 바구니를 그녀의 아버지 앞에 놓아 드렸다.

"다른 건 잘 안 드실 것 같아서요. 좋아하실 만한 걸로 사 왔습니다."

그녀의 아버지는 게슴츠레 뜬 눈으로 "집 나간 년들보다 낫네." 하며 중얼거렸다. 그는 그녀의 아버지를 향해 정중히 인사를 올렸다.

"혜령 씨 낳아 주셔서 감사합니다."

그녀의 아버지는 투덜거리듯 말했다.

"낳기는 뭐, 내가 낳았어? 지 애미가 낳았지."

그는 아랑곳하지 않고 그녀의 아버지를 향해 말했다.

"혜령 씨와 서로 힘이 되어 주고, 의지하며 그렇게 오래 함께 하고 싶습니다."

그녀의 아버지는 술병이 쌓인 커다란 상에 팔을 기대어 앉은

선인장 꽃이 피었습니다

채 말없이 먼 곳만 바라볼 뿐이었다.

"애비 같지도 않은 애비한테 허락받자고 온 건 아닐 테고. 오래도록 내 딸년이랑 함께하고 싶으니 애비라는 술주정뱅이는 눈에 띄지도 말고 죽은 듯이 살아라, 뭐 이거야? 어? 이 말 하러 왔어?!"

그녀 아버지의 횡포에도 그는 한동안 말없이 그 곁에 무릎 꿇고 앉아 있다, 한참이 지난 후에야 무겁게 입을 열었다.

"혜령 씨랑 혜령 씨 어머님 나가시고, 아버님 혼자 남아 많이 힘드셨을 거 압니다."

"뭐?!"

"그래서 오늘은 아버님 말씀 들어 드리러 왔습니다. 지금밖에 기회가 없을 것 같아서요."

"…."

"어떤 말씀이든 다 하셔도 좋습니다."

그는 그 말을 끝으로 그녀의 아버지가 입을 열 때까지 얼마고 묵묵히 기다려 주었다. 그렇게 꽤 긴 시간 동안 그는 그녀의 아버지와 자리를 함께했다. 그리고 해가 저물어 어릴 적 그녀의 집에 어둠이 내려앉자, 그는 그녀의 아버지를 향해 정중히 인사드렸다.

"평안해지시길 바랍니다."

그러고는 그렇게 그녀의 아버지를 뒤로한 채 어릴 적 그녀의 집에서 묵묵히 걸어 나왔다. 그는 마당을 다 나왔을 때쯤, 뒤돌

아 어릴 적 그녀가 살던 집을 다시 찬찬히 살펴보았다. 다 낡아
벗겨진 옅은 회색 지붕, 오래된 흙바닥으로 된 집의 앞마당, 갈
색으로 녹슨 초록색 대문까지. 모두 낡은 추억들이었다. 그녀
의 시작이자 지옥이었다. 그는 처음이자 마지막일 그녀의 추억
을 가슴 깊이 새긴 채 그곳을 떠났다.

"어머님!"

그녀는 장을 봐오는 그의 어머니를 기다리고 서 있다. 정중
히 인사했다.

"안녕하세요."

"또 왔어요?"

그의 어머니는 한숨을 내뱉으며 차갑게 말했다.

"이렇게 자꾸 와도 소용없다고 했잖아요. 몇 번을 말해야 알
아들어요?"

"…"

"은호도 혜령 씨가 여기 와서 이러는 거 알아요?"

"아니요…. 은호 씨한테는 얘기 안 했습니다."

그의 어머니는 다시 한숨을 내뱉으며 말했다.

"혜령 씨가 자꾸 이렇게 나 계속 찾아와서 이래도 나 혜령 씨
못 받아 줘요. 허락 못 해요. 아니? 허락 안 해요!"

"…"

선인장 꽃이 피었습니다

그의 어머니는 차갑게 돌아서서 집으로 향했다. 그녀는 그의 어머니의 손에 들려 있던 짐을 잡으며 말했다.

"주세요. 제가 들어 드릴게요."

"됐어요!"

그녀를 대차게 뿌리치는 손길에, 그녀는 그저 말없이 우두커니 선 채 집 안으로 들어가는 그의 어머니의 뒷모습만 바라볼 뿐이었다.

"오랜만이네요, 마혜령 씨?"

오랜만에 대저택을 찾아온 그가 웃으며 그녀에게 인사를 건넸다.

"오랜만이네요, 지은호 씨?"

그녀 역시 그런 그를 환하게 웃으며 맞이해 주었다.

"들어가도 될까요?"

그녀는 웃으며 고개를 끄덕였다.

"마음대로 해요."

그는 미소 지으며 그녀의 방안에 발을 내디뎠다.

"처음 여기 왔을 때 생각나요?"

그녀가 나긋이 물었다.

"그럼요. 완전 생생히 기억나죠."

그가 웃으며 답했다.

"비는 요란하게 내리고 천둥 번개도 치는데, 그 컴컴한 어둠 속에서 '나가!' 하며 소리치던 그 오룡산 대저택 마녀의 모습이."

그녀는 피식 웃음을 터뜨리며 말했다.

"두 번째는 주방에서 갑자기 만났죠."

"그랬죠. 그때 혜령 씨 놀라는 모습이 진짜⋯."

"그때, 나 진짜 얼마나 놀랐는지 알아요? 갑자기 내 집 주방에 한 번 본 남자가 떡하니! 앉아 있으니."

그는 말없이 웃음 지었다.

"그리고 세 번째는⋯ 진호 씨 물 맞은 날."

그와 그녀는 동시에 웃음이 터져 버렸다.

"기억나요, 그때 백진호 물 맞은 거."

그녀가 말을 이었다.

"그리고 그다음은? 방문 앞에서 은호 씨가 나한테 말 걸던 거."

"그랬죠."

그가 웃으며 고개를 끄덕였다. 그녀는 침대 위에 털썩 앉으며 말했다.

"그렇게 몇 번이고 와서 자꾸 나한테 말 걸다가⋯ 보물이라면서 찾아보라고 선인장 화분을 대저택 뒷마당에 두고 갔잖아요. 저렇게."

그녀는 창문 앞에 놓인 작은 선인장 화분을 가리켰다.

"그랬죠."

"그리고 또 그다음엔… 다짜고짜 와서 좋아한다며 고백하고."

"맞아요. 그날 바비큐 파티도 했었죠."

그가 웃으며 대꾸했다.

"그러네…. 그 고기 맛있었는데."

그녀가 아련히 말했다.

"또 해요. 겨울이 지나고, 따뜻한 봄이 오면."

그의 말에 그녀가 웃으며 고개를 끄덕였다.

"그리고 또 그다음엔? 스스로 목숨을 끊으려는 사람을 찾아갔을 때."

"그때 혜령 씨랑 되게 티격태격했죠."

"그랬죠."

"참, 그 사람은 어떻게 됐는지 그 후로 연락 없었어요?"

"음… 있었어요."

"있었어요? 뭐라고 왔는데요?"

그가 그녀의 옆에 나란히 앉으며 물었다.

"잘 지내고 있다고요. 모르는 여자가 해 준 따뜻한 말 덕분에 살아 볼 의지가 생겼다고. 어차피 이판사판이던 인생에 그냥 어떻게든 막 한번 살아 보자! 하고 다시 일어서게 됐대요."

"뭐… 범죄, 이런 걸로 일어선 건 아니죠?"

그의 말에 그녀가 웃음을 터뜨리며 말했다.

"당연하죠!"

"그럼 됐어요."

두 사람은 웃으며 이야기를 계속했다.

"그러고 나서 내가 세상으로 다시 나가게 될 결심을 하게 됐죠. 은호 씨한테 특훈도 받고."

"그랬죠."

그가 고개를 끄덕였다.

"그리고 대저택 식구들끼리 7년 만의 첫 휴가도 가고… 안나도 찾으러 가고, 다녀와서는 은호 씨 부모님께 인사도 드리고, 참 많은 일이 있었죠."

"그러네요."

두 사람은 아득했던 지난날을 찬찬히 되새기고 있었다.

"은호 씨는 왜 나한테 계속 다가왔어요?"

"음… 처음엔 아픈 사연이 있어 보여서 보듬어 주고 싶었고, 그다음엔 혜령 씨가 좋아지게 됐고, 또 그다음엔 혜령 씨와 함께하고 싶어져서요."

그녀는 말없이 웃어 보였다.

"선은 그었지만, 혜령 씨도 내가 싫은 것 같지는 않았거든요."

"싫지 않았어요."

그녀가 대답했다.

"처음부터. 오히려 이상하도록 대범한 당신이 내 선을 넘어와서 날 흔들어 놓을까 봐 무서웠던 거죠."

"그렇다면 다행이네요."

그의 말에 그녀가 웃으며 말했다.

"나한테 다가와 준 만큼, 앞으로는 나도 계속 그렇게 은호 씨한테 한 발 한 발 다가갈게요. 은호 씨가 기다려 준 만큼 나도 은호 씨 곁에 있어 줄게요."

그가 웃으며 답했다.

"같은 생각이에요."

두 사람은 서로 마주 보며 함께해 온 지난 시간들을 떠올렸다. 처음 만났던 그 순간부터 투덕거리며 서로를 밀고 당기던 순간들. 그리고 함께 미래를 꿈꾸며 나아가고 있는 지금 이 순간까지도. 모두 소중했고 행복했으며 지금도 더할 나위 없이 따뜻하고 포근했다. 서로 함께하기 시작한 그 순간부터 지금까지 한 번도 서로를 마음속에서 놓아 본 적이 없었다. 두 사람은 나란히 침대에 앉은 채 서로를 환한 미소로 바라보다 이내 부드럽고 따뜻한 입술로 서로의 온기를 전했다.

그렇게 모질었던 겨울이 가고, 새로이 새싹이 돋아나는 봄이 오고, 새싹이 짙어지는 무더운 여름이 오고, 다시 찬란하게 잎들을 물들이는 가을이 오면, 언제 아름다웠냐는 듯 다시 앙상한 겨울이 찾아왔다. 그리고 그렇게 또다시 혹독하고 모진 겨울을 이겨 내고 나서야 다시 봄이 찾아왔다.

"지은호."

어느 날 그의 엄마가 그를 차갑게 불러 세웠다.

"네."

"너 진짜 혜령 씨하고 결혼할 거야?"

"네."

어머니의 물음에 그는 조금의 흔들림도 없이 굳게 답했다. 그리고 그런 그의 대답에 어머니는 깊은 한숨을 내뱉으며 말했다.

"벌써 서른셋이야. 할 거면 올해 안에는 얼른 장가가. 이제 봄이니까, 더 끌지 말고."

"네?"

그는 믿을 수 없는 어머니의 말에 휘둥그레한 눈으로 되물었다.

"노총각으로 늙어 죽을 거야?! 결혼도 안 하고? 아니면 뭐, 네 나이 마흔에도 연애할 기회가 그렇게 금방 금방 올 줄 아니?"

"엄마…."

"…."

어머니는 복장 터지는 얼굴로 한숨만 푹푹 내쉴 뿐이었다.

"그럼 혜령 씨랑 저 허락하시는 거예요?"

"마음에 안 들지만 뭐 별수 있겠어? 둘이 그렇게 주야장천 아주 끈질기게 날 쫓아다니는데! 내가 살아야지 안 되겠다."

"어머니."

선인장 꽃이 피었습니다

그가 웃으며 어머니를 불러 보았다.

"자식 이기는 부모 없다더니 아주 옛말이 딱 맞아!"

"감사합니다, 어머니."

그가 환히 웃으며 인사했다.

"정말 감사합니다!"

그가 우렁찬 소리로 크게 외치자, 어머니는 기도 안 찬다는 듯 피식 웃음을 터뜨렸다. 그러고는 방으로 걸어 들어가는 어머니의 너머로 때마침 거실로 걸어 나오시던 아버지와 눈이 마주쳤다. 두 사람은 환히 웃으며 서로를 마주 보았다. 그리고 그는 얼마 전 아버지가 했던 이야기를 떠올렸다.

"은호야."

"네?"

"아버지는 이제 두 사람, 반대 안 한다."

"네?"

"아버지는 이제 두 사람, 반대 안 한다고."

"…."

"너희 두 사람이 끈질기게 엄마한테 하는 거 보면, 두 사람이 알아서 잘 헤쳐 나갈 수 있겠다 싶어. 믿음이 가, 이제는."

"아버지…."

"은호야."

"네."

"내가 전에 결혼은 두 사람의 사랑만으로는 할 수 없는 현실이라고 얘기한 적 있었지? 그 깊고 어두운 아픔을 가진 혜령 씨를 네가 몇 번이고 다시 잘 일으켜 줄 수 있겠냐고."

"네."

"근데 말이다, 살면서 몇 번이고 넘어져도 날 다시 일어서게 해 주는 것도 사랑이고, 가족이란다. 때론 사랑이, 가족이 날 힘들게 하고 무너지게 하다가도 또 사랑이, 가족이 날 일어서게 하기도 해. 아빠도 그랬고."

"…."

"힘들게 일하고 퇴근하고 집에 오면… 날 반겨 주는 네가 있고, 든든하게 힘이 되어 주는 네 엄마가 있고. 그래서 또 힘내서 다시 일어서고 또 훌훌 털어 버리고 지금 이 자리에까지 올 수 있었던 것 같다."

"…."

"네가 싫어하는 다툼과 싸움을 하게 될 날이 많을 수도 있어. 살다 보면 똑바로 걷는 날보다 비틀대고 넘어질 때가 더 많으니까. 그래도 은호야, 나는 네가 진짜 사랑을 하고, 네가 진짜 가족을 지킬 수 있는 그런 어른이 됐으면 한다. 물론, 혜령 씨도 마찬가지고."

"…. 감사해요, 아버지."

얼마 전 그렇게 말씀하시며 웃던 아버지의 모습도, 지금 그를 보며 함께 환히 웃어 주시는 아버지의 모습도. 그에겐 모두 포근한 빛이자 든든한 힘이었다.

선인장 꽃이 피었습니다

어느 따사로운 햇살 가득한 봄날. 초록빛으로 물든 공원에 나란히 산책을 나온 그와 그녀가 서로 손을 잡은 채 넓디넓은 공원 산책길을 걷고 있었다.

"좋은 소식이 있어요."

그가 먼저 입을 열었다.

"뭔데요?"

"어머니가 우리 사이를 허락하셨어요."

"진짜요?"

"네."

"다행이다!"

그녀는 그제야 안도가 되는 듯 활짝 웃으며 깊게 한숨을 내쉬었다.

"나도 할 말 있어요."

이번엔 그녀가 말했다.

"뭐요?"

"눈 감아 봐요."

"왜요?"

"글쎄, 눈 감아 봐요."

그녀의 말에 살며시 눈을 감은 그의 앞으로 그녀는 조심스럽게 매고 있던 가방 안에서 꺼낸 반지를 들이밀었다.

아픔 뒤에 또 다른 아픔이 올지라도

“이제 눈 떠도 돼요.”

“이게 뭐예요?”

반지를 본 그가 놀란 눈으로 그녀를 향해 물었다.

“앞으로도 나랑… 함께 걸어 줄래요?”

그녀가 웃으며 고백했다. 그는 감동한 듯 한동안 말을 잇지 못하다, 너스레를 떨며 물었다.

“다이아가 아닌데요?”

“다이아… 여야 해요?”

그녀가 심각한 얼굴로 물었다.

“음… 작고 반짝이는 게 좋은 거니까?”

“작고 반짝이는 게 은호 씨 취향은 아니잖아요!”

그는 입을 삐쭉 내밀며 대꾸하는 그녀의 모습이 사랑스러운 듯 웃음을 터뜨리며 꼭 안아 주었다.

“내 취향은 여기.”

그녀도 그제야 얼굴 가득 환한 미소를 지어 보였다. 살랑이는 봄바람이 불어오고 두 사람을 간질간질 건드리며 이내 두 사람을 축복하듯 곁에 있던 꽃잎들도 흩날려 사뿐히 하나둘 바닥으로 내려앉았다.

두 사람은 서로 손을 잡은 채 한 명은 흙길을, 다른 한 명은 그 옆으로 높게 나 있는 연회색 보도를 나란히 걸었다.

때로는 서로 다른 길을 걸어도,

선인장 꽃이 피었습니다

서로 함께 걸으며 서로를 응원하고 지지해 줄 수 있는 것.
그것이 '인생의 동반자'가 아닐까 생각한다.

그리고 끝이 보이지 않는 길고 긴 길을 함께 걸어 나갔다.

선인장 꽃이 피었습니다

"아가씨, 짐은 다 싸셨어요?"

왕 집사가 그녀의 방으로 걸어 들어오며 물었다.

"응."

그녀가 미소 지으며 답했다.

"아가씨께서 이제 여기 안 계신다니, 실감이 안 나기도 하고 서운하기도 하고 그렇네요."

"가끔 올 거야. 왕 집사도 보고, 대저택 식구들도 보러."

"누구보다 아가씨께서 스스로 이 대저택을 걸어 나가시길 바라던 저였는데, 막상 이렇게 나가신다고 하니 또 기분이 이상하네요."

왕 집사가 아련히 말했다. 그녀는 그런 왕 집사를 향해 웃으며 나긋이 말했다.

"왕 집사한테는 늘 고마워. 처음 날 발견하고 보살펴 줬던 그날부터 지금까지 쭉."

왕 집사는 그저 말없이 미소 지어 보였다.

"어쩌면 우리 엄마보다 더 엄마 같을지도 모르고."

"…."

"왕 집사."

"네."

"왕 집사는 날 처음 봤을 때 왜 날 거둬 줬어? 내 재능을 알아봐 주고 발전시켜 준 것도 다 왕 집사 덕이었잖아."

왕 집사는 웃으며 답했다.

"천만에요. 저는 그저 고장 난 채 잘 달리지 못하고 있는 전차가 잘 달릴 수 있게 다듬어 준 것뿐입니다. 전차가 달리는 건 스스로의 의지이지요. 저도 아가씨와 함께하며 제가 딸에게 잘못했던 것들을 조금이나마 속죄하고 싶었던 건지도 모릅니다. 어떻게 보면 그것도 그저 제 욕심이겠지만요."

왕 집사의 말에 그녀는 고개를 저으며 답했다.

"그렇지 않아. 왕 집사가 날 발견하고 다듬어 주지 않았다면, 난 아직도 제 역할도 못 하고 삐거덕거리고 있는 쓸모없는 전차였을 거야. 여기저기 군데군데 녹슬어서는 새카맣게 그을린 채로 남았겠지."

"아가씨처럼 훌륭하고 멋있는 전차를 발견하게 되어 제가 더 좋았습니다. 늘 아가씨께 많이 배웠죠."

"나도 마찬가지야. 왕 집사는 언제나 나에게 엄마 같고 친구

선인장 꽃이 피었습니다

같은 집사이자 든든한 지원군이었어. 내가 가장 처음으로 믿고 유일하게 의지할 수 있는 존재였지."

"…."

"시원한 그늘을 만들어 주었고, 든든한 울타리가 되어 주었어. 너무 감사했고, 너무 편안했어. 정말 고마워."

그녀의 진심이 왕 집사의 마음 가득히 은은히 울려 퍼졌다. 그녀의 방 안 창문 앞에 놓여 있던 작은 선인장 화분에는 어느새 활짝 예쁜 꽃이 피고, 대저택에 찾아온 푸르른 봄이 그들을 따스히 감싸 주었다.

몇 년 후.

뜨거운 햇살이 아스팔트 바닥을 내리쬐고 푸르른 잎들이 골목 가득한 곳에 대여섯 살 정도로 보이는 한 어린 여자아이가 땅바닥에 주저앉아 울고 있었다.

"지예은! 너 진짜 자꾸 그렇게 계속 떼쓸 거야?!"

아이는 엄마의 호통에도 좀처럼 울음을 그칠 줄 몰랐다.

"너 아무리 그래도 안 되는 건 안 되는 거야! 너 진짜 자꾸 그렇게 떼쓰면 엄마 간다?!"

아이는 길바닥에 주저앉은 채 발을 동동 구르며 더 크게 울음을 터뜨렸다.

"휴!"

에필로그

아이의 엄마는 깊은 한숨을 내뱉었다. 그렇게 길바닥에 앉아 울고불고 떼쓰는 아이를 보고 있자니 문득, 자신의 어린 시절이 떠올랐다. "너는 도대체 커서 뭐가 되려고 그래?!", "더도 말고 덜도 말고 너도 꼭! 너 같은 딸 낳아서 한번 키워 봐!" 하며 윽박지르던 엄마의 모습이 떠올랐다. 엄마에게 뺨을 맞고, 머리채를 잡히며 발로 차이던 어린 시절의 그날들이 그녀에게는 아직도 여전히 어제 일처럼 생생했다. 그녀는 다시 한번 깊은 한숨을 내뱉으며 하늘을 올려다보았다.

'엄마, 나 진짜 엄마 말대로 더도 말고 덜도 말고, 딱 나 같은 딸 낳아서 키우고 있어. 그래서 그런지, 눈에 넣어도 안 아플 만큼 예쁘다가도… 또 가끔은 진짜 저기 어디 내다 버리고 싶을 만큼 힘들고 그러네.'

그녀는 자신의 어린 시절을 떠올리며 자신의 아이 앞에 그대로 쭈그려 앉아 아이와 눈을 맞추었다.

'그래도 엄마, 나, 엄마 같은 엄마는 안 되려고. 나는 나니까. 나는… 나다운 엄마 되어 보려고.'

한참을 말없이 아이의 눈을 바라보던 그녀는 아이를 향해 단호하게 말했다.

"지예은! 너 진짜 그렇게 떼쓴다 이거지? 그럼 엄마도 여기서 운다? 엄마도 너 떼써서 속상하니까 엄마도 여기 길바닥에서 울 거야? 그래도 돼? 너 창피하지 않겠어?"

그럼에도 좀처럼 그칠 줄 모르는 아이를 보며 엄마는 마지막으로 경고했다.

"엄마 진짜 운다? 엄마 한 번 한다면 하는 거 알지?"

그러고는 그대로 땅바닥에 털썩 주저앉아 소리 내어 울기 시작했다.

"어휴! 저 애 엄마는 누구야? 창피하지도 않은가?"

"애랑 똑같네, 똑같아. 어른이 돼서는 어떻게 저러고 있어? 애를 달랠 생각은 안 하고?"

"쯧쯧쯧."

"어휴! 창피해, 정말! 너는 저렇게 크면 안 된다!"

지나가는 어른들이 아이의 엄마를 쳐다보며 한마디씩 했다. 그렇게 그칠 줄 모르던 아이는 어느새 울음을 뚝 그치고 자신의 앞에서 소리 내어 울고 있는 엄마와 지나가는 어른들을 쳐다보았다.

"…."

그러다 아이는 곧 슬금슬금 그 자리를 피하기 시작했다.

"얘, 너희 엄마니? 왜 저러셔?"

한 아주머니가 물어보자, 아이는 "우리 엄마 아니에요!" 하고는 황급히 그 자리를 피해 어디론가 달아나 버렸다.

그렇게 얼마쯤 달렸을까. 아이는 한 동네 슈퍼 앞에 발걸음을 멈춰 세웠다. 자주 가는 슈퍼 앞에는 오늘따라 처음 보는 할아버지가 엉거주춤한 자세로 서 있었다.

"할아버지, 누구세요?"

에필로그

아이는 할아버지를 향해 말을 걸었다.

"…."

할아버지는 아무런 말 없이 천천히 아이를 향해 고개를 돌렸다.

"아휴! 술 냄새! 할아버지 술 드셨어요?"

"너는… 누구냐."

할아버지는 잔뜩 술에 취한 듯 혀 꼬부라지는 말투로 아이를 향해 조용히 물었다.

"지예은이요!"

아이는 또박또박 자신의 이름을 말해 주었다. 할아버지는 그런 아이를 게슴츠레 뜬 눈으로 한참 동안 말없이 지켜보고 서 있었다. 아이는 할아버지와 눈을 마주치다 곧 무언가 생각난 듯, 자신의 주머니를 뒤적이더니 옆에 있던 슈퍼 안으로 들어갔다. 그러고는 잠시 후, 슈퍼 안에서 막대기에 꽂힌 바 아이스크림 하나를 사 들고 나와 할아버지에게 건넸다.

"할아버지! 이거 드시고 술 깨세요!"

해맑은 얼굴로 자신에게 아이스크림을 건네는 아이를 할아버지는 말없이 물끄러미 쳐다보았다.

"…."

"우리 엄마는 술 깨려고 아이스크림 먹거든요, 맨날."

아이는 재잘재잘 묻지도 않은 말을 떠들어 댔다.

"할아버지는 아이스크림 싫어하세요?"

"…."

"아니면 이 아이스크림 안 드세요?"

"…."

"다른 걸로 바꿔다 드릴까요?"

생글생글 웃으며 자신에게 아이스크림을 건네는 아이를 할아버지는 한참이나 말없이 바라보다 이내 아이에게서 아이스크림을 받아 들고는 조용히 말했다.

"고맙다."

"네!"

아이는 씩씩하게 대답하며 폴짝폴짝 뛰어 다시 오던 길을 되돌아갔다.

"아가야!"

"네?"

할아버지가 부르는 소리에 뛰어가던 아이는 뒤를 돌아보았다.

"너는… 엄마, 아빠가 누구시냐?"

"…."

잠시 동그란 눈으로 할아버지를 바라보던 아이는 곧 얼굴에 환한 웃음을 가득 지으며 큰 소리로 답했다.

"저희 엄마는 마혜령이고요! 저희 아빠는 지은호예요!"

그러고는 다시 토끼처럼 폴짝폴짝 뛰어 저 멀리 어디론가 사라져 버렸다. 할아버지는 쓴웃음을 지으며 아이스크림을 물끄

에필로그

러미 바라보다 혼잣말로 중얼거렸다.

"지 애미, 애비 판박이네."